Ernst Schreiner

Die Meistergeige

ABCteam-Taschenbuch Nr. 3124

Ernst Schreiner

Die Meistergeige

Eine Erzählung aus den Tagen Savonarolas

BRUNNEN VERLAG · GIESSEN/BASEL

ABCteam

Bücher, die dieses Zeichen tragen, wollen die Botschaft von Jesus Christus in unserer Zeit glaubhaft bezeugen.

Das ABCteam-Programm umfaßt:

— ABCteam-Taschenbücher
— ABCteam-Paperbacks mit den Sonderreihen: Glauben und Denken (G+D) und Werkbücher (W)
— ABCteam-Jugendbücher (J)
— ABCteam-Geschenkbände

ABCteam-Bücher erscheinen in folgenden Verlagen:

Aussaat Verlag Wuppertal / R. Brockhaus Verlag Wuppertal
Brunnen Verlag Gießen / Bundes-Verlag Witten
Christliches Verlagshaus Stuttgart / Oncken Verlag Wuppertal
Schriftenmissions-Verlag Gladbeck

ABCteam-Bücher kann jede Buchhandlung besorgen.

6. Auflage 1981

Umschlagfoto: Artreference/Kowall

Gesamtherstellung: St.-Johannis-Druckerei, Lahr
ISBN 3-7655-3124-3

1

Die Abendmesse, die in der prachtvollen Kirche Santa Maria Novella zu Florenz gefeiert wurde, neigte sich ihrem Ende zu. Ein Chor von Dominikanermönchen vom Kloster San Marco sang noch das Gloria matris dei in voller Harmonie. Die Klänge schwangen sich empor bis zu der hochgespannten Wölbung der Kuppel und weckten dort ein wunderbares Echo. In der spanischen Kapelle des Domes, deren Decke mit dem schönen Freskogemälde: Die triumphierende und die streitende Kirche geziert war, kniete eine junge Frau in ihrem Betstuhle. Ihre Augen waren unverwandt nach oben gerichtet, während ihre Lippen abermals den Wunsch vortrugen, auf dessen Erfüllung sie nun schon seit Jahren wartete. Es war ein Kindersegen, den die junge Frau Margerita Polevino heute vom Herrn der Kirche anstatt von einem der Heiligen erflehte, die dort auf ihren marmornen Postamenten in stolzer Erhabenheit thronten.

Der Priester im Hauptschiff segnete das Volk, und wer einen besonderen Segen erhoffte, drängte sich an das reichvergoldete Gitter, das den Hochaltar vom Raum der Andächtigen trennte. Dort stand der Diener der Kirche mit dem Weihwassergefäß und sprengte das Naß über die vor ihm Knienden aus, die sich dabei fromm bekreuzten. Margerita vergaß heute diesen Segen mitzunehmen. Sinnend blickte sie noch den Weihrauchwölkchen nach, die in der Krypta einen bläulichen Schleier woben, der das farbenstrotzende Mosaikbild des Heilandes halb verhüllte. Und doch suchte sie gerade ihn! „Gib du mir, Herr, einen Sohn! Dich soll er ehren, und ein getreuer Diener Deiner Kirche soll er sein. Ja, gib Du mir einen nach Deinem Wohlgefallen und statte ihn aus mit der Fülle Deiner himmlischen Gaben!" So flehte sie von Herzensgrund, während die Kirchenmusik mit leisem Flöten- und Harfenspiel den Gottesdienst beschloß.

Das Volk erhob sich und strömte an der Menge der seidenen Fahnen, die an den Wandelgängen standen, vorbei, um ins Freie zu gelangen. Schon auf den glatten Marmorstufen begann heitere Rede und Unterhaltung, als kämen die reichgekleideten Menschen aus einem Theater und nicht aus einem Gotteshause. Allen kriegerischen Verwicklungen zum Trotz verleugnete sich der leichte florentinische Geist nicht. Über die Piazza della Signoria, vorbei an der glänzenden Loggia dei Lanzi, flutete das bunte Leben. Patrizier, in Samt und Seide gehüllt, ergingen sich hier in den letzten Stunden des zur Neige gehenden Sonnentages. Soldaten, in Stahl gekleidet und mit wallenden Straußenfedern geschmückt, scherzten mit den Mädchen, und ernste Kaufleute besprachen die Beziehungen zu Venedig oder Pisa. Freilich, so reich und friedlich auch das Bild nach außen hin erschien, so gärend und kampfdurchwühlt war es auf der anderen Seite. Wohl hatten die vom Hause Medici mit starker Hand an der Blüte der Republik gearbeitet, Kunst, Wissen und Wirtschaft gefördert. Aber sie hatten es doch nicht vermocht, jener immer lauter werdenden Unzufriedenheit zu gebieten, die gleich einem brandenden Meer an die marmornen Grundmauern der goldschimmernden Kirche schlug. Kardinäle und Priester sahen sich da und dort angegriffen und in bedeutungsvolle Kämpfe verwickelt. Das dumpfe Rauschen dieser Brandung drang selbst bis nach Rom und vermischte sich dort mit dem Streit der Parteien, den Intrigen der kirchlichen Würdenträger und dem Waffenlärm, der von Frankreich herüberschallte. Ob nicht endlich einmal ein Mann kommen würde, der der verweltlichten Kirche Gottes Gericht predigte? Oder ob es so weiter gehen würde mit dem Kampf um die Macht, um den Glanz und Reichtum? Das waren die Fragen, die so manches Gemüt ruhelos umtrieben und bewegten. Unter den florentinischen Bürgern, die diesen

Streit gegen die Säulen der Kirche gern beendet gesehen hätten, befand sich auch Francesco Polevino, der Geigenbauer. Freilich sprach auch er gern mit vertrauten Freunden über all das politische und kirchliche Geschehen, das zwischen den Fürsten und dem Papst sich abspielte und die Patrizier und Bürger erregte. Nur stellte er sich dabei rückhaltlos auf die Seite der Kirche, die er, wie sein Weib Margerita, von Herzen liebte und verehrte, und in der er die mächtige Beschirmerin aller schönen Künste sah.

Auch heute, als Margerita nach Hause kam, saß er mit nahen Freunden hinten in der sonnendurchschienenen Weinlaube. Das Gespräch hatte schon lebhaftere Formen angenommen, und Margerita holte sich einen Schemel und setzte sich in eine Ecke, während die schlanken Finger an einer Seidenstickerei arbeiteten, die sie einem nahegelegenen Kloster zugedacht hatte. Vielleicht war es ihr möglich, etwas zu erlauschen von dem, was die Männer sprachen.

„Ich sage dir, es hilft alles nichts, bis mit dem ganzen kirchlichen Leben ein neuer Anfang gemacht wird", ließ sich nun Lorenzo Valotti, der Maler, vernehmen, der schon lange zu dem Hause Polevino in nahen Beziehungen stand. Hatte jener doch das Nachbarhaus inne, und der große, gemeinsame Garten erleichterte die freundschaftlichen Verbindungen wesentlich. „Die Diener der Kirche sträuben sich zwar, dies zu begreifen; denn es geht um ihre Macht. Wer jedoch die Überlieferungen des wahren Christentums kennt, und wer dann seine heutige Gestalt betrachtet, der kann zu keinem anderen Ergebnis gelangen."

„Mich wundert, daß du so redest, Lorenzo", gab Francesco zurück. „Dienst du als Altarmaler nicht auch der Kirche, und hast du nicht erst ein großes Wandbild für San Sebastiano geliefert? Wer kann die Heiligen ausdrucksvoller malen als du, der du in ihrem Geiste zu leben scheinst? Ich für meine Person liebe nichts so sehr als ruhige Zeiten, in denen man ungestört seiner Kunst leben und sein Brot verdienen kann. Und was diejenigen Leute anbetrifft, die immer an den Grundfesten der

Kirche und des Staates rütteln wollen, Lorenzo, sie sind zumeist entweder Schwärmer oder Narren, die bald genug von ihrem Schicksal ereilt werden. Erst am Sonntag sagte es der Bischof im Dome."

Seine Stirn trug Falten ehrlicher Entrüstung, als er diese Worte sprach, und unwillkürlich faßte er nach dem an der Wand lehnenden Rebstock, als gälte es, gleich den Ketzern zu Leibe zu rücken.

„Ja, es ist wohl so, daß ruhige Zeiten der Schoß sind, aus dem schöne Kunstwerke entsteigen", mischte sich nun Josef Balastrini, der Bildhauer von Piazza della Signoria, in das Gespräch. „Aber doch hat Lorenzo recht, wenn er nicht mehr mit der heutigen Gestalt der Kirche zufrieden ist, mein lieber Francesco. Es ist ungeheuer viel Pomp und Prachtliebe in der Kirche, die sich nicht nur mit den Gesetzen wahrer Kunst nicht mehr vertragen wollen, sondern auch diejenigen der ersten Apostel ins Gesicht schlagen. Was haben unsere heutigen Päpste mit Petrus gemein, der doch ein armer Fischer war? Kann die Tiara mehr entweiht werden als durch sie, die nach außen hin die frommen Kirchenfürsten spielen, während sie sich bitter bekämpfen und mit Fürsten und Königen um die Wette nach Gewalt trachten?"

Allein Francesco schüttelte das Haupt. Auch mit Balastrini konnte er, so sehr er ihn liebte, nicht einig gehen.

„Das heilige Amt verlangt auch seine Repräsentation." In bestimmtem Tone warf er den Freunden diese Worte zu. Dann fuhr er gemäßigter fort: „Ob übrigens die Klatschgeschichten alle wahr sind, die von Mund zu Munde gehen, ... ich glaube sie nie und nimmermehr!"

„Recht so, Francesco! Da hast du mich auf deiner Seite!" warf nun auch Margerita dazwischen, die sich in ihrem andächtigen Sinn verletzt fühlte durch jede Anspielung auf die Untüchtigkeit der Kirche. Sie ließ die schimmernden Seidenfäden in den Schoß gleiten und sah mit lebhaften Blicken zu den Männern herüber.

„Ja", fuhr der Geigenbauer fort, „lasset nur jene, die immer zu schelten wissen, selbst an die bescholtenen Würden und Ämter gelangen, und sofort sind sie stille." Unmutig stieß er bei diesen Worten mit dem Knotenstock auf die Steinfliesen und sah düster vor sich nieder.

Der Bildhauer fuhr aber nichtsdestoweniger fort: „Und dann, was soll unseren Herzen all der äußere Gottesdienst? Man läßt uns an Weihnachten ein edelsteingeschmücktes Bambino küssen, man hält feierliche Prozessionen auf der Piazza della Signoria ab, bei denen aus Mangel an innerem Lichte um so mehr Kerzen verbrannt werden, ja, man schmückt die Kirchen mit seidenen Fahnen und die Priester mit purpurnen Gewändern ... um die Blöße zu verdecken, die doch vorhanden ist. Nach Wahrheit aber hungert meine Seele, nicht nach Täuschungen. Fast will es mich oft bedünken, als hätte jene klassische Zeit Griechenlands davon mehr gehabt denn wir."

Traurig blickte Balastrini in die Ferne, als müßte dort das Bild der Zeit auftauchen, die er begehrte. Ihm genügte die Form ebensowenig wie Lorenzo; denn er hatte es gelernt, hinter die seidenen Vorhänge zu schauen, die dem Volke so viel häßliche Dinge verbargen und es in dem Wahne ließen, es stehe alles zum Besten, wo es sich mehr und mehr zum Schlimmsten wandte.

„Du sagtest vorhin, Francesco, daß jene Eiferer es nicht anders treiben würden, kämen sie auch an glänzende Stellen", nahm Lorenzo noch einmal das Wort. „Das trifft vielleicht auf manche, nicht aber auf alle zu. Ich kenne Männer, die Könige und Kardinäle verachten würden, und die alle Geschenke weit von sich wiesen, würde damit das Ansinnen gestellt, die Wahrheit zu verleugnen. Ja, auch hier, mitten in dem lebenslustigen und prachtliebenden Florenz, gibt es solche, die lieber arm und unbekannt bleiben wollen, ob sie schon Gaben- und Standesvorzüge hätten, als im Vordergrund zu glänzen. Und böte ihnen auch der Heilige Stuhl einen Kardinalshut an, wer weiß, ob sie nicht die Dornenkrone Christi vorzögen!"

Die Stimmung wurde etwas schwül nach diesen Worten

Lorenzos, und er fühlte es, daß es gut sei, hier abzubrechen. Darum griff er jetzt unter den Tisch und hob ein von Schleiertüchern verhülltes Gemälde hervor, das er den Freunden zu zeigen gedachte, und dessen Vollendung ihn mit Freude und Stolz erfüllte.

„Ah, siehe da, Lorenzo ist klug und verläßt den Weg des kirchlichen Streites, um uns durch die Schönheiten seiner Muse zu entschädigen!“ rief Francesco lächelnd. Auch über Lorenzos Gesicht zog ein Leuchten. Sorgfältig enthüllte er seinen mitgebrachten Schatz, und als die letzten Schleier gefallen waren, zeigte sich den neugierigen Blicken der Freunde das in herrlichen Tönen leuchtende Bild einer Madonna mit dem Kinde.

Ein doppelstimmiges Ah ertönte, und jeder wollte das Kunstwerk zuerst in die Hand nehmen. Auch Frau Margerita eilte bewundernd herzu; denn sie liebte Bilder der Madonna in besonderer Weise. Das goldene Abendlicht, das durch die windbewegten Blätter der Weinlaube hereinzitterte, ließ die Farben um so heller aufleuchten.

„Das Gesicht ist dir prächtig gelungen, Lorenzo!“ rief Balastrini freudig aus. „Ich bewundere die feine Linienführung der Augen, aus denen das ganze Mutterglück strahlt, besonders. Und wie gut du diesmal den feingeschnittenen Mund ausgeführt hast! Auch der seidene Glanz der Haare gefällt mir ausnehmend gut. Ich möchte nur wissen, woher du dein Modell genommen hast.“

Mit einem etwas wehmütigen Tone erwiderte Lorenzo: „Das Modell? Nicht von meiner Gattin Kreszentia!“ Alle lachten bei dieser Bemerkung. Es war ihnen nur zu gut bekannt, daß das eheliche Glück des Malers nicht gleichen Schritt hielt mit seinem Künstlerruhm. Francesco, der kein Auge von dem Bilde verwandte, sagte darauf: „Da sehen wir unseren Freund! Mit dem Munde ist er ein Reformer, der alle Bilder stürzen will, und mit dem Herzen hält er es doch mit den alten, lieben Gestalten, die er aus der Kirche verbannt wissen möchte. Ist es nicht so, Lorenzo?“ Der Maler aber schüttelte den Kopf. „Es ist gewiß meine letzte Madonna! Mein nächstes Bild zeigt ein Gegenstück, einen ... Ketzer vielleicht, der die Erneuerung der Kirche predigt."

„Und dieses Bild verehrst du dann Innozenz, dem Achten, Lorenzo?" Schalkhaft sah ihn Francesco an.

„Dem Papste nicht, aber dem Herrn Geigenbauer Polevino und seiner Gemahlin."

„Das fehlte mir gerade noch", sagte Margerita scheinbar erbost. „Da sind mir solche Bilder in der Tat lieber." Sie nahm es für ein gutes Zeichen, daß ihr heute das Bild der lieben Frau begegnete, und blickte sinnend in das schöne Gesicht mit den dunklen Augen, als wolle sie sich jeden Zug einprägen.

Es war Zeit, daß die Freunde heimwärts eilten, und sie verabschiedeten sich mit ebensoviel Herzlichkeit wie Höflichkeit. Als sie entschwunden waren und die beiden Eheleute ins Haus traten, sagte Francesco zu seinem Weibe: „Lorenzo gefällt mir wirklich nicht mehr recht, Margerita. Wir verstanden uns früher so gut, als Kreszentia noch Braut war und er noch im ersten Feuereifer seiner jungen Kunst stand. Damals hatte er alle Aussicht, eine große Laufbahn zu betreten, und wenn er es nur verstanden hätte, sich den Verwandten seiner Frau anzupassen, gewiß wäre ihm der Kranz und die Ehre geworden, einer der größten Maler von Florenz, ja von ganz Oberitalien zu werden. Hat doch selbst der mächtige Galeazzo Visconti Bilder von ihm erstanden, und Kardinal Cordova von Pisa erbot sich, die Vermittlung nach Rom zu übernehmen. Das hätte dem Hause seiner Frau Ehre wie Freude bereitet. Aber jetzt geht es rückwärts, und mich wundert, wie es noch enden wird. Ich fürchte, er wird noch etwas erleben. Wir sollten uns doch etwas mehr zurückhalten von ihm, Margerita. Man weiß nicht, in was man noch verwickelt werden kann durch seine Ketzereien." Er legte seinen Arm um ihre Schulter bei diesen Worten, als müsse er sie jetzt schon schirmen vor einem heraufziehenden Sturme der Not.

Margerita stimmte ihrem Manne ohne Rückhalt zu.

„Ich verstehe zwar nicht so viel von dem ganzen Streit", entgegnete sie mit sorglicher Miene. „Es wäre mir aber schrecklich, wenn auch nur ein Mitglied unserer Verwandtschaft es mit diesen Kirchenfeinden hielte. Zum Glück weiß ich von keinem einzigen."

„Nein, Grita, dieses Unglück haben wir, der Madonna sei Dank, nicht zu beklagen, und es wird auch nie so weit kommen. Doch laß uns das Abendbrot essen, ich bin hungrig. Es ist vielleicht vernünftiger als alle Disputationen über eine Sache, die überhaupt nicht wert ist, besprochen zu werden. Den ganzen Tag arbeitete ich an meiner neuen Geige und suchte hinter das Geheimnis des vollen, weichen Tones zu kommen, den Campanus mit seinem neuen Instrumente erzielt hat, das der junge Lorenzo von Medici erhalten soll. Es ist eine herrliche Arbeit, und zu dem Meisterton kommt die feine Schnitzerei des Löwenkopfes, der den Griff krönt."

Beim letzten Abendscheine verzehrten sie bald darauf ihren Fisch und ein Gericht wohlriechender Maronen. Dann stellte die Frau noch einen Teller voll Weintrauben auf den Tisch, den sie für Francesco aufgehoben hatte. Tiefer Friede herrschte in ihrem kleinen Heime. Wie gut war es doch wohnen hier, in der Nähe der südlichen Stadtmauer! An Stelle des oft so unruhvollen Menschengewühles rauschte der Arno in der Nähe, und der Duft der nahen Orangengärten, die den Palazzo Pitti umgaben, vermischte sich mit dem Geruch des trockenen Fichtenholzes, das Polevino zur Ausübung seiner Kunst in der Werkstätte aufgestapelt hatte. Und die Glocken des wunderbaren großen Domes Santa Maria klangen des Tages wiederholt über die Ponta della Strimita herüber. Sein Gemach hatte der Geigenbauer mit vornehmen Ölbildern und einem tadellosen Stich von Florenz ausgeschmückt, damit sich die Ansicht der geliebten Heimatstadt immer vor seinen Augen befinde. Die Stelle der noch fehlenden Kinder nahm das artige Bologneser Hündchen ein, das schweifwedelnd auch jetzt seinen Anteil am Abendbrot sich erbettelte. Nach dem Essen nahm Polevino seine altertümliche Geige zur

Hand, stimmte sie ganz rein und spielte dann noch ein Gloria matris dei. Er hatte die Melodie dazu selbst erfunden, und Margerita sang nichts so gern wie diesen lateinischen Hymnus, in den sie auch jetzt ihre ganze Seele hineinlegte. Bald darauf gingen sie zur Ruhe.

„Mögen sie im Kloster San Marco oder im Palazzo della Signoria sich auch heute abend wieder streiten ... von mir aus. Ich denke, bald geht der ganze Handel vorüber, und die Welt läuft ihre alte Bahn, Grita. Ich bin froh, daß ich kein Kardinal bin", sagte Francesco noch vor dem Einschlafen. Margerita wollte noch etwas antworten, aber ihre Augen waren schwer, und der Schlaf nahte. Und bald träumte sie, daß sie in Santa Maria mit einem Knaben stehe, die heilige Taufe zu begehren, und daß die ganze Verwandtschaft in seidenem Staate sich dazu versammelt habe, zu sehen, wie Kardinal Pietro del Verrochio selbst das Kind taufe und weihe. So hörte sie die Nachtigall nicht mehr, die im Zitronengebüsch des Gartens schlug, während die Myrten so köstlich dufteten.

2

Trotz emsigsten Fleißes hatte Meister Polevino den vollen Meisterton noch nicht gefunden, den er suchte. Ein neckischer Kobold schien ihn immer wieder gerade dann verbergen zu wollen, wenn er meinte, hinter das Geheimnis gekommen zu sein. Und doch mühte er sich so redlich im Schweiße seines Angesichtes. Zwar waren auch seine Instrumente gesucht in Florenz, und er hatte vornehme Käufer, die in Gold bezahlten, und denen es oft mehr um eine reiche Einlage als um den Zauber der Tonfülle zu tun war. Aber ihm genügten die Instrumente nicht, die, mit Silberadern verziert, in den Palazzo Strozzi oder sonstwohin wanderten. Den Ruhm begehrte er, der beste Geigenbauer zu Florenz zu sein, um dann diesen Ruhm der Kirche gehorsam zu Füßen zu legen. O daß, wie anderen großen Künstlern der Stadt, doch auch ihm einmal himmlische Genien im Traume das Geheimnis enthüllt hätten!

Doch, es ist kein Leid hienieden ohne seinen Trost. Klangen die Geigen noch immer nicht, wie Francesco es wünschte und suchte, so tönte jetzt doch ein anderer Laut durch das rebenverwachsene Häuslein unweit der Porta Triana. Dieser andere Laut kam von einem, der fortan die erste Geige im Konzert der Familie zu spielen gedachte, und er glaubte dabei den rechten Ton angeschlagen zu haben, der kleine, herzige Antonio mit den zarten, dunkelbraunen Löcklein über der schöngebauten Stirn und den tiefen, unergründlichen Augen, in die der Meister am liebsten den ganzen Tag geblickt hätte. Es waren die Augen Margeritas, gewiß waren sie es; aber es lag noch etwas darin, das so sehr an das Bild gemahnte, das Lorenzo vor Jahresfrist der jetzt so glücklichen Mutter vor die Augen, nein, vor die sinnende Seele gehalten hatte. Die letzte Madonna des Malers kehrte in dem Gesichtchen des ersten Sohnes Polevinos wieder. Antonio spielte seine erste Geige gut. Hatte Grita sich zuvor nur um ihren Mann gekümmert und ihm jede Falte von der sorgenden Stirn geküßt, so war sie jetzt wie verwandelt. Mit Staunen nahm der Vater wahr, daß er fortan nicht nur eine Gattin, sondern auch eine Mutter im Hause hatte, und daß diese Mutter stärker war als die Gattin. Antonio kam zuerst, trotz aller Liebe Gritas zu ihrem fleißigen Manne. Seufzend und doch auch wieder mit Freuden fügte sich der Geigenbauer in diese neue Weltordnung in seinem Hause. Und wenn er je einmal darob trutzen wollte, so söhnte ihn der liebe kleine Erdenbürger bald genug wieder aus. Gab es ein schöneres Glück für sie als dieses süße Geschöpf, aus dem Unschuld und Schönheit in edlem Wettstreit blickten? Selbst Josef Balastrini eilte nun häufiger von der menschenbewegten Piazza della Signoria hinaus in das glückliche Heim. Er bezeugte mit Kenneraugen, daß es kein Kunstwerk gebe, das schöner und vollkommener sei als dieser kleine, von Leben erfüllte, strampelnde Kerl. Alle Marmorschöpfungen der Griechen nannte er Stümpereien, verglichen mit dem holden Ebenmaß seiner Füßchen und Händlein und des wohlgerundeten Gesichtchens, in dem so herzige Grübchen zum Küssen einluden. Er selbst wurde wieder ganz jung vor Freude. Er nahm das Antonchen auf den Arm und tanzte mit ihm in der Stube umher, als wäre es sein Kind. Dann maß er die Glieder des Jungen mit dem Stechzirkel und beteuerte feierlich, daß am nächsten Weihnachtstage ein zweiter Antonio aus karrarischem Marmor auf der Welt sein würde, dem ersten zum Trotz. Obwohl Francesco sich dem Maler gegenüber manchmal recht zurückhaltend benommen hatte, kam jetzt auch er des öfteren durch den Garten herübergeschlüpft, um die Freude mit den alten Freunden zu teilen. Denn auch ihm hatte ein freundlicher Engel Gottes noch einmal Jugend beschert. Hatte er auch schon drei Jungen, so erschien doch am Tage Santa Elisabethas ein kleines Mädchen, das erste, stürmisch bewillkommt von allen, um so inniger aber vom Vater ins Herz geschlossen, als die Mutter ihm unnahbarer wurde. Auf dieses Kind, das Elisabetha genannt wurde, legte er nun seine ganze Liebe, als suchte er in ihm eine Auferstehung des zu Grabe eilenden Familienglückes. Ihm legte er die schönsten Goldorangen in das Patschhändchen, mit ihm spielte er im Garten, als wäre er selbst wieder ein Kind geworden, und kaum konnte man ihn sehen, ohne daß die Kleine nicht an seinem Halse hing. Eines Tages erschien im Hause ein alter Zigeuner, der mit farbigen Seidenbändern handelte und durch seine Wahrsagerkünste Geld zu erhaschen trachtete.

Er erkühnte sich, das kleine Mädchen auf die Arme zu nehmen, und betrachtete es aufmerksamen Auges. „O Signora", sagte er nach einer Weile bedächtig, „ein wirkliches Glückskind! Sehen Sie diese hellen Augen, das bedeutet viel Licht auf dem Lebensweg. Und dieses feine Händchen ist natürlich eine Künstlerhand; aber mehr noch als das, sie wird viel Gutes tun. Lassen Sie ihm freie Bahn!"

Angelockt durch seine Sprüche, hatte sich auch Margerita eingefunden, drückte aber ihren Jungen fest in den Arm, als fürchte sie die Berührung des Alten. Der Zigeuner lächelte verschmitzt und streichelte Antonio die rosigen Wangen. „Der alte

Peppo weissagt nur Gutes, Signora. Aha, ein Junge! Aber kein gewöhnlicher Junge, Signora. Er wird das Geschlecht übertreffen, wird aber seine eigenen Wege wandeln. Nehmen Sie den kleinen Kerl in acht! Die Familie ist nicht sein Ideal und doch ... er wird sie zu Ehren bringen. Empfehle mich Ihrer Güte, Madonna! Wir Zigeuner sind arm! Der Wald ist unser Bett! Der Himmel unser Schirm! Der Busch unser Haus und die Barmherzigkeit frommer Christinnen unser Brot!" Bettelnd streckte er die schmutzigen Finger hin, und als Margerita ein Silberstück hineingleiten ließ, verbeugte er sich tief und zog den spitzigen Hut, der mit bunten Bändern umwickelt war.

„Ein armer Heide!" meinte Margerita. „Ja, ein Heide, aber wir haben deren schlimmere jetzt in der Kirche", gab Kreszentia, die hochgewachsene Frau Lorenzos, zurück. Bedeutsam winkte sie mit den Augen, aus denen ein stolzes Feuer leuchtete, und ging gemessenen Schrittes zurück ins Haus. Sie hatte ihren Mann am nahen Kloster Luca Pitti erblickt und wich ihm gern aus, wenn andere Leute Zeugen der Begegnung wurden. Kopfschüttelnd blickte Margerita ihr nach, doch folgte sie ihrem Beispiel. Sie empfand stets eine geheime Angst, wenn Lorenzo ihren Antonio auf den Arm nehmen wollte. Wer konnte es wissen, ob die Ketzereien nicht wie ein Zauber an einem Menschen hängenbleiben konnten?

Oder ob nicht der Böse selber mit jenen in geheimem Bunde stand, die sich nicht scheuten, den Heiligen Vater selbst der Untreue zu bezichtigen? Von dem hinwegeilenden Zigeuner hätte sie das nicht gefürchtet.

Doch ob sie schon ihr Söhnlein möglichst hütete vor der Berührung mit Lorenzo, das konnte sie nicht vermeiden, daß die beiden heranwachsenden Kinder im Garten sich trafen, ja sich suchten und bei jeder Gelegenheit miteinander spielten. Sie haschten sich zwischen dem Lorbeergebüsch, versteckten sich hinter Oleander und Zitronenhainen und schenkten sich die ersten reifen Orangen, die sie selbst aus der Eltern Hand empfingen. Antonio schmückte Elisabethas Haupt mit Blumen und

Blätterkränzen und sie das seine, und keines war unglücklicher als dann, wenn das andere fehlte. Es war, als sollte ihnen die Aufgabe zufallen, die innere Entzweiung der beiden Häuser hinwegzuräumen und neue Bande der Freundschaft durch ihr heiteres Zusammenleben zu knüpfen. Beobachtete auch jede Mutter ihr Kind genau, so sah doch keine eine Gefahr darin, am wenigsten Kreszentia, die stolze Tochter vom Hause Medici, die nur einen Maßstab zur Erziehung ihrer Kinder hatte: die pflichtschuldige Ehrerbietung vor der Kirche und ihren Dienern.

Solange die Kinder nicht zur Schule gingen, war es gut so. Dann aber trat ein Ereignis ein, das sich wie eine düstere Wolke auf Antonios und Elisabethas heiteren Kinderhimmel senkte und bedrückende Schatten warf. Kreszentia war in einem Kloster erzogen worden, und die gleiche Laufbahn hatte sie auch ihrer Tochter zugedacht. Dort, unter der strengen Zucht weltabgewandter Nonnen, sollte sie lernen, was Gehorsam gegen die altehrwürdigen Überlieferungen sei, dort die strenge Beurteilung des Vaters finden, die die Mutter ihr jetzt schon immer wieder vergeblich einzuflößen sich bemühte.

Aber der Vater war ganz anderer Ansicht. „Kinder gehören in kein Kloster", sagte er bestimmt. „Sie sind von Gott zur Freude erschaffen, nicht zu mönchischem Zwange. Laß sie die Schönheit der Natur einsaugen, die edlen Werke der Kunst verstehen lernen und das Leben selbst erkennen in seiner Vielgestalt!"

Aber sie wollte es nicht gelten lassen. Schon lange hatte sie erkannt, daß Lorenzo sonderbare Ansichten hatte über die Welt, in der sie groß geworden war, und mit aller Macht wehrte sie sich gegen den eindringenden neuen Geist, der, wie sie ganz offen meinte, aus der Hölle stamme.

Nun schien ihr die Stunde gekommen, um die Machtprobe auszuführen und ihm zu beweisen, daß sie zwar ihren Namen, nicht aber ihren Charakter und ihre Familie hergegeben habe, als sie sich dazu verstand, das Patrizierhaus mit dem viel kleineren des Künstlers zu tauschen. Durch seine Altargemälde war

Lorenzo lange Zeit mit den Leitern der florentinischen Kirche in nahe Beziehungen getreten. Vornehme Würdenträger des geistlichen Amtes gingen ein und aus bei ihnen, und es schmeichelte Kreszentia, daß sie Bischöfen und Kardinälen die Hand küssen und den funkelnden Wein in die feingeschliffenen venezianischen Gläser gießen durfte. Jetzt war es schon längere Zeit anders geworden. Die vornehmen Gäste wurden von ihm nicht mehr begehrt und blieben auch ihrerseits aus. Der Zauber war für die bigotte Frau geschwunden, und mehr als einmal schon hatte sie mit schweren Entschlüssen gerungen. Was hielt sie noch an seiner Seite? Nur das gemeinsame Band der Kinder verhinderte es, daß sie nicht ihren ganzen mitgebrachten Reichtum zusammenraffte, um zurückzukehren auf die vornehme Piazza della Signoria, wo die Fäden des Adels sich mit denen der Kirche kreuzten und ihre Welt verkehrte.

Als Lorenzo bei der Unterredung, die Elisabethas Erziehung anbetraf, wieder einmal den Finger auf die Schäden der Kirche legte, sprang sie erregt vom Polster auf und stampfte zornig auf den Boden.

„Jetzt ist es genug, Lorenzo!" rief sie in schneidendem Tone. „Es ist höchste Zeit, daß du Buße tust, wenn du nicht willst, daß . . . . ."

„Buße? . . . Ich? . . . Wofür denn, Kreszentia?" Er sagte es in so wegwerfender Art, daß sie noch mehr entrüstet rief: „Wofür? Ei, für deinen gottlosen, verblendeten und verstockten Sinn! Merkst du nicht, auf was für Abwege du geraten bist? Eine Schande wirst du den Meinigen bringen, die auf dich so große Hoffnungen gesetzt haben. Mit deiner Kunst ist es auch nicht mehr weit her, seitdem du es verachtest, dich um die Altargemälde zu bemühen!"

Da war er ebenfalls am empfindlichsten Punkte getroffen. Erstaunten Blickes maß er sie und versetzte dann: „Meine Kunst wagst du zu tadeln, die du von Kunst gar nichts verstehst? Nimm das Wort zurück, Kreszentia!"

„So nimm du das deine gegen die Kirche zuerst zurück! An

sie rührt mir niemand, auch der nicht, dem ich meinen Mädchennamen, der in Florenz alles gilt, geopfert habe. Ich weiß, was ich der guten alten Kirche schuldig bin, was mir ein Giulio delle Rovere in die Seele gepflanzt an tiefer Ehrfurcht gegen jene Männer, die uns eine Santa Maria Novella und Roms unsterbliche Bauwerke geschenkt."

„Nimmermehr!" rief er laut und festen Tones. „Was ich gesagt habe, ist Wahrheit. Zudem, was du zu wissen vorgibst, Kreszentia, sind Gefühle! Würdest du hineinsehen in den Zerfall, wie ich und manche Männer mit mir, du würdest anders reden. Aber ich merke es schon länger, daß du meiner müde bist. Du denkst, ich habe mich zu beugen, weil du vom Hause Medici bist. Du irrst dich! Meine Überzeugung steht mir über deinem Adel."

Sie maßen sich stolz mit den Blicken. Es war ein geistiger Ringkampf, und keines von beiden wollte nachgeben. Denn sie sah in sich die reiche Patrizierin, die zugleich die Verteidigerin der Kirche war, sah ihre ganze glänzende Vergangenheit und die Menge der Schätze, die sie ihm zugetragen, mit denen sie ihm Haus und Garten erworben.

Er aber war getroffen in seiner Persönlichkeit. Seine Bilder waren gesucht gewesen in Florenz bis auf diesen Tag, und sein Pinsel hatte den Ruhm der originellen Auffassung wie der feinen, formvollendeten Technik. Durfte ihn nun diese seine Frau so heruntersetzen, die doch in die Gesetze der Kunst nicht tiefer eingeweiht war? Er fühlte, es tat sich eine gähnende Kluft auf zwischen ihnen, es war ihm, als müsse sein Glück und er selbst hinabstürzen in die Kluft; aber er fand nicht die Worte zur Versöhnung, sondern war innerlich wie erstarrt. Daß sie ihn nicht verstand in seinem geistigen Schaffen oder nicht verstehen wollte, seitdem er nicht mehr um die Gunst der geistigen Herren buhlte, hätte er noch hingenommen. Aber würde sie sich jemals dazu verstehen, seine innere, geistige Wandlung zu würdigen? Niemals!

Da kam es tonlos über ihre Lippen: „Lorenzo Valotti, entweder ändert Ihr Eure Ansicht, oder wir gehen besser auseinander. Mein Glaube verlangt mehr von mir als Familienglück und Standesehre; er verlangt, daß ich alles der Kirche gehorsam zu Füßen niederzulegen bereit bin. Und dazu bin ich bereit!"

Stolz und schön stand sie in ihrem dunkelrotseidenen Gewande vor ihm, einen kalt-schönen Zug auf dem ebenmäßigen Gesicht, das ebenholzschwarze Haare vornehm umrahmten. Der Künstler in ihm hätte sie in diesem Augenblick festhalten mögen mit dem Stifte. Aber der Mensch Lorenzo biß sich auf die Lippen und gab ebenso selbstbewußt zurück: „Du hast gesprochen, Kreszentia! Ich lebe nicht mehr von deiner, sondern von Gottes Gnaden. Wie du willst, so will ich auch. Ich bin bereit, das Feld zu räumen, bis ein späterer Tag dir die Augen öffnet, ja, bis du selber siehst, wer recht hatte. Rufe die Kinder zusammen!" Er hätte erschrecken mögen über seine eigenen Worte, und doch konnte, wollte er sie nicht widerrufen.

„Die Kinder? Lorenzo, das weißt du genau, die Kinder sind mein Eigentum!"

„Die Kinder sind auch mein!" gab er bestimmt zurück und richtete sich höher auf.

„Lorenzo!" Drohend klang ihre Stimme.

„Kreszentia?" Wieder maßen sich die beiden Augenpaare.

„Und du gibst die Einwilligung nicht, daß Elisabetha in das Kloster Santa Barbara kommt?"

„Niemals!"

Da flammte ihr Auge seltsam auf. Im Sturmschritt eilte sie in den Garten, wo die Kinder spielten. „Michael, Paulo, Elisabetha!" rief sie laut. „Schnell herzu!" Erschrocken ließen die Knaben die Sandschaufeln fallen und eilten fragenden Blickes herbei. Nur Elisabetha gehorchte langsamer. „Nun, willst du eilen, Elisabetha? Soll ich dich selber holen?" Da ging das Mädchen etwas rascher. Es war seltsam, während es bei des Vaters Stimme eilenden Ganges daherflog, zauderte es stets, der Mutter zu nahen. Dies hatte seinen natürlichen Grund. Der Vater spielte mit ihr im Garten, warf ihr Orangen zu, malte ihr reizende Bildchen und flocht ihr bunte Bänder in die dunklen Haare. Die Mutter nahm sie – ach so oft – mit zur Messe nach Santa Maria Novella und zwang sie, dort lange, lange zu knien. Sie wollte sie zwingen, kirchlicher noch als kirchlich zu werden, ohne Verständnis zu haben für des Kindes freiheitshungrige, glückverlangende Seele, die im sonnigen Reich der Natur und Kunst soviel leichter aufatmete als in der Weihrauchluft, die von lateinischen Gebeten durchmurmelt war.

„Entscheidet euch, Kinder!" rief die Mutter, als die Kinder um sie versammelt waren und sie nun mit ihnen, die sich ängstlich an ihre Seite schmiegten, dem Vater gegenüberstand. „Wollt ihr auch von der heiligen Kirche abfallen und in das Fegefeuer fahren, oder wollt ihr in den Himmel kommen? Der Vater will die Kirche verlassen, die ich so sehr liebe, und darum wird er von uns gehen. Ihr aber, deren Ahne ein Cosimo de Medici war?"

„In den Himmel will ich!" rief Paulo, der Jüngere, erschrokken und starrte mit so entsetzten Augen umher, als müßte sich die Flammentiefe des oft vorgemalten Fegefeuers gleich irgendwo öffnen und nach ihm züngeln. „Und wer will bei mir bleiben von euch?" fuhr Kreszentia triumphierend fort. Fest umschlangen ihre mit kostbaren Ringen geschmückten Hände die Schultern der beiden Knaben, die stattlich und schlank an ihrer Seite standen. Da klammerten sich diese fest an ihr glänzendes Gewand. „Ich, ich!" rief jeder von ihnen, den Vater ängstlich anschauend. Elisabetha aber stand zwischen zwei Welten. Scheu sah sie bald den Vater, dann die Mutter an. Und plötzlich, als sie des Vaters gutes Auge streifte, als sie an all seine Zärtlichkeit und Liebe dachte, riß sie sich los von der Mutter Hand, die sie halten wollte, und lief hinüber zu Lorenzo, dem Vater. Ihn umschlangen ihre kleinen, braunen Händchen, während Tränen aus ihren dunklen Kinderaugen rollten. Maßloses Erstaunen malte sich auf der Mutter Gesicht.

„Elisabetha, hierher! Vergißt du, daß du eine Medici bist?" Aber das Kind hielt sich noch fester an ihm. Beim Vater wollte es bleiben, ihn festhalten auf jeden Fall. Er, der sie geherzt, getragen, geschmückt, gezeichnet und gemalt hatte, sollte nie von ihr gehen. Ihr Herzlein gehörte ihm. Lorenzos Augen wurden feucht, als er diese große Liebe seines Töchterleins sah. Es war, als sollte sein kleines, süßes Mädchen ihn aussöhnen mit der Mutter. Er griff Elisabetha und hob sie auf seinen Arm. Dann warf er seiner Gattin einen langen, bedeutsamen Blick zu und wandte sich langsam, um das Zimmer zu verlassen. Wie aus Marmor gemeißelt sah ihm Kreszentia nach. Einen Augenblick nur hatte sie die Empfindung, ihm nachzueilen, ihn und ihr Töchterchen festzuhalten. Dann aber stand vor ihr ein Wort, das der Prior Giulio delle Rovere gesagt: „Wenn man im Zweifel ist, ob man die Kirche oder alle Schätze des Himmels oder der Erde wählen soll, dann kann es keinen Zweifel geben. Dann muß die Kirche diejenige sein, der wir selbst unser Herzblut zu Füßen niederlegen." So blieb sie unbeweglich stehen, bis der Vorhang hinter seiner Gestalt zusammenfiel. Dieser Tag war schwarz angestrichen in ihrem Kalender, aber Kreszentia setzte ein großes Kreuz hinter ihn. Sie beschloß, für ihren Mann als für einen verstorbenen Ungläubigen Messen lesen zu lassen und der Stunde ihres Triumphes zu harren, die gewiß kommen mußte.

3

Antonio, der sonst so fröhliche Knabe, trauerte. Er mochte den schönen Garten nicht mehr betreten, seit Elisabetha, seine Freundin, verschwunden war. Man hatte ihm gesagt, daß sie nur verreist sei, um sich das Kloster Santa Barbara anzusehen. Dann, als sie nicht mehr kam, sagte Kreszentia zu ihm: „Elisabetha bleibt im Kloster, bis sie groß ist, und dann sollst du sie wiedersehen." Da brach der Schmerz bei ihm hervor und machte sich in heißen Tränen Luft. Nun ließ ihn der Springbrunnen kalt, der sie beide so oft entzückt hatte, wenn der große Marmorfisch, den Onkel Balastrini gemeißelt hatte, aus seinem Maule Wasser spie, das ein liebliches Knäblein, das nackt im

Becken stand, mit einer Muschel auffing. Selbst die große Laube der Orangenbäume und der Wandelgang der Reben vermochten ihn nicht mehr zu erfreuen. Vor wem hätte er sich nun noch verstecken können in die Lorbeergebüsche und Myrtenhaine? Paulo und Michael waren nicht seine Freunde.

Er flüchtete sich in die Werkstatt des Vaters und suchte dort Trost und Ersatz. Solange er noch kleiner war, stellte er freilich manchen Streich an. Man mußte den Leimtopf und die Messerchen vor ihm verbergen; denn Antonio machte einen anderen Gebrauch von ihnen, als die Mutter und der Vater wünschten. Doch er wurde verständiger und kam in die Schule des nahen Klosters San Spirito. Und nun erwachte Antonios Geist zumal. Rasch ließ er die anderen Kinder hinter sich zurück, die sich ungern abmühten mit dem Lernen der Buchstaben und der Kunst, mit Gänsekielen auf Pergament zu schreiben. Besonders aber setzte er den Pater, der die Schule leitete, in Erstaunen durch sein gutes Gedächtnis. Deshalb erschien Pater Concalo bald genug bei den Eltern. Er selbst wollte den Vater bestimmen, Antonio in eine Priesterschule zu senden. „Er wird die alten Sprachen spielend meistern und eine Leuchte der Kirche werden“, meinte er. „Und die Kirche braucht jetzt Menschen, die ganz für sie da sind. Es gibt der Feinde so viele.“

Antonio erschrak darob. Nicht ins Kloster, beim Vater wollte er bleiben. Die Musik hatte es ihm angetan, und schon hatte er begonnen, allein auf der Violine zu üben. Die Eltern schwankten eine Zeitlang in ihrem Entschlusse. Freilich, Margerita neigte dazu, einen Priester aus ihm zu machen. Sie freute sich sehr bei dem Gedanken, ihn am Hochaltare, in Weiß und Lila gekleidet, stehen zu sehen und für sie die Messe zelebrieren zu wissen. Der Vater aber fürchtete die Streitigkeiten der Kirche und die ganze neue Zeit. Den Ausschlag gab Antonio jedoch selber. Nicht, daß er in Worten viel gebeten hätte. Es sprach aber ein Wort aus ihm, das nicht mißzuverstehen war, und das der Vater um keinen Preis überhören wollte. Eines sonnigen Sommertages nämlich machte der Vater eine Reise nach dem Gestade des Meeres, wo ein Bruder von ihm als Aalfischer lebte, und Antonio durfte ihn auf dieser Reise begleiten. Es war das erste Mal, daß er aus den Mauern von Florenz kam und ein Stücklein der weiten Welt sah. Herz und Sinn gingen dem geweckten Knaben vollends auf, als er alle die Schönheiten der Erde mit durstigen Augen in sich trank. Die silberhellen Flüßlein, die dem Arno zuströmten, die duftenden Gärten, in denen hohe Pinien in vornehmer Ruhe die Zitronenbäume überschatteten, und die mit Öl- und Orangenbäumen bepflanzten Hügelketten fesselten schon unterwegs unausgesetzt seine Blicke. Als er aber an das blaue, unendliche Meer kam, kannten seine Gefühle keine Grenzen mehr. Er stand wie im Traume auf den hohen Uferfelsen, an denen sich der Schaum der unermüdlich anrollenden Wogen brach, und sah mit sinnenden Augen in sprachloser Freude die Segelboote diese wogenden und wiegenden Wellen durchschneiden. Auf kleinen Inseln grüßten schneeweiße Marmorpaläste aus den schwarzgrünen Terebinthenhainen, und Boote voll Blumen, den hochgeschwungenen Schnabel kühn aufreckend, umkreisten diese Insel. O wer hier immer wohnen durfte! Am Abend fuhren der Vater und Onkel Philippo mit ihm selbst hinaus auf das Meer, das im matten Silber des Mondlichts sein unendliches Lied rauschte. Da war es, als küsse ein Genius des Knaben Seele. Er ergriff seine kleine Geige, die er hatte mitnehmen dürfen, und fing an zu spielen, was durch seine Empfindungen wogte. Es waren nur Phantasien, aber der Vater horchte hoch auf bei diesen Klängen. Was Antonio den Saiten entlockte, klang so seelenvoll und weich über den schimmernden Wellen, als spiele ein wirklicher Künstler.

Der Onkel konnte sich nicht genug tun mit Staunen und prophezeite Wunder. Der Vater selbst eilte auf Antonio zu, küßte seinen Scheitel und drückte ihn an sein Herz. War es das große feierliche Meer, das diese Kunst des Knaben geweckt, oder lag in seiner Seele selber ein Meer voll unergründlichen Tiefen und mächtigen Wogen, die aus einer höheren Welt hereinfluteten?

Als sie wieder nach Hause zurückgekehrt waren, begann Antonio auch in allem Ernst, dem Vater in der Werkstätte zu helfen. Er schabte Hölzer zurecht und versuchte in seiner kindlichen Art, es besser zu machen als er. Und als der Pater wieder einmal kam, um die Eltern zu bestimmen, Antonio der geistlichen Laufbahn zuzuführen, sagte dieser selbst mit großem Nachdruck: „Ich will aber nicht, sondern möchte Künstler werden. Mein höchster Wunsch ist, einst in Santa Maria mitzuspielen beim Gloria matris dei.“ „Wohl, wohl, junger Signor“, lächelte der Pater, „das soll dann auch recht sein. Die Kirche ist die Mutter der Kunst. Ehre diese deine Mutter mit dem Besten, was man leisten kann! Vergiß aber nicht, daß das Genie allein nichts vermag! Wohl fallen ihm himmlische Blumen aus den Gewinden des Paradieses in den Schoß, und die Seligen nahen ihm mit göttlichen Einflüsterungen. Aber zur Begabung muß sich treuer Fleiß gesellen, hörst du? Der Fleiß ist die goldene Stufenleiter zum Ruhme, und der Geist, der sich zähmt und bändigt, erreicht am meisten. Alle großen Künstler haben nicht nur spielend, sondern auch sehr emsig gearbeitet, und diejenigen, welche ihre Werke anfangs zu tadeln sich erkühnten, erreichten sie nie darin. Die Madonna segne dich!“

Fromm neigte der Knabe sein Haupt. Dann eilte er in kindlichem Eifer nach seiner Geige und spielte dem Pater einen Hymnus, den dieser mit einer Hand voll honigsüßer Feigen belohnte. „Es ist gut, und ich bin zufrieden“, sagte er, als Antonio ihm die Hand geküßt hatte. Und gern nahm er den edlen Wein an, den Margerita ihm mit eilfertiger Freude kredenzte.

So verging eine ganze Reihe von Jahren, in denen Antonio oft an des Priesters Worte dachte und mit allem Fleiß arbeitete. Er hatte sich ein Ziel gesetzt, an dem er mit dem Vater um die Wette arbeiten wollte. Es war kein geringeres Ziel als dieses, die berühmte Meistergeige zu schaffen, die ihrem Namen unsterblichen Glanz verleihen sollte. Einmal trieb ihn dazu die Liebe zu Vater und Mutter, denen er sich dankbar erzeigen wollte. Zum andern schwebte ihm das Ziel vor, dereinst bei den Gottesdiensten mitwirken zu dürfen, wie so mancher Sohn bekannter Familien. Doch noch ein Gedanke beschäftigte ihn dabei ganz insgeheim. In seiner Seele stand auch jetzt noch, wennschon in verblaßten Farben, das Bild des herzigen Kindes, mit dem er so glückliche Stunden im Garten verlebt hatte. War es nicht möglich, daß Elisabetha einst wiederkehrte? Wie, wenn er für sie eine Geige bauen könnte, deren Resonanz die gewünschte Tonfülle enthielt? Wenn er sie dann ihr schenken dürfte, wie sie ihm einst so manche goldschimmernde Orange geschenkt, während sie ihre Händchen um seinen Hals geschlungen hatte? Aber wo lag das wunderbare Geheimnis? Lag es nur in der rechten Holzart, in der Fuge des Resonanzbodens, oder galt es die gute Wölbung zu finden, die den Ton richtig fing und zurückwarf? Allmählich, als er älter wurde, verband sich sein Wunsch mit seinen Gebeten, die er andächtig in der spanischen Kapelle von Santa Novella verrichtete, ganz seiner Mutter gleich, die einst hier gekniet, um ihn selbst zu erflehen. Als er wieder einmal nach langer Arbeit dort gebetet, übermannte ihn die Müdigkeit, und seine Augen fielen ihm trotz der anwesenden Gläubigen zu. Das letzte, was er vernahm, war ein feierliches Requiem, das die Dommusik intonierte, und dessen Klänge mild und ernst zugleich die Seele emporhoben. Da träumte ihm, ein Engel trete zu ihm heran und lächle ihn freundlich an. „Antonio", sagte er, „ich weiß, was du so sehnlich begehrst. Du willst eine Meistergeige schaffen. Aber die wahren Meistergeigen, hörst du, werden im Himmel gebaut. Kein Mensch kann sie von sich aus fertigen. Sie müssen auf den Ton der wahren Anbetung gestimmt sein, und es darf keine Sünde mitklingen bei ihrem Liede. Weil du aber Gott so herzlich gebeten hast um dein Instrument, so nimm hier diese meine Geige, mit der ich im Paradiese spiele und singe!" Er reichte ihm eine prachtvolle, tiefdunkle Geige, um die ein zarter Blütenkranz geschlungen war, und deren Saiten glänzten, als wären sie von Gold. Antonio wagte nicht zuzugreifen, doch nötigte ihn der Engel und hielt ihm die Geige so nahe vors Gesicht, daß er ihren Bau ganz genau betrachten konnte. Wie edel war doch jede Linie, wie leicht der Griff und wie wundervoll geschwungen der ganze Bau! Gewiß, in ihr mußten süße Lieder schlummern. Da, als er zugreifen wollte, klang die Musik heller auf, ... er erwachte und fuhr sich bestürzt über die Stirn. Da schauten ihn die Bilder des großen Freskogemäldes ernst und feierlich an, in der Mitte Papst Benedictus der Neunte, links von ihm Kardinal Nicola da Prato, noch weiter hinten Petrarca, neben dem Ritter von Rhodos, und auf der andern Seite die Fürsten mit Schwert und Herrscherstab. Es war ihm, als richtete der Kardinal drohend sein Gesicht auf seine Augen, als wollte er ihn fragen: Antonio, wie kommst du dazu, in Santa Maria Novella zu schlafen? Weißt du nicht, daß das eine Todsünde ist? Rasch vollendete er seine Andacht und eilte heim. Die Piazza della Signoria war wie immer voll von vornehmen und geputzten Menschen, zwischen denen schimmernde Tauben umherflogen. Niemand durfte ihn jetzt aufhalten, wo er das Modell seiner Meistergeige gesehen. Mit glühendem Kopfe versteckte er sich im Garten im dichtesten Gebüsch und riß mit der Kohle die Formen des wunderbaren Instrumentes nach, das immer noch in seiner dunkelbraunen Tönung so lebendig vor seiner Seele stand. Er fürchtete selbst des Vaters Dazwischenkommen und wurde erst ruhig, als alle Konturen auf seinem Papiere waren. Dann faltete er seine Hände und bat alle Heiligen, die Madonna und Gott selbst um das Gelingen der Arbeit, die ihm jetzt vorschwebte. Ein unsagbares, ahnendes Gefühl großen Glückes zitterte durch sein Herz. „Gefunden!" jubelte er leise vor sich hin, und die Mutter hatte Not, ihn an diesem Tage zum Essen zu bringen.

„O laß mich!" bat er sanft. „Ich könnte Tag und Nacht fortarbeiten, um mein Kunstwerk fertigzumachen. Was ich im Traume sah, muß Wirklichkeit werden."

„Wo sahst du es im Traume?" fragte sie freundlich.

„In Santa Maria Novella, Mutter", gab er leuchtenden Auges

zurück. „Ein Engel hat es mir gezeigt. Doch sage Vater nichts davon!"

„In Santa Maria! Dann ist es echt", murmelte die Mutter beglückt. Sie küßte ihren Sohn auf die Stirn und preßte die Hand auf das Herz. Es pochte laut vor Glück. „Die Erhörung meiner Gebete beginnt", murmelte sie vor sich hin. „Wenn ihm die Geige glückt, soll Santa Maria eine neue Fahne und Santa Anna sieben Wachsstöcke haben. Hilf du ihm, liebe Frau!"

4

Was in Florenz schon lange im stillen auf eine Offenbarung gewartet hatte, war gekommen. Es war eigentlich allen wie ein Wunder. Nicht aus dem Stande der Bürger oder Patrizier war er gekommen, der das aussprach, was viele längst dachten. Nein, er war selbst ein Sohn der Kirche, war der Prior von San Marco, dem Kloster der Dominikaner. Hatte man je so etwas erlebt? Oder hatte man je einen solchen Prior gesehen? Er war das Gegenteil aller Prioren, aller Bischöfe, aller Kardinäle oder Kardinalbischöfe. Kein leuchtendes Gewand schmückte seinen Leib. Die braune Kutte nur umhüllte die hagere Gestalt, die nichts wußte von den Leckerbissen der Wälder und Seen, den goldflüssigen Weinen, die von den Kirchenfürsten auf das Wohl der Kirche getrunken wurden. Kein Goldreif schmückte auch nur einen Finger. Aber einen Schmuck hatte er, der seltsame Prior. Das waren seine Augen, aus denen des Geistes Flamme leuchtete, und die so gewaltig aus den strengen Zügen hervorblickten, daß viele darob erschraken. Die Kirchenfürsten schlugen an ihren Kopf. Wie konnte ein Prior so werden wie dieser Girolamo Savonarola, dieser Eiferer und Asket? War er von Sinnen, daß er sich nicht scheute, die Fackel in die Kirche zu werfen und vor keiner geschichtlichen Größe Halt zu machen? Suchte er Ruhm bei der Nachwelt oder schmeichelte er den niederen Instinkten derer, die sich gefreut hätten, wenn die Kurie zusammengestürzt wäre? Doch nein, das konnten sie ihm nicht nachsagen. Es war der echte Prophet, der da vor ihnen stand, einem

Elia gleich, dessen Feuerworte dereinst in das üppige Hofleben Ahabs gezündet. Was in begeisterter Rede über die Lippen floß, einer sprudelnden Quelle gleich, das war auch nichts Erlerntes. Und wie begrüßte das Volk diesen Prediger von Gottes Gnaden!

Heute, am Himmelfahrtstage, stand Savonarola auf der Kanzel von Santa Maria del Fiore, um wieder den Donner seiner Rede über das Meer von Häuptern rollen zu lassen, die den Dom füllten. In der Tat, eine gewaltige Versammlung! In atemloser Stille lauschten jene, die sonst so leichtfertig über die Marmorstufen hinabgeeilt waren, den zündenden Worten des Feuergeistes, aus dessen Augen so viel Ernst und Geistesmacht leuchtete. Es war durchaus nicht nur einfaches Volk, das drunten im gewaltigen Kirchenschiff die Betstühle füllte. Nein, auch Patrizier und vor allem auch hohe Herren der Kirche lauschten dort seinen Worten. Sie hatten ihm den Dom eingeräumt, um den frischen Wind seiner Lehre in ihre Segel zu fangen und klug alles zu vermeiden, was gegen sie sprechen könnte.

Nun aber mochte es ihnen doch selbst beinahe bange werden. Meinte Savonarola sie, als er nun in scharfen Worten die Zuchtlosigkeit, die Sittenverderbnis und die Verflachung geißelte, die sich breit machten in Volksleben und Kirche? Wahrlich, er hielt nicht zurück mit seiner Meinung und schleuderte Wahrheiten herab von der Kanzel, die wie Spieße und Nägel unter sie fuhren.

„O ihr Bürger von Florenz", rief er mit erhobener Stimme, „einst waret ihr anderer Art denn heute! Aber nun ist Genußsucht euer Götze und Habsucht eure große Sünde. Der Gottesdienst, den ihr treibt, ist euch nur Deckmantel eurer Bosheit und die Frömmigkeit ein Gewerbe. So wie es jetzt steht, müssen Staat und Kirche untergehen. Sehet die alten Völker, die in Üppigkeit und Wohlleben hinabsanken von der Stufe des Ruhmes und der Kraft! Über sich glaubten sie den ewiglachenden Himmel zu haben, aber unter ihnen öffnete sich der Hades und verschlang sie allesamt. So nahet allen denen ein Gericht, die ihren Lüsten frönen wollen und dabei noch glauben, Gott zu dienen. Ihr müßt zurückkehren zur Einfachheit spartanischer Sitten. Ihr lebt nicht, um es gut zu haben, wenn ihr würdig und wirklich lebt. Und wie es in der Republik steht, also auch in der Kirche. Auch sie ist abgewichen. Zurück zum heiligen, einfachen Urchristentum, heißt es heute! Was soll der schimmernde Glanz und die Pracht über Totengräbern? Mögen auch Weihrauchwolken gen Himmel steigen, wenn die Werke gen Himmel stinken? Mag der äußere, blendende Schein hinwegtäuschen über die Verderbensflut, die allüberall anwächst? Gott erbarme sich über seine Kirche! Er wecke sie auf, daß sie nicht versinke in die Verdammnis, trotz allen Übungen der Gottesdienste!"

Schweigend, oft tief ergriffen, hörten die Florentiner seine Predigt an. Erschrocken sahen Priester und Bischöfe zur Kanzel empor, wenn er sich über die Not der Kirche verbreitete. Unruhig rückten Kardinäle auf ihrem Sitze und hoben das Angesicht mit scharfem Blick. Wußte der Prior wirklich, was er sagte? Aber sie sahen, wie das Volk ihm zustimmte, und darum vermochten sie nichts wider ihn, ob sich schon dann und wann die Faust unter dem Scharlach ballte.

Es war eine gärende, unruhevolle Zeit angebrochen mit dem Auftreten dieses Bußpredigers. In allen Häusern und Palästen sprach man nur noch von ihm, und das um so lieber, als er auch politisch sich als gar fähiger Kopf erwies und Ratschläge gab, die die Freiheit und Selbständigkeit der Stadt zu verbürgen schienen.

Dazu kam, daß Florenz, durch Karl den Achten von Frankreich bedroht, in Pietro von Medici einen Mann besaß, der sich unrühmlich aufs Betteln verlegte und so eine der Würde der Stadt wenig entsprechende Kriecherrolle gespielt hatte, die Savonarola gleichermaßen geißelte. Gerade damit fand er die lebhafteste Zustimmung der Bürger, die sich durch die geheimen Verhandlungen in ihrem Rechte bedroht fühlten und doch das Verhängnis nahen sahen, das wohl ein Cosimo de Medici nicht, aber ein Pietro aufzuhalten imstande gewesen wäre. Als Francesco eines Abends über die Piazza della Signoria heimwärts wollte, fand er eine aufgeregte Menge von Menschen, die sich nach dem Palaste Pietros wälzte und dort unter lauten Drohungen seine augenblickliche Flucht erzwang. Dabei hörte man wieder Drohworte gegen die Herren, die im Palazzo della Signoria saßen, und ganz offen sprachen es verschiedene Männer aus, daß es den Kardinälen sowie dem Papste selbst in einer Kürze nicht anders gehen werde. Kopfschüttelnd eilte der wackere Geigenbauer heim.

„Es sieht böse aus in der Stadt, Margerita", wandte er sich an sein Weib. „Die Saat, die so lange ausgestreut wurde, ist aufgegangen, und wie ich höre, begnügt sich nun Savonarola nicht mehr damit, nur Reformen zu predigen. Er soll bereits ganz offen gegen unsere oberste Kirchenbehörde sich ausgesprochen haben ... freilich noch nicht in Santa Maria del Fiore. O Weib! Ich glaube, das Ende der Welt naht heran oder aber, es nahet das Ende dieses Priors, der nicht weiß, welche Stürme er heraufbeschwört." Margerita bekreuzigte sich unwillkürlich. Der Schreck fuhr ihr in alle Glieder, und sie beruhigte sich erst, als sie nach einigen Tagen hörte, daß man es nicht mehr zu lange dulden werde, daß Savonarola im Dome predige, und daß eine mächtige Partei im Werden sei, die des Papstes Hilfe angerufen habe.

Dagegen habe freilich Savonarola selbst nichts eingewendet, wie er denn auch nicht aufhöre, die Schäden der Kirche zu geißeln.

Aber nach wenigen Tagen schon brachte Francesco die Nachricht, der Bürgerkrieg lasse nicht mehr lange auf sich warten. Es sei entschiedene Sache, daß der Prior am Predigen verhindert werden solle, und doch seien eben vorhin die bewaffneten Anhänger Savonarolas in großer Menge vor Santa Maria del Fiore gezogen, um den nötigen Widerstand zu leisten. Als die beiden Eltern noch bekümmert die trüben Aussichten in der Stadt besprachen und Francesco eben sagte: „Wie war es damals doch so schön, als Antonio noch ein kleines Kind war", öffnete sich die Tür, und letzterer trat selbst herein. Er trug eine prächtige neue Geige in der Hand, und auf seinem Angesicht glänzte helle Freude, als wüßte er gar nichts von dem, was in der ganzen Stadt jeden Augenblick losbrechen konnte.

„Nun, Antonio", sagte der Vater lächelnd, „was beglückt dich so? Und wem gehört das Instrument, das du in deiner Hand trägst?" Da legte er sie dem Vater in die Hand und sagte bescheiden: „Hier, mein Vater, ist meine erste Meistergeige, die ich durch Gottes Güte heute fertiggebracht habe."

Der Vater traute seinen Ohren nicht. Ungläubig schaute er bald die Violine in seiner Hand, bald seinen Sohn an, der ihn erwartungsvoll anblickte.

„Nun, das ist bald gesagt, Antonio", nahm nun der Vater das Wort. „Eine Meistergeige muß sich aber nicht nur in der Form zeigen, die allerdings sehr schön ist, sie muß vor allem auch meisterhaft klingen. Darf ich sie erproben?"

„Laß mir den Bogen, Vater", sagte er da freudig bewegt. „Dann, wenn ich gespielt habe, magst du urteilen." Er nahm den Bogen und die Geige ehrerbietig wieder aus des Vaters Hand und stellte sich dann in anmutiger Haltung auf. Leicht und zierlich setzte er nun an, und ehe der erstaunte Vater wußte, was geschah, erklang ein Instrument vor seinen Ohren, wie er in der ganzen Zeit seines Lebens nie eines gehört. Selbst die Meistergeige des Campanus ließ es weit zurück. In tiefen, vollklaren Tönen schmeichelte sich sein singender Laut ins Gehör, ja in die Seele ein, weinte und jauchzte, daß es an das Herz griff, und ließ die Perlen jubilierender Klangfülle nur so herabrollen von den vibrierenden Saiten. Die Hände gefaltet, stand Margerita mitten im Zimmer. Helle Tränen tropften aus ihren Augen, und als Antonio mit einem Gloria matris dei geendet, das sich bis zum Himmel emporzuschwingen schien, und nun der letzte Ton in einem wunderbaren Pianissimo verschwebte, da konnte sie sich nicht mehr halten. In seliger Freude lief sie auf ihn zu, umarmte ihn und rief: „Das ist des Himmels Geschenk! Du hast dich nicht getäuscht, mein Sohn!

Santa Maria gab dir den Anstoß." Der Vater aber drückte ihm in tiefer Bewegung die Hand. „Antonio", sagte er, „du hast deinen Vater übertroffen. Das ist schmerzlich, aber zugleich auch selig für mich. Ich wünsche dir von ganzem Herzen Glück zu diesem herrlichen, wunderbaren Instrument. Möge es denn viel Freude und Segen in unser Haus bringen!" Dann zum Fenster hinauslauschend, entfärbte er sich plötzlich. „Was ist das? Santa Maria Novella läutet Sturm! Hört ihr es? O mein Sohn, meine gute Margerita, das ist der Bürgerkrieg!" Er öffnete das Fenster. Da klang es in taumelnden, tiefen Lauten über die Häusergiebel, durch die Nachtschatten, gespenstisch und unheimlich. „Jetzt werden sie sich töten, um des Priors willen. Ach, in was für Zeiten müssen wir leben, und wie nahe ist bei meiner Freude das tiefe Leid! Laßt uns beten, daß es gut vorübergehe!" Er ließ sich schwer auf einen Stuhl fallen und verbarg das Gesicht in beiden Händen. Die Seinen folgten seinem Beispiel; denn auch ihr Herz war schwer.

5

Im Refektorium des Klosters San Marco erging sich Girolamo Savonarola mit seinen beiden Vertrauten, Sylvestro und Dominico. Sie waren in ernstem Gespräch begriffen, und oft stand der Prior still, um die beiden Brüder von dem zu überzeugen, was sein Herz erfüllte.

„Ehrwürdiger Vater, es ist so, wie ich sage", ließ sich nun Sylvestro vernehmen. „Ich weiß es aus sicherer Quelle. Pietro de Medici ist heimlich zurückgekehrt und betreibt nun mit aller Macht die reaktionären Pläne. Die ganze freiheitliche Gestaltung der Stadt soll hintertrieben und alles zum alten Bestande zurückgeführt werden. Er steht immer noch mit Karl dem Achten in Verbindung und hat besonders auch seine Fäden bei Ludovico Moro angeknüpft."

Des Priors ernstes Gesicht wurde noch um einen Zug ernster. „Ludovico Moro ist freilich der uns am feindlichsten gesinnte

Mann, das weiß ich wohl. Aber mein lieber Sylvestro, sei unbesorgt! Das Volk ist auf unserer Seite, und vor allem ist es Gott. Wir kämpfen ja nicht für unsere Sache, sondern für seine Ehre. So wie es jetzt um Staat und Kirche steht, kann es nicht weitergehen."

„Wenn aber Ludovico Moro die Hand im Spiele hat, geht es nicht gut", bemerkte nun Dominico. „Es ist nur zu gut bekannt, wie dieser Mailänder Herzog umspringt mit Recht und Gerechtigkeit. Ist nicht er es gewesen, der sich in die Heiratshändel Maximilians I. gemischt und ihm die Schwester des Galeazzo Sforza, Blanca Maria, zugekuppelt hat, damit dem Kaiser die 400 000 Goldddukaten zufielen, von denen er natürlich auch seinen Teil bekam? Was ich aber vernommen, ist noch schlimmer als das."

Savonarola lächelte kurz, als er die große Besorgnis seiner Getreuen sah. Er wollte sie es nicht merken lassen, daß ihm selbst das Herz zuweilen schwer war, und fragte deshalb so leichthin: „Nun, und was ist das Neueste, was mein guter Dominico gehört hat? Hat etwa Moro die Schwester des Papstes geheiratet?"

„Noch Schlimmeres als das ist geschehen", erwiderte Dominico. „Er hat dem Papst mitgeteilt, daß wir an die Könige von Frankreich, Deutschland, England, Aragonien, Kastilien und Ungarn geschrieben haben, um Berufung einzulegen gegen das päpstliche Lehrverbot."

Savonarola zuckte unwillkürlich zusammen. Diese Nachricht kam ihm zu unerwartet und mußte ihn fürs erste erschrecken. So waren also wieder geheime Umtriebe gegen ihn im Gange, und dieser Mailänder war es, der der Kurie Spionagedienste leistete.

„Das sieht dem Herzog ähnlich", murmelte der Prior. Einen Moment zog wieder ein düsterer Schatten über sein Gesicht. Dann aber beherrschte er sich mit der ganzen eisernen Energie, die ihm eigen war, und sagte laut: „Ei nun, was ist es damit? Gottes Wille wird doch geschehen, meine Brüder. Mag es Alexander immerhin wissen, daß ich protestiere gegen seine Einmischung. Er hat übrigens mit Karl von Frankreich genug zu tun, dem er den Durchzug gegen Neapel gewährt."

„Man kommt nicht mehr aus all diesen Wirrnissen, ehrwürdiger Vater", sagte nun Sylvestro. „Wie gern hätte man zuweilen einen klaren Durchblick!"

„Diesen Durchblick kann ich dir geben, Sylvestro, wenn du ihn wünschst. Es ist übrigens bald gesagt. Maximilian heiratete Blanca Maria um den Preis ihrer 400 000 Golddukaten. Ludovico bekam dafür den Preis der näheren Thronanwartschaft in Mailand vom Kaiser zugesichert. Das war sein Lohn. Dieser Preis war wieder dem Königshause von Neapel zu teuer, und so drohte es mit Krieg. Da begehrte Ludovico Frankreichs Hilfe, und Karl kam, um Unteritalien zu erobern. Wie Karl nun Florenz bedroht, wie Pietro, der Sohn des letzten großen Medici, sich Karl unterworfen und ihn umschmeichelt, und wie auch der Papst sich dazu gebrauchen ließ, Karl die Steigbügel zu halten, wißt ihr. Ganz Italien ist durch diesen Moro in unabsehbare kriegerische Verwicklungen gestürzt. Und sieht man genau zu, so steht immer dahinter als Preis ein Weib, ein Beutel voll Golddukaten, ein Land – also Ehre, Genuß, Ruhm oder Besitz. Und diese nennen sich christliche Fürsten. Wie oft wird man an beutegierige Wölfe erinnert! Am allertörichtsten hat Ludovico Moro gehandelt. Er wähnt den Klugen zu spielen, aber er sieht nicht, daß er zwei gewaltige Feinde nach Italien gelockt hat, und daß er selbst zwischen den Parteien zermalmt werden muß. Dazu wirft er noch den Funken in all den Brennstoff, der aufgehäuft liegt in den toskanischen Städten. Geht es so weiter, so ist bald wilde Anarchie die Folge, denn ... das ist die Ironie der Weltgeschichte, was die Könige und Herzöge, was die Bischöfe und Kardinäle vorleben, das ahmt das Volk nach."

„So wird am Ende auch Florenz wieder in all diese Wirrnisse hineingezogen, ehrwürdiger Vater. Können wir denn gar nichts tun, um unsere geliebte Stadt dem Einfluß dieses Ludovico und des Pietro de Medici zu entziehen?"

Dominico blieb bei dieser seiner Frage stehen; denn eben läutete die Klosterglocke zur Abendandacht.

„Menschenmacht ist nahe beieinander, mein Bruder. Aber wir wollen nicht müde werden, für unsere Stadt zu beten und ihr die Wahrheit zu bezeugen. Ich wenigstens möchte es immer treuer und besser tun. Freilich, wie es sich wenden wird, das ist dunkel. Es ist auch mir nicht verhohlen, daß der Kampf beginnt. Nicht jener Kampf zwischen den Parteien, die für oder wider uns sind – es ist ja längst entbrannt – nein, ich meine den Kampf, der von der Ewigen Stadt aus gegen mich, gegen uns eröffnet wird. Allein, was meint ihr, meine Getreuen, was ich tun soll? Fliehen oder den Kampf fortsetzen?" Forschend blickte er in die treuen Augen seiner beiden Freunde, die ihm am nächsten standen, weil sie seinen ganzen Kampf am besten verstanden.

„Fliehen wäre unmännlich!" erwiderte Sylvestro kurz. „Und fliehen wäre unnütz!" ergänzte Dominico. Da reichte ihnen der Prior die Rechte. „Ja, laßt uns auf dem Posten bleiben! Der Tod ist das Schlimmste, was einem Zeugen Gottes widerfahren kann. Und doch ist der Tod nichts Schlimmes, wenn man ihn um der Wahrheit willen erleidet. Euch, ihr Brüder, wird er freilich nicht drohen. Aber ich wünsche auch allein alle Folgen zu tragen, die sich aus meiner Predigt ergeben. Wenn es zum Treffen kommt, so rettet euch! Das ist mein Wille!"

„Wir? Nimmermehr, ehrwürdiger Vater! Auch wir wollen dem die Treue halten, der uns die Treue hielt und hält." Sylvestro haschte bei diesen seinen Worten nach der Hand des Vorstehers und küßte sie innig. Und Dominico kniete nieder, um seine Knie zu umschlingen. „Wir sind bereit, ehrwürdiger Vater, mit dir zu sterben", sagte er mit großer Bestimmtheit.

„Ich wußte es", gab Savonarola gerührt zurück. „Ich habe viele Bewunderer, aber wenig Freunde – so war es bei Jesus, dem Meister, auch. Aber das weiß ich, daß *ihr* treu seid und treu bleiben werdet. Auf denn, laßt uns zur Abendpredigt in den Dom gehen!"

Dominico erschrak. Er gedachte an den letzten Sturm vor Santa Maria del Fiore, als sich schon die Klingen entblößt hatten und nur des Priors Dazwischenkunft den Bürgerkrieg verhindert hatte. „Herr", wagte er einzuwenden, „es ist mir auch kundgeworden, daß die Söldlinge Pietros euch bei dieser Predigt schon unterwegs abfangen und einliefern sollen. Können wir dem nicht aus dem Wege gehen? Sagt nicht der Herr auch, daß wir klug sein sollen wie die Schlangen?"

„Ja, mein Freund, das sagt er. Aber es wäre nicht Klugheit, sondern Feigheit, gingen wir heute nicht in den Dom. Denke daran, wie viele Menschen auf mich warten, und wie sie hungern nach der Wahrheit! Glaube mir, niemand krümmt uns auch nur ein Haar; denn noch ist die Stunde nicht gekommen. Auf, holt eure Lichter; Gott wird uns geleiten."

Wenige Minuten später eilten die drei Männer durch die dunklen Straßen von Florenz. Es war ein mondloser Abend, und die Nischen und Ecken der Gassen waren in tiefe Finsternis gehüllt. Klang da nicht mehr als einmal schon ein Ton von Waffen aus der Finsternis? Oder war es wirklich nur das Rauschen des Arno gewesen, dessen Wellen sich heute lauter denn sonst an den gewaltigen Pfeilern der Ponte della Rarria brachen? Doch eben, als sie in die letzte Gasse einbiegen wollten, die zur Piazza della Signoria führte, vertrat ihnen ein Mann den Weg. Mit allen Zeichen der Aufregung stürzte er auf den Prior zu und flüsterte ihm zu: „Keinen Schritt weiter, ehrwürdiger Vater! Verschworene lauern bei Santa Macato, und die ganze Gasse ist angefüllt mit Bewaffneten."

„Wie heißt du, mein Sohn?" fragte Savonarola leise.

„Valotti ist mein geringer Name. Ich bin nur ein Maler, aber ich liebe die Wahrheit, und darum muß ich warnen."

„Und wer hat diese Verschwörung angezettelt?" fragte der Prior weiter, während Sylvestro dem Fremden mit der Kerze rasch ins Gesicht leuchtete. Da senkte der Maler traurig den Kopf. „Die vom Hause Medici", sagte er traurig, „und unter ihnen . . . mein eigenes Weib!"

„Wie, dein eigenes Weib. Und du denkst anders als sie?"

„Ja, ich suche schon lange die Wahrheit, Signor. Ich und meine Tochter Elisabetha, die wir verborgen vor den Verwandten hier in Florenz leben. Aber nun, seit wir die Predigten im Dome hören dürfen, geht uns der Stern des Morgens auf. O wie froh sind wir über jedes Wort und mit uns noch viele! Wie hungern wir nach Gottes Licht und nach Gottes Wahrheit! Nur eines ist uns nicht klar genug: Kann Gott so arme Wesen, wie wir sind, annehmen ohne alles weitere, können wir ihm trotz unserer Sünden gefallen?"

Der Prior blickte in ein sehnsuchtsvolles Gesicht, und als er die Silberfäden in dem dunklen Haupthaar gewahrte, wurde er tief gerührt und erwiderte: „Ich werde heute abend in Santa Maria del Fiore darüber predigen. Nun aber wird es Zeit, die Domglocke schlägt an." Machtvoll erklang das Geläute über die dunklen Gassen und Häuser, als wollte es diesmal eine besonders wichtige Botschaft verkündigen. Das dunkelklare Dröhnen schwang die mächtigen Tonwellen weithin, und es war, als bebe die ganze Luft davon.

Da kniete Valotti plötzlich auf dem harten Pflaster der dunklen Gasse nieder vor dem Prior von San Marco. Bittend hob er den sehnsuchtsvollen Blick empor: „Ehrwürdiger Vater, segnet mich! Ihr seid ein heiliger Mann, wie ich noch keinen gehört, wie Florenz und ganz Italien noch keinen gehabt. Gott wird auch euch segnen, und er wolle euch bewahren."

Sylvestro und Dominico blickten ängstlich nach vorn, und ihre Augen versuchten, das Dunkel, das jenseits ihrer schwachen Lichter lag, zu durchdringen. Aber der Prior legte ruhig die Hand auf des Malers Stirn.

„Der Herr lasse dir sein Licht leuchten, er gebe dir Frieden in die Seele durch sein heiliges Opfer, das genugsam ist für uns alle!"

„Innigen Dank, Signor", flüsterte Lorenzo bewegt. „Auf diese Stunde, auf diesen Augenblick wartete ich so lange schon.

Aber nun entweicht schnell in eine Nebengasse! Ich höre Klirren der Schwerter!"

Doch Savonarola schüttelte den Kopf. „Wer glaubt, der flieht nicht!" sagte er ruhig, und ein tiefer Friede leuchtete aus seinen gütigen Augen. „Jene Schwerter werden mich nicht treffen, guter Freund. Du aber habe Dank für deine Sorge! Auf denn, in den Dom! Siehe, wie die Menschen herbeiströmen, Gott zu hören! Und wo Gott sie selber ruft, sollte ein Medici es verhindern, daß Er auch redet? Nein, noch ist für Florenz Gnadenzeit." Freundlich nickte er Lorenzo noch einmal zu. Dann winkte er den beiden Gefährten, und getrost schritten alle drei durch das Dunkel der Gasse vorwärts. Wohl flackerte der Lichtschein im Nachtwinde, und zuweilen bebte die Hand der Mönche, die noch nicht so stark waren wie ihr Lehrer und Meister. Savonarola aber lauschte nur auf den gewaltigen Klang der Glocken, die ohne Aufhören riefen und luden. Und als er nahe dem Palazzo della Signoria kam, sah er zu beiden Seiten wohl Soldaten und Landsknechte stehen, deren Rüstungen im Kerzenscheine aufglänzten. Doch wie gebannt von einer höheren Macht blieben sie stehen, als sie des Priors hochaufgerichtete Gestalt erblickten. Kein einziger der gedungenen Söldner wagte es, das Schwert aus der Scheide zu ziehen oder den Dolch zu zücken. Ohne daß ihm ein Haar gekrümmt wurde, schritt Savonarola durch ihre Reihen. Noch einen Augenblick, und der mächtige Domplatz nahm ihn auf. Hier brannten Pechfeuer in eisernen Pfannen und warfen tanzende Lichter auf das hohe Portal von Santa Maria. Die Menge strömte von allen Seiten herbei; denn man raunte sich zu, daß die Predigten des furchtlosen Zeugen bald aufhören würden.

An diesem Abend aber predigte er mit besonderem Ernst und mit besonderer Kraft. „Ihr wißt", rief er, „daß ich ein treuer Sohn der Kirche sein will, und keiner unter euch kann mir vorwerfen, daß ich Santa Maria del Fiore je entweihte. Erst habe ich in meiner Schrift „Der Triumph des Kreuzes" dargetan, daß ich ein strenggläubiger Katholik bin. Nun aber klagt man mich der Ketzerei an, und der Papst verlangt meine Auslieferung. Bürger von Florenz! Wollt ihr mich ausliefern, so bin ich dazu bereit." Er machte eine Pause, und während dieser Pause entstand eine Bewegung im ganzen Schiff des Domes. „Niemals!" riefen einige Stimmen, und sogleich wurde der Ruf aufgenommen und von Hunderten wiederholt. Entsetzt blickten Priester und Bischöfe, die dem Gottesdienste beiwohnten, um sich. Eine solche Entweihung von Santa Maria hatten sie denn doch für unmöglich gehalten. Waren das die sonst so ehrerbietigen Bürger von Florenz? Aber daran war ja niemand schuldig denn er, der dort, mit dem hölzernen Kreuze in der hageren Rechten, auf der Marmorkanzel stand, gleich einem Felsen, den die Meereswogen umbranden. Jetzt winkte Savonarola mit der Hand, und sogleich entstand eine tiefe Stille. Er fuhr fort in seiner Rede: „Der Kampf zwischen Florenz und Rom ist also entbrannt. Aber wir wollen diesen Kampf nicht führen mit den Waffen der äußeren Gewalt. Nein, Mitbürger! Mit den Schwertern des Geistes sei er allein durchgefochten! Wir selbst wollen das tun, was Gott uns zu tun gebietet. Soll unsere Stadt blühen, soll die Kirche aufstehen aus dem Schlafe, soll Gottes Zorn, der das Schwert über uns schon ausgezogen hat, weichen, dann gilt das eine, das große, das gewaltige Wort: Tut Buße! Ja, tut Buße, ihr Bürger von Florenz! Glaubt ihr den Allmächtigen täuschen zu können mit der äußerlichen Religion, mit Festen, mit Weihrauch, mit Opfern und Liedern? Verhüllen diese Dinge eurer Seele Nacktheit vor seinem heiligen Flammenauge? Durchbohrt es euch nicht vielmehr und entdeckt alles in leuchtender Klarheit? Ihr seid nicht gut in euch, ob ihr schon euch gut wähnt. Ihr könnt nicht gut werden, ob ihr schon darnach trachtet. Ihr werdet nie gut sein, wenn ihr nicht annehmt, was Christus, der Herr, für euch getan! Da er am Kreuze starb, hat er uns gut gemacht. Da er als Mittler eintrat, machte er überflüssig alle Heiligen. Ja, ihr Bürger von Florenz, ich rufe euch zu mit Donnerstimme: Weg von euch selbst, weg von den Marmorbildern hier im Dome, weg von allem und hin zu Ihm! In

Christo ist alles Heil, wie Paulus bezeugt! Daß wir Ihn so verlassen, daß wir *vor* Ihn gestellt unsere Fahnen und unsere Kirche, das ist unsere Sünde. Tut Buße!

Tut Buße, ihr Priester! Ihr habt das Volk nicht recht geführt! Den Flitter hängt ihr euch und ihm um, aber das Gewand der Rechtfertigung habt ihr nicht. Euch laßt ihr verehren, statt die Ehre Ihm allein zu geben. Die Gebete murmelt ihr, aber euer Leben flucht diesen Gebeten. Ihr liebt das Vergnügen, ihr trinkt den Wein, ihr hascht nach Geld. Aber das ist kein Priester, der also tut! Priester sollen heilige Leute sein, Priester sollen lehren mit dem Leben, Priester sollen Diener, nicht Herrscher sein. Tut Buße!

Tut Buße, auch ihr Gewaltigen, Herren, Bischöfe und Kardinäle der Kirche! Ich sehe eure Scharlachgewänder, eure Edelsteine, eure Goldketten, eure Seide! Ich sehe daneben die heilige Armut Christi, der fremd, arm und ausgestoßen dahinging. Ihr trachtet und jagt nach dem Hut der Ehre, Er trug die Dornenkrone! Ihr hüllt euch in Purpur und Seide wie die Könige, Er aber ließ sein Gewand verlosen und hing nackt am Kreuze! Ihr strebt nach der Tiara! Er strebte nach Demut und galt nichts vor jenen, die des Hohenpriesters Gewand trugen. Auf eurer Brust hängt das Goldkreuz, auf seinem Rücken aber hing das Holzkreuz mit blutiger Last. Im Blick auf den, der der Kirche Herr und Gründer ist, tut Buße!

Und du, Alexander auf dem päpstlichen Stuhle! Du, Kardinal Rodrigo Lenzuoli Borgia! Was tust du dort, wo nur ein Heiliger stehen kann? Höre, was ich dir zu sagen habe, der du mir die Predigt verboten! Niemand rief dich als dein Ehrgeiz! Niemand liebt dich als du selbst! Aber jedermann kennt dich und verwünscht dich, der du Petri Stuhl erschlichen, erkämpft! Du übertriffst die weltlichen Fürsten, die mit dem Schwerte die Länder fressen! Denn du weidest die Herde nicht, sondern scherst nur ihre Wolle und zertrittst die schwachen Lämmer und Schafe. Tue Buße, auch du! Steige vom Stuhle Petri, ehe dich der Allmächtige herabstürzt!"

Durch die Reihen der Zuhörer ging es abermals wie eine Befreiung bei diesen Worten, die gewaltig und mit Donnerstimme vorgetragen wurden. Andere schlichen vorbei an den mächtigen Säulen, die den Bau stützten, um die Dunkelheit zu gewinnen. Das böse Gewissen trieb sie hinaus. Und wieder andere saßen und ballten ingrimmig die Faust unter dem Scharlachgewande, weil der Prior sie gemeint hatte, wie sie dachten. Noch nie hatte er so gepredigt wie heute. Das konnte nicht so weitergehen, wenn nicht alles zusammenbrechen sollte, was Ehrfurcht vor der Kirchenmacht aufgebaut hatte.

Im Triumph geleiteten die Freunde Savonarolas ihn zurück nach San Marco. Heute hatte er ihnen noch am besten gefallen. Nun war das Losungswort erklungen, auf das sie so lange gewartet hatten, und dieses Wort hieß: Kampf wider Rom! Dieser Losung jubelten sie zu, nicht weil sie Feinde der Kirche gewesen wären, nein, weil jener Alexander der Sechste der Schandfleck des römischen Stuhles war. Ein Mann, der Meineid, Mord und Blutschande trieb und daneben den höchsten Sitz der christlichen Kirche zu erschleichen gewagt, war der Fluch dieser Kirche. Er, so dachten sie, muß nun fallen, und damit wird die Reformation von ganz Italien eingeleitet.

6

„Komm hierher, meine Tochter, ich will dir sagen, was du so sehnlich zu wissen begehrst", sagte Lorenzo Valotti zu seiner Elisabetha, als beide an jenem Abend von der Predigt Savonarolas zurückgekehrt waren. Waren es auch sehr einfache Verhältnisse, in denen sie lebten, so waren sie doch beide glücklich. Nun aber, da das unklare Sehnen des Malers nach kirchlicher Reinigung und Reformation immer klarere Formen angenommen, kam zu dem Glück des Geborgenseins im kleinen Heime noch das tiefere der zunehmenden Erleuchtung über Gottes Willen und Absichten. Noch hatte Lorenzo keine Predigt des Priors versäumt, und mit allem Fleiße suchte er auch sein Kind in die Welt einzuführen, die ihm so groß geworden war. Und da nun

Elisabetha, achtzehn Jahre alt geworden, heute abend zum ersten Male auch mit in der Predigt war, begehrte sie vom Vater verschiedenes zu hören über den wunderbaren Mann, den die einen liebten über alles, die andern aber ebenso glühend haßten.

Sie setzte sich auf einen Schemel zu den Füßen ihres Vaters nieder und nahm eine Arbeit zur Hand. Lorenzo aber erzählte ihr. „Es gibt noch wirkliche Propheten, Elisabetha, wie es damals Propheten gab, als Gott dem Volke Israel sich offenbarte. Und unser Savonarola, der heute seine Hand auf mein Haupt legte, ist ein solcher Prophet. Viele wollen das nicht glauben. Du aber höre! Hieronymus Savonarola oder Fra Girolamo heißt der unerschrockene Held Gottes. Er wurde unter fünf Brüdern und zwei Schwestern zu Ferrara im Jahre 1452 geboren, und zwar, wie du ihm wohl angemerkt hast, stammt er aus einem edlen Geschlecht. Wie könnte er auch sonst solchen Geistesadel, solche Bildung besitzen! Sein Großvater Michael Savonarola schon war kein gewöhnlicher Mann, sondern Naturforscher und Leibarzt des Prinzen Nikolaus von Este. Ihm sollte Savonarola Ehre machen, und ich denke, er hat mehr als das getan, was man von ihm erwartete. Freilich das äußere Studium befriedigte ihn nicht. Darum durfte man es ihm auch nicht verübeln, daß er, ein tiefer, sinnender Knabe, frühe schon die Einsamkeit suchte, ähnlich dir, mein Kind.“ Elisabetha errötete und beugte sich über ihre Stickerei, um dieses Erröten zu verbergen. „Tollten seine Altersgenossen über die herzoglichen Wiesen und in den Gärten von Ferrara, so suchte er stille Plätze auf, um den Rätseln der Zeit und der Ewigkeit nachzusinnen. So erzählte uns sein Freund, Graf Giovanni Francesco Pico von Mirandola, den zu kennen ich die Ehre habe. Als er voriges Jahr die Marmorschöpfungen Balastrinis besichtigte, saßen wir einen Abend lang zusammen, und da gab er uns seine Aufzeichnungen über den von ihm heißgeliebten Prior.“

„Es ist wunderbar, Vater, wie Gott solche Menschen, die später etwas Großes leisten sollen, schon in der Jugend vorbereitet.“

„Gewiß, Elisabetha!" erwiderte Lorenzo nachdenklich. „So trieb es auch den tief veranlagten Girolamo im dreiundzwanzigsten Jahre seines Lebens nach Bologna in ein Dominikanerkloster ... die Welt und die Kirche erschienen ihm als ein Babel, in dem das ursprüngliche Edle und Echte des Christentums längst verlorengegangen war. Savonarola begehrte nicht den Goldglanz der äußeren Pracht, sondern die innere Wahrheit, die ihm über alles ging."

„Wie richtig von ihm!"

„Ja, Elisabetha! Gott hatte es ihm in die Seele gesenkt, daß alles, was die Kirche in der äußeren Form zeigt, inneres Erleben sein muß. Pico von Mirandola zeigte uns noch den Brief samt Siegel, den er zwei Tage nach der Ankunft in Bologna schrieb. Es heißt darin: ‚Ich konnte die enorme Gottlosigkeit des italienischen Volkes nicht ertragen. Überall sah ich die Tugend verachtet und das Laster in Ehren. Als Gott in Antwort auf meine Gebete sich herabließ, mir den rechten Weg zu zeigen, da konnte ich mich doch nicht wehren? O süßer Jesus, laß mich tausendmal lieber den Tod leiden, als deinem Willen mich zu widersetzen und mich undankbar gegen deine Güte zu zeigen!'

Herzlich bat er den Vater um Verzeihung für seine Flucht von Ferrara, innig die Mutter um ihren Segen. Und beide konnten ihm das Erbetene nicht wehren. Denke nicht, Elisabetha, daß Savonarola nach Hohem trachtete! Er wollte im Anfang, indem er auf Jesus blickte, nicht mehr sein als ein geringer Laienbruder. Aber die Vorgesetzten merkten, daß sie keinen Sperling, sondern einen Adler gefangen hatten. Sie ließen es nicht zu, daß er nur den Mönchen die Füße wusch, ihre Sandalen reinigte und dergleichen Arbeiten tat. Er mußte und durfte Theologie, Naturwissenschaft und Philosophie studieren, und was ihm das liebste war, das waren die Schriften des Thomas von Aquino, des heiligen Augustinus und — Elisabetha, das Buch, dessen Worte wir nur lateinisch hören sollen, die heilige Bibel. Die Bibel soll er beinahe auswendig wissen; wenigstens weiß ich, daß er lange Teile in seinen Predigten ohne jede Notiz zitiert."

„Das setzt aber ein wunderbares Gedächtnis voraus, Vater. O wie gern würde auch ich die Bibel so lesen und lernen!"

Sehnsüchtig schauten die klaren, tiefen Augen des schönen Mädchens in die Ferne, und die schlanken Finger vergaßen ganz, den roten Seidenfaden weiterzuziehen.

„Es kann noch werden, Elisabetha", sagte der Vater freundlich. „Doch höre weiter! Wolltest du es glauben, daß Savonarola zuerst sehr schlecht predigte, und daß er mit seiner rauhen Stimme und seinen unbeholfenen Ausdrücken einen kläglichen Eindruck machte? Am Ende sollen ihm nicht mehr als 25 Zuhörer Aufmerksamkeit geschenkt haben. Dann aber, es war zu Brescia im Jahre 1486, brach seine Rednergewalt wie eine sprudelnde Quelle in reichlichen Gaben hervor. Und nun strömten die Menschen zu ihm, um seinen machtvollen Predigten zu lauschen. Es waren ernste Wahrheiten, die er den Brescianern zu verkünden hatte. Tief in seiner Seele schlummerte der Antrieb, alle und alles unaufhörlich zur Buße zu rufen, weil schwere Gerichte über Italien sich heranwälzten. Bald darauf bekam ja Florenz den großen Mann; er wurde, wie du weißt, von seinen Oberen in das Kloster San Marco gesandt, damit er seinen Novizen als Lektor diene."

„Wie gut von ihnen, daß sie ihn hierher schickten, Vater! Ich glaube, wenn eine Stadt in Italien ihn nötig hatte, so war es Florenz."

„Gewiß, Elisabetha! Aber es ist jetzt freilich so, daß die ganze Christenheit Bußprediger haben sollte."

Trübe sah Lorenzo vor sich nieder. Er gedachte wieder an die Worte, die heute in der Abendpredigt gefallen waren.

„Florenz freilich vor allem! Du weißt ja, wie es bei uns stand. Vor fast einem Jahrhundert begann die Blüte der Mediceer, dieser reichen Kaufleute und Goldbesitzer, die dem Papste Dukaten liehen und die Stadt zur Schuldnerin hatten. Cosimo de Medici war der erste, Elisabetha, der wie ein Fürst herrschte in unserer republikanischen Stadt, und wie hat er es verstanden, Kunst und Wissenschaft zu fördern! Nicht, als wäre das nicht gut und schön gewesen. Aber je mehr die Kunst blühte, je reicher die Kirche wurde, um so tiefer sanken die Sitten, und um so mehr lockerte sich der gute Ton. Dann ist dir der Enkel Cosimos, Lorenzo der Erlauchte oder der Glänzende, bekannt. Er gab die Kaufmannsgeschäfte auf, und durch seine Heirat mit der Fürstin Orsini wurde er nicht so sehr bekannt, als er durch seine Freigebigkeit und seinen freiheitlichen Geist sich die Gunst der Florentiner erwarb. Aber das war der Kirche schon nicht bequem, und das Trauerspiel setzte ein, als sich ein Neffe des Papstes und ein Erzbischof an die Spitze einer Verfolgung und Verschwörung setzten, die die Pazzi anzettelten. Giovanni de Medici, der schon in seinem dreizehnten Jahre den Kardinalshut trug, war ja dann später Papst Leo der Zehnte. Er hatte alle weltliche Bildung, gewiß, verstand Kunst und Wissenschaft, aber die Religion ermangelte ihm so sehr wie der sittliche Ernst. Elisabetha, diese Päpste kennen wir! Sie sind der Fluch der Kirche geworden."

„Mich wundert, daß sich das Volk das alles so gefallen läßt, Vater. Eigentlich sollte es doch bestimmen, wer über ihm steht als Erzhirte."

„Gewiß, Elisabetha! Aber das war es eben, was auch Savonarola wollte. Daß Florenz seine Freiheit so ganz verloren hatte an die Goldherren, daß neben der Kunst und dem Wissen heidnischer Sinnengenuß einherging, und ... daß vor allem eine in Gold und Scharlach strotzende Kirche nach außen hin alles zu sein schien, was ihr innerlich fehlte, das, mein Kind, kränkte den Dominikaner von San Marco nicht wenig. Und so nahm er mit diesem mediceischen Fürstenhause und nimmt er jetzt auch mit dem Papste den Kampf auf Leben und Tod auf. Wie klein fing Savonarola auch hier an! Als Bettelmönch zog er von Haus zu Haus, aber als Prophet Gottes predigte er zuerst in seiner Zelle, dann im Klostergarten, und bald strömten die Zuhörer nur so heran. Savonarola predigte über die Offenbarung Sankt Johannis, Elisabetha, und o mit welcher Kraft Wie deckte er da von jeher alle Sünden des Volkes, der Priester und der Mönche auf! Noch ist mir in Erinnerung, wie er einst in Santa Maria rief: ‚Eure Sünden machen mich zum Propheten! Bisher war ich der Prophet Jona, der Ninive ermahnte. Doch ich sage euch, wenn ihr meine Worte nicht hört, werde ich der Prophet Jeremia sein, der den Untergang von Jerusalem verkündigte und darnach die zerstörte Stadt beweinte; denn Gott will seine Kirche erneuern, und das ist nie ohne Blut geschehen.'

Elisabetha! Ein Jahr schon nach seiner Niederlassung in Florenz wurde Savonarola Prior in San Marco. Aber was andere taten, das tat er nicht. Er machte keine Aufwartung bei dem Stadtleiter von Florenz, obschon Lorenzo wie auch Cosimo dem Kloster, dessen prächtige Freskogemälde dir bekannt sind, so viel schenkten.

Lorenzo der Prächtige aber wollte Savonarola nicht zum Feinde haben. Und ich weiß, daß er ihm Reichtümer und Ehren anbot, daß er kein Mittel unversucht ließ, um den gefürchteten Prior seinem, dem Hause der Mediceer, geneigt zu machen."

„Und Savonarola hat alles verschmäht, Vater?" Forschend blickte das Mädchen auf.

„Männer von seiner Art wollen lieber Päpste und Könige als die Wahrheit zum Feinde haben, meine Tochter. Manchmal besuchte Lorenzo auch San Marco und begegnete Savonarola mit ausgesuchter Höflichkeit. Aber auch die Ehre vermochte das nicht zu vollbringen, was der Besitz nicht fertigbrachte. Girolamo blieb fest. Da, als der reiche, fürstlich geehrte Mann schon auf dem Sterbebett lag, ließ er den Prior noch einmal kommen. Er erhoffte auch jetzt noch eine Umschwenkung und die gleiche Höflichkeit, die er ihm erwiesen. Aber er täuschte sich."

„Das war gut, Vater", rief sie fröhlich und klatschte in die Hände.

„Ja, Elisabetha, es war gut so; denn die Fürsten des Geistes dürfen sich nicht wandeln. Als Lorenzo Magnifico von ihm die Absolution der Sünden verlangte, da stellte ihm Savonarola diese nur in Aussicht, wenn er drei Bedingungen erfülle. Er verlangte: den Glauben, die Wiedererstattung des unrechtmäßig erworbenen Gutes und die – Freiheit des Vaterlandes!"

„Bravo, bravissimo, Vater!"

„Du freust dich darüber, mein Kind, und was freut dich am meisten?"

„Daß er die Freiheit von Florenz verlangte, Vater!" Elisabethas Augen blitzten bei diesen Worten.

„Das höre ich gern von dir, doppelt gern, da deine Mutter doch auch eine Medici ist, mein Kind. Gerade die letzte Forderung soll Lorenzo übrigens nicht bestätigt haben, und Savonarola ging, ohne ihm Absolution zu erteilen."

„Ein ganzer Mann, Vater!"

„Ja, und ein ganzer Mann Gottes, ohne Furcht und Tadel! Dann, als Lorenzo der Prächtige gestorben war, kam Pietro. Und in demselben Jahre, das weißt du, erschlich sich Kardinal Borgia den Stuhl Petri! Ha, wenn ich daran denke, daß er, der lasterhafter als ein Heide ist, heute noch dort sitzt und schwelgt, heute noch in Schande lebt, ballt sich meine Faust! Wer die Kirche liebt, muß ergrimmen, daß jene, die der Kirche Hüter sein sollten, ihre Verderber sind. Aber Gottes Gericht wird nicht ausbleiben. Hat doch Savonarola selbst gerufen in Santa Maria Novella: Ich sage euch: es kommt ein Sturm, und der Sturm wird die Berge erschüttern; über die Alpen wird er einherziehen gegen Italien, ähnlich dem Kores, von dem Jesaja schreibt."

„Und ist jener Sturm gekommen, Vater? Hat Savonarola recht gehabt?"

„Es ist noch nicht aller Tage Abend, mein Kind. Wohl zog Karl der Achte von Frankreich heran über die Apenninen, nicht aber, um Florenz zu befreien, sondern um Neapel zu erobern. Und dann kam die Schande Pietros de Medici, der sich schmachvoll unterwarf, und gegen den Savonarola deshalb mit allem Einfluß auftrat. Ach, das alles lag dem treuen Manne schwer auf der Seele! Er wollte es ganz anders ausführen als die Machthaber. Ihm lag des Volkes Freiheit, aber auch die Reinheit der

Kirche mehr am Herzen als aller Fürsten Händel. Und so berief er jene denkwürdige Volksversammlung in den Dom, wo er dem Volke zurief: Gott allein, o Florenz, will dein König sein, wie er nach dem Alten Bunde der König Israels war und zu Samuel sprach, als das Volk einen König wollte: Hat mich dieses Volk verworfen? Daß die Liebe herrsche in diesem Staate Florenz, war ihm so wichtig, Elisabetha, wichtiger als alles, und noch steht jenes andere prächtige Wort vor mir, das er im Dome rief: Je näher an Gott, desto geistiger und stärker ist sein Reich. Niemand aber kann Gemeinschaft mit Gott haben, der nicht Frieden mit seinem Nächsten hat.

Ja, es waren große Tage, mein Kind, als das Volk ihm zurief: Viva Christus, viva Firenze!"

Er stützte den Kopf in die Hand und blickte abermals sinnend in eine Ecke des kleinen Gemaches, wo ein Kupferstich von Florenz hing, aus dem der Dom imponierend herausragte.

„Dann kam die große, dreijährige Zeit, Elisabetha. Es war wie bei den ersten Christen. Über der Kanzel im Dome prangten damals noch die Worte: Jesus Christus, König zu Florenz! Unrechtmäßig erworbene Güter wanderten zurück in die Hände der Besitzer. Todfeinde versöhnten sich ..."

„Nur meine Mutter nicht mit dir, geliebter Vater", rief hier Elisabetha in aufwallendem Gefühl und sank an ihres Vaters Hals. Ihre Augen waren feucht geworden. Sie konnte es nicht verstehen von der Mutter, daß sie den Vater nicht rief, daß sie unversöhnlich bleiben wollte bis zuletzt.

„Die Mutter, ja die Mutter ist eben von der Reaktion, Elisabetha. Sie kann es mir nie verzeihen, daß ich dich nicht ins Kloster gesteckt, und daß ich nun auch ein Anhänger dieses Fra Girolamo geworden."

„Aber sie muß doch auch sehend werden, Vater! Sie muß doch sehen, daß der Prior Florenz glücklich macht!"

„Das Gegenteil sieht sie, Kind. Und ach, jene drei Jahre sind vorüber! Wollte Gott, ihr Segen hätte länger angedauert! Denn was war das doch für eine wunderbare Zeit, in der anstatt der lockeren Lieder die geistlichen Gesänge von Girolamo Beniviene, einem Schüler des Priors, ertönten, als der berühmte Maler Fra Bartolomeo seine ungöttlichen Bilder ins Feuer warf, Karten und schlechte Bücher verbrannt wurden und selbst der Karneval, Elisabetha, einer Prozession Platz machen mußte. Zwar ist noch immer ein großer Teil der Signoria, der Abgeordneten von Florenz, für Savonarola, und noch liebt ihn das Volk. Doch mir scheint, es ziehe eine Wandlung herauf, vor der ich zittre. Gott segne den Mann, der nicht sich, sondern sein Vaterland und das Reich Gottes so treu sucht!"

„Mir sagte die Nachbarin, daß Savonarola zu mönchisch sei und ganz Florenz in ein einziges Kloster verwandeln wolle; deshalb mache sich auch eine starke Strömung gegen ihn geltend, Vater", erwiderte Elisabetha. „Ist dem so, oder wie denkst du darüber?"

„Es mag wohl sein, daß er manches übertreibt — das ist vielleicht die Art solcher Männer, Elisabetha. Aber du darfst nicht vergessen, daß, wer die starke Macht des Verderbens angreifen will, es nicht mit schwächlichen Mitteln tun kann. Es ist der Propheten Art, einseitig zu sein, darin liegt gerade ihre Kraft. Unsere Priester sind das Gegenteil davon. Sie verneigen sich nach allen Seiten und wollen es mit Gott und dem Teufel nicht verderben. Das hat mich schon oft angeekelt. Darum verachtet sie aber auch das Volk, das Entschlossenheit und Tatkraft liebt. Lassen wir immerhin die Nachbarn reden! Mir ist es wichtig, in den Geist Savonarolas einzudringen und denselben Frieden zu genießen, den er hat. Darum höre ich nicht auf die Reden der Leute, sondern bilde mir mein Urteil selbst, wie ich es je und je getan. Und du könntest mir keine größere Freude bereiten, als in meinen Fußstapfen zu gehen und diesen lieben Knecht Gottes ebenfalls zu lieben, auch trotz seiner Fehler; denn — das glaube mir — Savonarolas Fehler sind besser als die Tugenden der Kardinäle.

„Ich liebe ihn auch, Vater, und mein Herz war mächtig bewegt heute abend. Und wenn ich daran denke, daß ich nun durch ihn und vor allem auch durch dich die Wahrheit finden darf, so ist mir das mehr, als wenn ich im Palazzo meiner Ahnen in Samt und Seide säße."

„Ich danke dir für dieses Wort, meine Tochter", sagte Lorenzo bewegt. „Ja, ich sehe, daß mich Gott nicht ohne Trost gelassen in meiner Einsamkeit, und daß du aufrichtigen Herzens bist. Den Aufrichtigen, Elisabetha, läßt es der Herr gelingen. Hier, nimm diesen Kuß – er küßte sie auf die reine Stirn – und fahre fort! Doch nun laß uns zur Ruhe gehen; denn der Abend ist vorgerückt. Komm, wir beten noch zu Christus – auch für unseren tapferen Fra Girolamo!"

7

Das heilige Weihnachtsfest 1497 war gekommen. Trotz des Breve des Papstes, der Savonarola das Predigen verbot, hatte dieser wiederholt die Kanzel bestiegen. Machtvoll ertönte seine Stimme auch jetzt noch, da schon manche Ohren ihm nicht mehr so zugeneigt waren wie ehedem, als sie noch ganz den Propheten in ihm gesehen hatten. Gewaltig predigte er von dem Segen der Umkehr, von der erschütternden Gewalt des Gerichtes und vom Gottesstaat. Da, als er wieder einmal die Kanzel besteigen wollte, fand er einen ausgestopften Eselskopf auf dieser befestigt. Bübische Hände verhöhnten also seine Wirksamkeit. Auch die politischen Verhältnisse waren nicht zu seinen Gunsten gediehen. Karl der Achte, auf den er so große Hoffnungen gesetzt und mit dem er ein Bündnis abgeschlossen hatte, vermochte sich in Unteritalien nicht zu halten. Die unteritalienischen Staaten, der Papst an der Spitze, verbündeten sich wider ihn, und so zog er sich zurück, um nicht zwischen sie und Mailand zu geraten. Dazu hatte die Pest im Juni des Jahres 1497 gewütet, ohne daß der Prophet etwas anderes dagegen hätte tun können, als Liebe zu üben und den Tod zu verachten. Der Schimmer um sein Haupt war also im Verblassen begriffen. Aber der Prior hatte ja noch nie um Volksgunst gebuhlt. So predigte er unerschüttert weiter, gestützt auf diejenigen Anhänger, die bereit waren, ihn jedesmal mit der Waffe in der Hand in den Dom zu geleiten. Laut klang es noch immer von der Kanzel: „Dieses gottlose Breve kommt nicht vom Papst, es ist vom Teufel. Ich muß predigen, weil Gott mich dazu gesandt hat, und wenn ich gegen die ganze Welt anzukämpfen hätte, ich werde am Ende doch siegen." Noch einmal hatte sich zwar die Signoria ganz auf seine Seite gestellt, als die Mediceer den Versuch machten, öffentlich zurückzukehren und ihre Herrschaft wiederaufzurichten. Sie verurteilten fünf angesehene Helfer Pietros zum Tode, und Savonarola mußte es gestatten, daß sie tatsächlich enthauptet wurden. Nun aber raffte die päpstliche Partei alle Macht zusammen. Es mußte den Bürgern von Florenz auffallen, daß in den letzten Zeiten die hohen Würdenträger der Kirche, die in Florenz aus- und eingingen, sich mehrten. Die Feste mehrten sich ebenfalls, bei denen Rom seine Macht zur Schau stellte. Auch an diesem Weihnachtstage sollte die Weihnachtsmette dazu dienen, ohne Worte gegen Savonarolas asketische Art zu protestieren. Bischöfe und Prioren, ja selbst Kardinäle waren erschienen, um Santa Maria zu schmücken. –

In seiner Kammer kniete Antonio in stillem Gebet. Heute sollte er zum ersten Male im Dom mit seiner Meistergeige auftreten. Das war also ein bedeutungsvoller Tag für ihn und für die ganze Familie. Er war nicht wenig stolz auf die Ehre, aber er zitterte auch etwas, ob es ihm wohl gelingen werde, die höchste Leistung zu erzielen, die der hohen Gäste würdig wäre. Und dann galt es ja, den Ruhm seines Instrumentes auch öffentlich zu begründen. So klopfte sein Herz, als er vom Gebet aufstand und sorgfältig die Geige aus ihrer seidenen Umhüllung herausschälte, um sie noch einmal zu stimmen und zu prüfen. Als sie auch heute wie immer hell und volltönend klang, drückte er einen Kuß auf ihr duftendes Holz und preßte sie an sein Herz. Dann barg er das geliebte Instrument sorgfältig unter dem Gewande und begab sich zu den Eltern, die schon auf ihn warteten. Die Mutter strich ihm die dunkelbraunen Locken noch einmal mit liebender Sorgfalt zurecht. „Nicht aufgeregt sein, Antonio, und nicht zu wild phantasieren, hörst du? Der heilige Ort verträgt es nicht, und seine Weihe muß allezeit gewahrt bleiben. Die heilige Madonna, die ja die liebe Schutzheilige von Florenz ist, helfe dir! Bringe unsere Familie zu Ehren, damit es anders gehe als bei unseren Nachbarn, deren Zerwürfnis das Gespräch aller Leute ist!" Antonio küßte ihr die Hand. Es war keine leere Form, sondern wirkliche Ehrerbietung; denn er stellte die geliebte Mutter über alles, und es war ihm, als müsse er sie alle Tage mehr erfreuen.

Der Vater blickte mit einem sonnigen Lächeln auf Antonio. Daß er seine Sache gut machen würde, wußte er. Er kannte den hohen Geist seines Sohnes, kannte den herrlichen Schwung seines Bogens zu gut. Und die Meistergeige hatte er nun selbst schon oft erprobt. Noch nie hatte er ein ähnliches Instrument in den Händen gehalten. Ja, auch er war überzeugt davon, daß sie ein Geschenk des Himmels sei, und beugte sich unter das Wort Antonios von dem Engel: „Kein Mensch kann eine Meistergeige schaffen, wenn sie ihm nicht vom Himmel gegeben wird."

„Antonio", sagte er nun, indem er beide Hände des Jünglings ergriff, „höre mich an! Du stehst nun am Beginn jener goldenen Stufenleiter des Ruhmes, die unendlich ist, weil sie auf Erden beginnt und im Himmel endet. Aber dies laß dir sagen! Werde nie stolz, blicke nie auf deine Eltern hochmütig herab, weil dein Vater die Geige nicht ersann, die ein guter Genius dir reichte! Die Polevinos sind stets schlicht und rechtschaffen gewesen, und sie haben nie geprahlt mit ihren Gaben."

„Aber Vater!"

„Ja, ich weiß schon, was du sagen willst. Doch weißt du, der gute Wille ist oft da, und nachher geht es doch anders. Also vergiß nicht, wo dein Vaterhaus steht! Es ist ein Palazzo Pitti, kein Signorenpalast, und deine Mutter stammt nicht von Medici. Aber auch Christus hatte einfache Eltern, Antonio, und Johannes der Täufer war ein treues Kind seiner Kirche. Und das ist mir noch wichtiger. Bis jetzt habe ich dich bewahren können vor jenen Ketzereien eines Savonarola, und das ist unser Stolz, Antonio! Nie, hörst du, nie will ich etwas anderes hören! Du gehörst der Kirche, in deren spanischer Kapelle du erbeten worden bist, in der du deine Geige erschaut hast, und die alle Veränderungen der Zeit überdauern wird. Hier ist das geweihte Wasser. Komm, bekreuzige dich, ehe wir gehen! Und auch ich sage: Die heilige Madonna helfe dir!" Nun schlang die Mutter ihr seidenes Tuch, an dem die schönsten venezianischen Spitzen prangten, um den Kopf. Es war Zeit zu gehen; denn schon ertönte der Anschlag der Glocken. Wie die Leute an diesem Tage herbeiströmten! Ja, sie waren doch immer noch sehr anhänglich an die Kirche der Väter. Mit Stolz sah Francesco die Menge der Gläubigen in seidenen Gewändern herzueilen. Die Frauen von Florenz glänzten heute besonders, und manche hatte einen alten Goldschmuck, den sie schon lange nicht mehr getragen, für den großen Tag hervorgesucht. Sie freuten sich so sehr, daß das angedrohte Interdikt des Papstes noch nicht Tatsache geworden war, und daß immer noch allüberall Gottesdienste gehalten werden konnten, obschon die Exkommunikation Savonarolas das nicht erreicht hatte, was der Heilige Stuhl erwartet hatte. Und nun waren heute auch zum ersten Male seit langer Zeit päpstliche Legaten erschienen, um Florenz zu ehren. Nicht nur ein Kardinal von Rom war anwesend, sondern auch der alte Dominikanergeneral Turriano und der hochmögende spanische Doktor Romolino waren gekommen, um neben dem Kardinalbischof Platz zu nehmen, nicht zu reden von den Würdenträgern der Städte Ravenna, Bologna, Ferrara, Genua und Pisa. Der Dom war auch heute voll wie selten zuvor, mit Ausnahme der Zeiten, da Savonarola auf dem Höhepunkt seiner Wirksamkeit gestanden hatte. Zuerst wurde die Messe zelebriert, und der Kardinalbischof von Florenz selbst leitete die hohe Handlung. Wie ganz anders war das doch, als wenn der nüchterne Dominikanermönch auf der Kanzel stand und, allen Schmuckes bar, den Glanz verurteilte, der dem Auge so wohlgefiel! Die scharlachenen Gewänder, die seidenen Soutanen, die Lilafahnen und goldgestickten Umhänge vereinigten sich zu einem prächtigen Bilde. Und dem Volke war, als hätten die silbernen Glöcklein noch nie so hell geklungen wie heute, als wäre der Weihrauch nie so lieblich emporgewallt. Als aber gar die Sänger das Gloria matris dei anstimmten und ihr Jubelchor den gewaltigen, wunderbaren Dom erfüllte und in allen Nebenkapellchen widerklang, als sich die Harmonien durch die Marmorwölbungen schwangen und die prachtvollen Altargemälde umschmeichelten, da schien der Zauber Roms über alle Gemüter zu siegen.

Inniger war das Bambino nie geküßt worden als an diesem Weihnachtstage, und andachtsvoller hatten sich die Florentiner nie herzugedrängt, um das Christkind zu bewundern, das einen Strahlenkranz von Rubinen und Gold um das Köpfchen trug.

Und dann kam das Glanzstück des Gottesdienstes. Aus den Hymnen und aus dem Ave Maria des Domchores hob sich das Solo des jungen Meisters Antonio, den Gesang der Engel darstellend. Und es war nichts weniger als Engelgesang. Im zartesten Piano beginnend, aber von heiliger Freude durchbebt, erhob sich die anschwellende, wiegende Tonfülle zu jubelvoller Kraft, Tongewinde an Tongewinde hängend, und die Melodie, süßer Wonne voll, zu immer gewaltigerem Ausmaß geleitend. Jetzt lag die ganze Sehnsucht aller Menschheit in den schmelzendweichen Liedern, dann antwortete die Erfüllung wie ein näher und immer näher kommendes Echo, und droben, wo des Abends letztes Licht durch die dunkelklaren Glasmalereien brach, war es, als sänge die herzergreifende Stimme eines Erzengels das Soli deo gloria.

Da drehte sich das Volk nach dem genialen Spieler um, und bewunderte den holden Weihnachtsgesang, und es hätte nicht viel gefehlt, so hätten alle laut Viva, Viva! gerufen. Selbst die hohen Herren waren wie gebannt von der Tonstärke dieses Instrumentes und der meisterhaften Bogenführung seines Beherrschers. Sie neigten die Häupter gegeneinander und begannen zu flüstern. Der Kardinal von Bologna wiegte andächtig das Haupt, der Bischof von Pisa schlug den Takt mit der Hand, und die Augen des Kardinalbischofs von Florenz strahlten vor Freude. Es war ja seine Kirche, seine geliebte Santa Maria del Fiore, in der dieses himmlische Lied ertönte, schöner, als je eine Dommusik hier sich hören ließ. Ein lieblicheres Adagio auf die rauhen Bußtöne Savonarolas hätte er sich gar nicht wünschen können. Das mußte die Gemüter besänftigen, mußte aber auch, wenn es öfter hier so erklang, alle Geister fesseln und abziehen von dem Zauber des Häretikers. Ein schönes Weihnachtsgeschenk, in der Tat! Aber er wollte auch alles tun, um diesen Meister für die Kirche zu erhalten, dessen Talent die heilige Madonna selbst ohne Zweifel der Kirche in diesen traurigen Zeiten gab. Wie gebannt blieben die Besucher des Domes sitzen, als Antonio schon lange das Spiel in einem Tone von unendlicher Zartheit und Reinheit hatte ausklingen lassen. Sie waren nicht zu bewegen, hinauszugehen, bis der junge Meister noch eine „Anbetung der Hirten" dreingab, und auch dann wollten sie immer noch mehr hören und sich erquicken an dem himmlischen Ton, der so süß und voll aus den Saiten rann und sich hoch über die Kapitäle der gewaltigen Säulen emporschwang. Erst als der Kardinal mit der Hand winkte, entleerten sich Bänke und Betstühle, während ein Chor von Ordensbrüdern der Franziskaner noch ein Lied sang.

Antonio war der Held des Tages. Er mußte in den Kreis der hohen Würdenträger treten und Rede stehen. Dort wanderte zuerst seine Geige von Hand zu Hand. Prüfend schlug der eine der Bischöfe an die Saiten, nachdenklich wog sie der andere in der Hand, und sinnenden Auges bewunderte der dritte ihre tiefe Färbung. Wo steckte das Geheimnis? Dann sahen sie alle Antonio an. Bescheiden stand er in ihrem Kreise, das schöne Haupt leicht gesenkt und der Anrede harrend.

„Wer hat diese Geige gebaut, mein Sohn?" fragte Frisoni freundlich.

„Ich selbst, Eure Eminenz", antwortete der Künstler.

„Ah, du selbst? Das ist ein Meisterstück, in der Tat! Und wie lange dauerte der Bau?"

„Zwei Jahre arbeitete ich daran."

„Siehe da, zwei Jahre! Ja, so ist es immer. Ein rechtes Kunstwerk braucht Zeit und Muße. Woher aber kam dir der Gedanke der Ausführung?"

„Den habe ich in Santa Maria Novella gefunden, Signor. Als ich einst dort neben der spanischen Kapelle schlief, träumte mir, ein Engel reiche mir diese Geige, und als ich nach Hause kam, entwarf ich ihren Grundriß."

Große Bewunderung zeigte sich auf den vollen Angesichtern der geistlichen Herren. Sie raunten sich Bemerkungen ins Ohr und nickten bedeutungsvoll. Der Kardinalbischof aber sprach: „Also ein Geschenk der Kirche für die Kirche. Das läßt sich hören. Das ist es, was der Himmel uns zum heutigen Festtage gegeben hat. Ja, die Wunder sind noch nicht zu Ende gegangen, und der Himmel antwortet heute noch auf Gebete. Du stammst doch auch aus gutkatholischer Familie, mein Sohn?" Etwas lauernd waren bei dieser Frage die Blicke Frisonis auf Antonio gerichtet. Gespannt erwartete er die Antwort.

„Es war stets der Stolz meiner Eltern, dies zu sein", antwortete Antonio leuchtenden Auges. „Unsere ganze Verwandtschaft ist der alten Richtung treu und wird es auch bleiben."

Beifällig nickte Frisoni, und sein hageres Gesicht, aus dem eine Adlernase scharf hervorsprang, nahm einen wohlwollenden Zug an. Auch die anderen Herren machten kein Hehl aus ihrer Freude.

„Nun noch eine Frage", sagte der Kirchenfürst bedächtig, indem er das graue Auge etwas starr auf Antonio richtete, „wirst du auch immer bereit sein, deine Kunst stets der Kirche zu weihen und ihr zu dienen als ein treuer Sohn? Der Lockungen werden wohl manche an dich herantreten; denn unsere Zeit ist böse. Wirst du fest bleiben?"

„Dazu helfe mir die heilige Madonna!" lautete die Antwort.

„Gut, gut", nickte der Kardinalbischof. Dann entnahm er den Falten seines prächtigen Gewandes ein zierliches schwarzes Kästchen. Er öffnete es, und vor Antonios Augen blitzte im Scheine der riesigen Altarkerzen, die mit Myrten umwunden waren, ein goldenes Kreuz, mit Saphiren besetzt und an eine feine Kette geheftet. Es war ein prachtvolles Schmuckstück florentinischer Juwelierkunst. Antonio errötete heftig, als er das kostbare Kleinod in des Kardinals Hand erblickte. Seine Augen blieben gebannt darauf gerichtet, als er diesen nun sagen hörte: „Hier, mein Sohn, habe ich dir ein Weihnachtsgeschenk von der Kirche mitgebracht. Komm her! Es sei zum Zeichen der Dankbarkeit der Madonna, die du heute so bejubelt, um deinen Hals gehängt. Trage es stets mit Ehren und vergiß nie deines dir allezeit gewogenen Bischofs Frisoni!"

Da funkelte das Kreuz auch schon auf seinem schwarzseidenen Wams, das er heute zu Ehren des Festes zum ersten Male trug, und o wie fein nahm es sich darauf aus! Es war, als hätte diese Brust nur darauf gewartet, also geziert zu werden.

Mit tiefer Verneigung haschte Antonio nach der Hand des hohen Gebers. Gnädig ward sie ihm dargereicht, damit er sie huldigend küsse. Und Antonio tat dies mit wirklicher Verehrung und Dankbarkeit, während sein Herz hoch schlug. „Ich werde das Kleinod nur hier im Dome tragen, Signor", sagte er mit stockenden Worten; denn er wußte kaum, was er dazu sagen sollte.

„Recht so, Antonio! Der schönste Schmuck gebührt der heiligen Kirche. Nun aber gehe hin und bringe deiner Mutter die Grüße ihres Bischofs! Segne deinen Vater in meinem Namen . . . ich hoffe dies noch selbst tun zu können, und gehab dich wohl!" Gnädig winkte er mit der feinen, weißen Hand. Antonio war entlassen. Alle Würdenträger nickten ihm noch herablassend zu, und das Märchen war zu Ende. Mit zitternden Händen umwand er die köstliche Geige und eilte dann glühenden Hauptes hinaus ins Freie. Auch diesmal wieder flog er nur so über die Piazza della Signoria heimwärts. Er konnte kaum den Augenblick erwarten, da er durch die Haustür eintreten würde. Der Vater erwartete ihn auch schon vor dem Hause, und als er ihn sah, kam er ihm entgegen und lüftete das Barett vor ihm. Es war das erste Mal, daß dies geschah, aber heute konnte Francesco nicht anders. Und als der glückliche Antonio seinen Schatz zeigte und die Mutter ihre Augen auf dem Kreuze ruhen ließ, da stürzten Freudentränen aus ihren Augen. Sie schloß ihn an ihr Herz. „Das ist der schönste Tag meines Lebens!" rief sie bewegt aus. „Nun sind nicht nur alle meine Gebete, sondern auch alle Erwartungen noch übertroffen. O mein Sohn, wie herrlich hast du gespielt, und wie waren alle Anwesenden ergriffen davon! Die Madonna segne dich, und alle Heiligen mögen dich behüten!" Antonio aber nahm das goldene Kreuz mit einer raschen Bewegung vom Halse, um es der Mutter umzuhängen. „Dir, mein liebes Mütterchen, gebührt es!" rief er aus und freute sich innig, daß das Kreuz ihr so gut stand. Aber Margerita wehrte erschrocken ab. Schnell entledigte sie sich wieder des ungewohnten Schmuckes, um ihn ihm zurückzugeben. „Es ist dein, Antonio, nicht mein! Aber ich danke dir für deine Liebe! Wie groß ist doch das Glück, ein dankbares Kind zu haben, und wie arm sind jene Frauen, die keine solchen Söhne besitzen! Nun komm, auch wir wollen jetzt Weihnachten feiern. Die Stube ist geschmückt, und das Essen ist fertig. O solch ein seliges Weihnachtsfest!"

Und sie hätten nicht glücklicher sein können, die drei Menschen im kleinen Häuschen des Geigenbauers Polevino.

8

Doch die geistlichen Herren waren nicht nur nach Florenz gekommen, um schöne Weihnachtsmusik anzuhören. Der Papst selbst hatte sie gesandt, um den Feuerbrand auszutreten, der von der Stadt am Arno aus ganz Italien, ja die ganze Christenheit anzuzünden drohte. Denn Savonarola wurde diesem Papst entsetzlich unbequem. Schon lange hatte er gegen ihn zu

Florenz gepredigt. Aber es war dem Papst gar wohl zu Ohren gekommen, wie er sich gegen ihn an die europäischen Fürsten gewandt und sie in ernsten Worten zu einer Reformation der ganzen Kirche aufgerufen hatte. Er forderte sie im Namen Gottes auf, ein allgemeines Konzil einzuberufen und diesen greulichen Papst, der doch gar kein Papst im Sinne Petri sei, abzusetzen. Der lateinische Originalbrief an den deutschen Kaiser ließ an Deutlichkeit nichts zu wünschen übrig.

Und der Brief an den König und die Königin von Spanien war klar genug, um in Madrid oder Sevilla verstanden zu werden. Darin schonte er Alexander ebenfalls nicht mehr, sondern bezichtigte ihn aller möglichen manifesta scelera oder auch secreta facinora, die er zu beweisen bereit sei. Darum mußte der Papst jetzt wohl oder übel den Fehdehandschuh aufnehmen, wollte er nicht zu einer Spottfigur herabsinken oder gar der dreifachen Krone verlustig gehen. So sandte er seine Abgesandten, mit allen Vollmachten versehen, und zu ihnen hatte er vor der Abreise von Rom gesagt: „Sterben muß er, und wenn er Johannes der Täufer wäre!" Dies war nicht verwunderlich; denn Alexander hätte ebensogut Herodes heißen können, wie er denn auch noch schlimmerer Schande bezichtigt war denn jener Prophetenmörder. So wurden die Fäden in aller Stille enger und immer enger gesponnen; denn denen, die Savonarola unschädlich machen würden, sollte hoher Lohn winken. Und doch wagte bis jetzt niemand, eine Hand an ihn zu legen. So wandelte er auch heute wieder barfuß und nur mit der rauhen Kutte bekleidet durch die Gassen von Florenz. Nur der bejahrte Dominikanerprior Fra Dominico Buonvicini von Fiesole, sein getreuer Freund und Anhänger, begleitete ihn. Wie oft hatten die Brüder ihn schon gebeten, nicht mehr ohne den Schutz der Bewaffneten auszugehen, da die Arrabiati, die erbitterten Feinde, stets auf ihn lauerten! Aber er hatte auf diese Furcht nur ein Lächeln. „Wovor soll ich mich fürchten, meine Freunde?" sagte er sanft. „Will Gott, daß ich falle, so halten mich keine Gerüsteten. Will er es nicht, so fällen mich jene auch nicht." Die Kranken zu besuchen, war seine höchste Freude. Er hatte eine ganze Reihe von Häusern in Florenz, wo man mit Begier auf ihn wartete. Denn wenn Fra Girolamo eintrat, schienen sich das Gemach und die Krankheit zu verändern. Mit seiner gewaltigen Verachtung aller Schmerzen heilte er auch die Kranken von ihrem Seufzen und Klagen. Mit seinem inbrünstigen Gebet verscheuchte er ihre Sorgen. Und wenn seine Hand ihre Stirn berührte, so war es ihnen, als riesle ein kühlender Strom der Genesung durch ihr Gebein. Den ganzen Tag war er nun mit Fra Dominico Buonvicini in engen Häusern und Gassen gewesen. Segenswünsche der Armen und Beladenen folgten den beiden wahren Priestern Christi nach, und Savonarola merkte es wohl, daß es die Geringen immer noch waren, die an ihm hingen. So war er eben an das Lager eines Greises getreten, der sich anschickte, die Zeit mit der Ewigkeit zu vertauschen. Als ihm das Glück wurde, Savonarolas Hand in der seinen zu fühlen, wurde er noch einmal wach und richtete sich auf. „Signor", sagte er, „Sie haben das Rechte gewollt in Florenz. Ihr Eifer war rein und Ihre Predigt gewaltig. Und Ihr Mut war unerschrocken. Ich habe mich oft erlabt daran. Nur eines ist es, das ich nicht gut hieß, aber ..."

Er wollte schweigen, um den Prior nicht zu betrüben. Dieser aber drängte ihn zu reden.

„Schweiget nicht, guter Alter, vielleicht habt ihr eine Botschaft von Gott an mich. Sterbende haben lichte Blicke in die Zukunft, wie ich weiß. Und jene nenne ich meine wahren Freunde, die mir meine Fehler sagen. Der Lobredner gibt es zu viele." Der Alte zögerte immer noch, und es schien, daß seine rasche Rede ihm leid tue. Dominico aber sagte: „Redet ruhig, mein Freund! Der Prior muß es wissen, was das Volk jetzt über ihn denkt."

Da faßte sich der Alte ein Herz. „Ich kenne die Welt, Signor", begann er leise und doch bestimmt. „Ihr habt sie vielleicht doch nicht so klar erkannt, als ihr auftratet. Sonst wäre es Euch wohl nie eingefallen, auf Erden ein Gottesreich aufrichten zu wollen. Denn hier auf Erden herrscht doch der Satanas, und an keinem Orte mag es deshalb gelingen, das Reich zu begründen, das ohne Schuld und ohne Kriege sein wird ... Was das Volk braucht, was das Volk will, es ist auch keine Vermischung des Erdenreiches mit dem Gottesreich. Und was ihm an Euren Predigten so wohlgefiel, das war das, was sich auf das Gottesreich bezog. Die Armen möchten das Wort vom Himmelreich hören, meine Signoren, und dies ist meine Bitte: Predigen Sie das! Predigen Sie das! Die Händel der Welt gehen den Christen wenig an; denn er ist ein Pilger, der durch ihre Wüste eilen soll mit schnellen Schritten. Mischt er sich in der Welt Streit, so gerät er in der Welt Gewalt. Freilich, den Papst muß man bekämpfen, und das ist Gotteskampf, Signoren! Führen Sie den treu und fest! Aber ich muß sagen, was ich sehe! Die Feinde mehren sich! Die Feinde nahen sich! Ich sah sie wie eine Horde brüllender Stiere, die den Boden stampften und die Hörner gen San Marco senkten. Da ward mir so bange. Ich sehe den Prior zum letzten Male auf der Kanzel Santa Maria Novella stehen ... Gott helfe ihm! Er soll ein Gottesgericht heraufrufen, sagen sie. Nein, Signor! Gott muß für die Seinen streiten. Und Christus wird es tun. O Florenz! Du hast deinen Propheten gehabt, aber du bist seiner nicht wert gewesen. Und nun, ehrwürdiger Vater, segnet mich! Meine Sünden sind vergeben, nicht durch der Heiligen Fürbitte, sondern durch Christus Jesus. Das habe ich von Ihnen gelernt. Tausend Dank dafür, und heiß küsse ich Ihre Hand. Diese Hand wird viel leiden müssen, Signor, aber Jesu Hand litt mehr. Er wird diese Hand im Paradiese grüßen und segnen, weil sie das Kreuz der Erlösung im Dome so hoch gehalten."

Müde sank er zurück, und sein Atem ging kürzer. Der Prior neigte sich über ihn und drückte einen Kuß auf seine Stirn. „Der Herr segne dich, mein Bruder", sagte er so milde, wie er vermochte. Dominico betete. Er betete für diesen sterbenden Alten, für seinen Freund, der schweren Gängen entgegenging, für Florenz und die ganze Christenheit. Durch das geöffnete Fenster floß goldener Abendschein, und das helle Glöcklein eines nahen Klosters hob an zu klingen zur Abendmesse. Im Dome übte der Musikchor für eine Prozession, und aus all den Klängen hob sich der Ton einer Violine sanft und doch stark hervor und sang ein unsagbar schönes Lied.

Als es schwieg, raffte sich der Greis noch einmal auf: „Fra Girolamo Savonarola", sagte er leise, „wenn das Gold geläutert ist, wird deine Krone schöner leuchten als die Tiara des Papstes. Es wird eine wunderbare Krone sein. Aber sie muß gereinigt werden im Feuer des Herrn ... von allen Schlacken, die aus Florenz stammen. O ... wie süß war der Engelgesang, den ich soeben gehört! Es war nicht nur das Lied vom Dom, es war Gesang der Engel. Bald werde ich sie schauen. Dort dann auf Wiedersehen!" Er schloß langsam den Mund, und sein graues Haupt sank zurück. Still drückte ihm der Prior die Augen zu. „Er ist daheim, Dominico", sagte er mit einem Seufzer der Erleichterung. „O wie wird es sein, wenn auch wir Feierabend bekommen, wenn der Kampf ein Ende hat hienieden!" Dominico sah verwundert in des Freundes Angesicht. Wie, kam auch über diesen Starken ein Gefühl des Müdeseins und eine Sehnsucht nach Ruhe? Wurde er am Ende gar noch schwach vor jenen, die jetzt stets nach seinem Leben trachteten? Ein Wunder freilich wäre es nicht. Er sah, wie Savonarola die Hand vor die Stirn schlug und betend am Fenster stehenblieb. So wagte er ihn nicht zu stören, bis endlich im Dom drüben die Musik wieder zu spielen begann und die Geige mild herüberdrang über die hochragenden Giebel der Dächer und über der Gassen Neid und Streit. Da ließ der Prior die Hand sinken und blickte sehnsuchtsvoll zum abendlichen Himmel empor, wo die Wolken, gleich goldenen Schäfchen, dahinzogen. Dominico faßte seine Hand. Innig drückte er sie. Er erriet des Freundes Gedanken, weil ihn die gleichen bewegten. Es war ja kein Wunder, daß das Himmelsheimweh mit Macht über ihn kommen mußte, wo man ihn so wenig verstand und so feindselig verfolgte. „Girolamo, alle Männer Gottes mußten durch Kampf und Streit gehen; wie könnten wir es anders haben oder wünschen?" sagte er.

„Ich weiß es, mein Getreuer", gab er leise zurück. „Doch was der gute Alte da gesagt, das bewegt mich im Innersten. Sage, glaubst auch du, daß ich mich zu viel mit irdischen Dingen abgegeben habe?"

„Es mag sein, Bruder. Doch darüber gräme dich nicht! Du hast es ja so gut gemeint, hast nur das Wohl der Republik im Auge gehabt und wolltest, daß Florenz blühe. Das hat Gott angesehen, und er wird es lohnen, wie sehr man dich auch anficht darob. Jene, die es bemäkeln, sind nicht so treuer Meinung, wie dieser entschlafene Sohn des Volkes war. Darum sollst du dich nicht darüber grämen, sondern getrost sein. Und das glaube mir, was auch komme, ich weiche nicht von deiner Seite! Du hast viele Feinde – welcher wahre Christ hätte sie nicht! –, aber du hast auch viele Freunde, die dich trotz deiner Fehler lieben, und die sogar für dich leiden und sterben würden."

„Glaubst du das wirklich, Fra Dominico Buonvicini?"

„Nein, das glaube ich nicht nur, das weiß ich. Wie hängen die Klosterbrüder an dir!"

„Von ihnen schweige mir, Bruder! Denke daran, wie in jener Nacht in Gethsemane alle Jünger flohen, und dann denke an mich! Nein! Auf Menschen will ich nicht trauen. Aber daß du treu bist, gute Seele, das weiß ich. Der Herr lohne es dir! Doch horch, wie süß klingt jenes Geigers Spiel über die Stadt! Es ist doch etwas Schönes um die Kunst, wenn sie Gott geweiht ist."

„Es soll ein junger Geiger sein, der aber ganz zur päpstlichen Partei hält, hörte ich."

„Er sei gesegnet; denn er hilft die Kirche erneuern", versetzte Savonarola milde. „Die Partei spielt keine so große Rolle. Ich liebe die Parteimenschen nicht; denn sie sind zu klein, um Gottes große Gedanken zu fassen. Und er liebt doch alle und will alle selig machen. Doch laß uns gehen, Bruder; die Nacht bricht herein."

Still stiegen sie die Stufen hinab und gelangten auf die Straße. Dort wartete schon ein Haufe Volks auf sie, und sie neigten ihre Häupter, um einen Segen zu empfangen. Von einem heiligen Manne mußte der Segen gewiß von großer Bedeutung sein. Savonarola streckte die Hand über sie aus und segnete sie. „Liebet Christus über alles!" sprach er freundlich ernst. „Die Stunde kommt, da alles sonst verschwindet, was die Erde hat." Es fiel den Leuten auf, daß er gedrückt war, aber sie fanden doch eine Beglückung in seinem Segen und wollten nicht gehen. So benützte er die Gelegenheit zu einer kleinen Ansprache: „Dienet Gott mit rechtschaffenem Herzen, ihr Bürger und Bürgerinnen zu Florenz! Wer Gott dienen will, darf nicht neben ihm andere Götter haben. Und wer Gott dienen will durch Christus, muß leiden. Aber das ist kein Unglück. Im Leiden ist der Herr uns näher als im Glück; da erschließt er uns sein priesterliches Herz. Glaubet aber nicht, durch Leiden oder durch gute Werke selig zu werden! Die Wunden Jesu allein, die Wunden und das Blut allein sind es, die uns selig machen. Die halten stand in der letzten Not. Florenz wird auch einmal untergehen mit all seiner Pracht! Jetzt ist es noch voller Kunstwerke, jetzt tönen noch in ihm Gesang und die Flöte und Geige des Meisters. Aber die Zeit kommt, wo die Mutter Florenz über den Gräbern ihrer Kinder weint und sich nicht trösten läßt. Es ist alles eitel, und nur der Glaube bleibt."

Da drängte sich ein Kind durch die Menge. Zerlumpt waren seine Kleidchen, und wirr hing ihm das Haar über den braunen Kopf. Aber die Augen blickten voll Vertrauen zu dem Prior auf, und ohne Furcht erfaßte es seine Hand. Savonarola blickte es gütig an. Er legte die Hand auf die halbgeöffneten Zöpfe und neigte sich zu der Kleinen. „Signor", flehte sie, „kommt, bitte, mit mir! Es ist ein großer Trost nötig, und sie bitten darum."

„Ich wollte heimwärts gehen, Dominico", sagte er, „aber

komm, wir wollen noch sehen, wo es fehlt.“ Die Kleine führte sie durch ein Gewirr enger Gäßchen. Die Weiber, die vor den Haustüren saßen, bekreuzigten sich scheu oder ehrfürchtig und knixten. Endlich stand das Kind vor einem kleinen Hause still. „Hier wohnen sie“, sagte es und deutete mit dem Finger auf die Tür.

„Hier wohnen sie? Wen meinst du? Schmerz und Trauer? Oder sind es andere Gäste? Laß uns nachsehen, Dominico!“ Er war wieder ganz der alte. Fest drückte er auf die Klinke und öffnete die Tür. Da trat ihm eine hochgewachsene, schöne Jungfrau mit edlem Angesichte, aber verweinten Augen entgegen.

„Wie heißt du, mein Kind?“ fragte der Prior freundlich und fast betroffen von der Anmut des Mädchens, das sich errötend verneigte.

„Elisabetha Valotti, mein Herr!“ gab sie zurück. „O, ist es denn wahr, daß der ehrwürdige Vater zu uns kommt, um uns zu trösten? Ich wagte kaum das Kind zu senden, aber mein Vater verlangte so sehr darnach. Hier liegt er in seinem Bette.“

Savonarola trat näher. „Und was fehlt dem Vater?“ fragte er gütig. „Ist er auch krank geworden, wie jetzt so viele Leute in Florenz es sind, die noch am Hunger des vergangenen Jahres leiden?“

Elisabeth begann wieder zu weinen. „O nein, ehrwürdiger Vater! Seine Krankheit ist besonderer Art. Als er an einem der letzten Abende heimkehrte, fand er einen Zettel an der Tür befestigt mit der Aufschrift:

> Du bist ein Ketzer! Hüte dich! Wer Savonarola warnt, der wird von uns verfolgt. Dies künden dir
>
> die Arrabiati.

„Er hat mich gewarnt?“ Erstaunt fragte der Prior nach dem Wie und Wo dieser Tat.

„Es war an einem Abend, als der ehrwürdige Vater in Santa Maria predigte. Damals lauerte eine Verschwörung hinter dem Torbogen Via Pisa. Und nun, da kaum dieses Blatt angeheftet war und mein Vater sich vorgestern abend aufmachte, um der Predigt in der San Marco-Kirche beizuwohnen, kam er so lange nicht zurück. Endlich hielt es mich nicht länger, ich eilte hinaus, ihn zu suchen, durchwanderte die Via Ravenna, die Via Galeazzi und die Via Medici. Dort, unter einem dunklen Torbogen, fand ich ihn endlich, das Gesicht mit Stichwunden bedeckt, von denen einige auch ganz in der Nähe der Augen sind... O ehrwürdiger Vater, welch ein Jammer ruht seither auf unserem kleinen Hause! Ist das die Freiheit von Florenz? Und überführt man so Ketzer ihres falschen Glaubens? Der Vater liegt in heißen Fiebern; aber sagen Sie mir, daß er das Augenlicht behält, o nur dieses, dann will ich, dann will er alles tragen."

Erschüttert standen die Freunde an diesem Lager. So, war es nun so weit gekommen in Florenz, daß der Meuchelmord alle bedrohte, die es mit Savonarola hielten? „Ist der Vater geblendet worden?" fragte der Prior mit zitternder Stimme. „Das nicht, nein, Gott sei Lob, das nicht! Aber ich weiß nicht, ob seine Augen nicht verletzt sind. Und er braucht doch die Augen so sehr, weil er Maler ist!"

Da griff Dominico nach der Kerze, die auf dem Tische stand. Er leuchtete dem Verletzten ins Gesicht und hob vorsichtig die Binde ab, die das Auge bedeckte.

„Es sieht böse aus", murmelte er bestürzt, „doch soviel ich sehe, sind die Augäpfel nicht getroffen."

„Nicht getroffen? O dem Herrn sei Dank!"

„Ja", bemerkte Dominico, „Er hat gewaltet und gewacht. Viel hätte nicht gefehlt, so wären sie verloren gewesen. Man kann es freilich noch nicht genau sehen, was der Bluterguß angerichtet hat. Doch wir dürfen hoffen, Tochter."

Savonarolas Angesicht war wieder tiefernst geworden. War das nicht ein zweites Flammenzeichen dessen, was herannahte? Und mahnte es ihn nicht ernstlich, auf der Hut zu sein? Gewiß, aber er wollte nicht an sich denken. Nicht um zu zittern, nein, um Zitternde zu trösten, fühlte er sich gesandt. Milde legte er die Hand auf die kranken Augen des Fiebernden. Dann erhob er seine Stimme zu herzlichem Gebet. Und dieses Gebet, das sich anfangs wie schüchtern erhob, wurde immer mächtiger und gewaltiger. Es schwang sich auf zu dem Herrn der Welt und legte sich doch auch wieder demütig vor ihm nieder. Es befahl den wunden Bruder in seine liebe Hand und Pflege und dankte, daß der Plan der Feinde, das Augenlicht zu rauben, nicht gelungen war. Ja, endlich triumphierte es, daß der Herr alle Feinde zum Schemel seiner Füße legen werde, und daß er dennoch des Glaubens Lohn und Zuversicht bleibe. Ein solches Gebet hatte Elisabetha noch nie gehört. Das mußte von Gott kommen, und gewiß, deshalb führte es auch zu Gott. Ein starker Trost erfüllte ihr verwundetes Herz, und nun konnte sie auch wieder hoffen, daß der tückische Anschlag der Arrabiati ohne die furchtbaren Folgen bleiben werde, die sie gefürchtet hatte. Lorenzo umklammerte fest die Hand des Priors, als er mit dem Gebet zu Ende war, und flüsterte Dank. Da neigte sich Fra Girolamo zu ihm nieder. „Nein, ich danke euch, daß ihr um meinetwillen das leidet, mein Bruder. Es tut mir bitter weh, daß der wahre Glaube solche Wege gehen muß in Florenz, und doch — es ist mir auch eine Freude, daß es Menschen gibt, die trotz aller Feindschaft der Mediceer an mir festhalten. So ist meine Predigt nicht vergeblich gewesen. Und das Auge — gewiß, es wird genesen! Auch fernerhin darf es Italiens lachenden Himmel, die Schönheit der Gärten und Menschen schauen. Viele meinen, daß ich dafür keinen Sinn habe. Das ist nicht so. Aber ich muß gegen des Lebens Überfluß predigen, weil er die Menschen, die Welt ganz gefangennimmt. Droben aber, wo die Sinne nicht mehr der Sünde als Eingangspforten zur Seele dienen werden, wird es anders sein." Milde streichelte er die Wange des Verwundeten und wandte sich dann an Elisabetha. — Diese eilte schon mit Tellern herbei und trug eine Erfrischung auf. Das Glück, den Prior in ihrem Heim bewirtet zu haben, wollte sie nicht schwinden lassen. Und wider seine Gepflogenheit ließ es sich Savonarola heute gefallen.

Er war müde geworden und sah in dieser Gelegenheit, erfrischt zu werden, eine Fügung von oben.

„Mache es einfach, meine Tochter; denn wir brauchen zum Leben nicht so viel, wie die Menschen in der Regel meinen“, sagte er freundlich. Als die Früchte und das Brot auf dem Tisch standen, wehrte er allem weiteren ab und griff nach einigen Feigen. Elisabetha wollte ihm darauf die schönsten aussuchen; er aber nahm die geringsten. „Wir wollen leben, was wir lehren“, bemerkte Dominico, als sie das nicht dulden wollte. Nun, da sie zusammen am Tische saßen, nahm Elisabetha das Wort.

„Ehrwürdiger Vater, es ist unbescheiden, daß ich rede, aber es treibt mich mit aller Macht dazu, Sie zu warnen. Mein Vater ist befreundet mit einem Bildhauer vom Signorenkonvent, und er hat von diesem, der uns und euch gewogen ist, erfahren, daß in nächster Zeit abermals eine Gewalttat bevorstehe.“

„Ei, siehe da“, meinte der Prior lächelnd, „jetzt ist es weit gekommen. Jetzt wissen die Jungfrauen von Florenz, was im Palazzo della Signoria vorgeht. Was meinst du dazu, Dominico?“

„Wir wollen sie hören“, erwiderte jener ernst und stellte das Essen ein. Was er schon lange geahnt, schien hier abermals eine Bestätigung zu erfahren.

„Schon sind die päpstlichen Legaten in der Stadt, die gesandt sind, um Euch, ehrwürdiger Vater, mit allen Mitteln aus der Welt zu schaffen.“

„Das ist uns nichts Neues, meine Tochter. Der Papst hat Eile, aber er wird seinem Verhängnis nicht entrinnen. Und stiege er gen Himmel, so wird ihn doch die Hand des Allmächtigen von dort herabstürzen.“ Ruhig aß Savonarola weiter.

„Die päpstlichen Gesandten sollen aber ganz offen Eure Auslieferung verlangen, und morgen, Herr, soll es sich entscheiden, ob die Signoria es bejaht. Darum zittre ich, zittern wir alle.“

„Morgen, Fra Girolamo?" sagte Dominico mit einem Zeichen der Bestürzung.

„Ei nun, mein Freund, laß sie doch heute abend schon beraten! Oder meinst du, daß etwas anderes herauskomme denn Gottes Wille?"

„Ich denke, es ist doch für uns eine Warnung. Noch steht uns der Weg nach Ferrara offen."

„Ja, fliehet, ehrwürdiger Vater, fliehet! Kehret später zurück, aber erhaltet Euer für Florenz so teures Leben, schonet es, damit nicht die ganze Christenheit den verliere, der ihr so not ist!" Elisabetha vergaß sich ganz und erfaßte die Hand des Priors. Flehend und dringend waren ihre klaren Kinderaugen auf ihn gerichtet. Unruhvoll stand auch Dominico auf und maß das Zimmerchen mit großen Schritten. Savonarola griff nach einer neuen Feige und erwiderte kühl: „Keine Frucht fällt eher vom Baume, als bis sie reif ist, meine Freunde. Ich soll fliehen. Ja, mein Fleisch und Blut sagt wohl ja dazu. Aber der Geist in mir spricht: Niemals! Kann es für einen Zeugen Christi einen anderen, einen schöneren Tod geben als den des Märtyrers?"

„Aber es soll beschlossen sein, heiliger Vater, die Inquisition anzuwenden, um Euch zum Widerruf aller Eurer Lehren zu bringen, und die Folterknechte sollen schon in den Kellergewölben des Palazzo della Signoria die Werkzeuge rüsten."

„Das ist Übertreibung, wie sie das Volk liebt, meine Tochter. Noch sitzen in der Signoria, die am ersten Januar gewählt wurde, mehr als zweihundert meiner Freunde und Anhänger. Diese alle werden auch ein Wort zu sagen haben, wenn die Päpstlichen meine Auslieferung verlangen. Übrigens, wie hat sich doch dieser Papst gewandelt! Wie kurz ist es erst her, daß er mir das Erzbistum von Florenz angeboten hat und den Kardinalshut mir verleihen wollte, wenn ich schweige!"

„Das hat er getan, Girolamo?" Erstaunt fragte es Dominico, dem die Tatsache noch nicht bekannt war. „Was hast du geantwortet?"

„Nichts anderes, als was Christus auch geantwortet hätte! Ich gab den Überbringern dieser Lockung das Wort mit: Ich begehre keinen anderen roten Hut als den des Märtyrertums, gefärbt mit meinem eigenen Blute."

„Ach, Signor, das ist schrecklich!" rief Elisabetha schaudernd aus. „Florenz und alle, die Euch lieben, werden das nie dulden, daß man Euch solchen Hut aufsetze."

„Das wird Florenz dulden, wie es Jerusalem geduldet hat, daß man den ans Kreuz schlug, der nur Jerusalems Heil und Frieden suchte. Wir dürfen uns nicht täuschen über die Menschen. Sie bleiben immer die gleichen, obschon die Zeiten sich ändern." Ganz ruhig kam dies Wort aus des Priors Munde, als habe er schon gar oft damit gerechnet, daß der mit dem Märtyrerblut gerötete Kardinalshut bald sein Haupt schmükken würde.

„Aber es gibt so manche Städte in Italien, die froh sein würden, wenn der ehrwürdige Vater eine Zeitlang in ihnen predigt. Es muß ja nicht Florenz, muß auch nicht Rom sein. Soviel mir mein Vater sagte, sollen in Pisa, in Ravenna, in Ferrara und in Genua schon kleine Scharen sein, die dem Manne Gottes huldigen, ja, er meinte einmal, ganz Italien werde in kurzer Zeit eine Revolution erleben müssen und dann vielleicht die ganze Christenheit." Elisabetha wußte noch nicht, wie weit Roms Macht reichte und wie zäh es seine Positionen verteidigte.

„Ob ich zu diesen Städten gehe oder nicht, Freunde, das bleibt sich gleich. Die Zeit wird und muß auch ohne mich kommen, daß jener geistliche Babelsturm Rom in Schutt und Asche zerfallen muß, wie ich es längst in meinen Gesichten gesehen. Aber der Weg dahin ist vielleicht noch lang ... länger, als wir ahnen und glauben. Gott selbst nehme sich seiner armen Kirche an! Was aber mich anlangt, Jungfrau, so sage ich, daß, wie der Acker Nahrung braucht, so die Kirche Märtyrerblut. Märtyrerkränze sind schwer zu erringen – unser Fleisch und Blut erschauert davor, und Gott bewahre Florenz, daß in dieser Stadt solches Blut fließe; aber sie sind gar herrlich, die um Christi willen leiden oder sterben, sie werden ihm einst am nächsten stehen bei seiner Herrlichkeit; das ist der Stab, mit dem man die Glorie mißt."

Er war aufgestanden bei diesen Worten. „Beten wir noch den Angelus!" sagte er leise und faltete die Hände. Und da Elisabetha ihn mit scheuem Blicke streifte, sah sie in ein kindlich-friedsames Angesicht, aus dem schon ein Strahl jener Märtyrerglorie zu leuchten schien. Ihre Augen wurden feucht, als der Prior ihr die Hand zum Abschied reichte. „Weinet nicht um mich!" sagte der Prior sanft und legte seine Hand segnend auch auf ihr Haupt. Sie bebte leise, die betgewohnte Hand, als sie das seidenweiche Haar der Jungfrau spürte, und einen Augenblick zog es wie ein Weh durch des Priors Herz. Es war ihm, als flüstre eine Stimme des Versuchers ihm jetzt gerade zu: „Warum verachtest du allein solche süße Freuden des Lebens, und was treibt dich, statt eines treuen Weibes warmer Fürsorge der Feinde Schwerter und Dolche zu erwählen? Bist du nicht ein Narr, Savonarola? Willst du denn alles verlieren, um nichts zu gewinnen? Und was hast du am Ende von der Armut Christi? Andere dienen auch der Kirche, aber sie lieben Menschen und werden von Menschen geliebt. Sie verachten nicht die Schönheit der Jugend und das Glück der Liebe und pflücken die Rose, die am Wege in stiller Köstlichkeit blüht."

Ja, er wußte es, der Versucher, warum er gerade jetzt solche Worte in sein Herz warf. Da der Weg des heldenhaften Zeugen sich verengte und der nahe Tod vielleicht in ganzer Schrecklichkeit winkte, war das Bild dieser Jungfrau, die ihn mit dem Wort der Liebe gebeten hatte, das Leben zu schonen, wie ein Bild des Lebens überhaupt, und indem Elisabetha ihre tiefen, leuchtenden Kinderaugen zu ihm beim Segnen aufhob, schien es ihm, als blicke ihn ein Glück an, das er verscherzt und das ihm doch hätte winken können. „Kehr um, kehr um!" schien es zu sagen. „Noch ist es Zeit! Noch zücken die Arrabiati nicht den Dolch des Meuchelmordes nach dir!" Und um alle diese wogenden Gefühle vollends zu verstärken, stand nun Elisabetha auf und entnahm dem Kristallkelch, der auf dem Schränklein stand, eine wundervolle, erst aufgeblühte, dunkelrote Rose. Sie hatte sie von einer Nachbarin geschenkt erhalten, um die Luft des Krankenzimmers etwas zu würzen. Aber in ihrem Drange, dem Manne Gottes zu danken für sein Beten und Trösten, vergaß sie alles und bot ihm die Blume als kleines Zeichen der Dankbarkeit an. „Mädchen bieten sonst keine Rosen an", sagte sie verschämt, „aber Euch darf man sie anbieten, ehrwürdiger Vater. Ihr seid ein heiliger Mann. Nehmt sie aus meiner Hand in des Vaters Namen! Vielleicht schmückt sie die Klosterzelle zu San Marco ein wenig." Bittend streckte sie die schöne Hand mit dem duftenden Kelch aus. Und Savonarola war es wieder, als fahre die Stimme des Versuchers fort: „Hier ist die Blume des Lebens. Nimm sie an und tritt vom Scheideweg auf den der Stille und Einsamkeit! Genieße jetzt noch etwas von Erdenliebe und Erdenglück, du armer Wanderer auf der Kreuzesstraße! Der Dornen hast du genug gehabt, hier ist endlich die Rose, die du wohl verdient hast."

In tiefe Gedanken verloren, nahm er die Rose aus Elisabethas Hand.

„Bieten sonst Mädchen keine Rosen an, so nehmen Mönche sonst keine von Jungfrauen", sagte er wie in schwerem Traum befangen. „Aber ich will sie nehmen und in meine Zelle stellen. Sie soll mich mahnen an jenen roten Hut, von dem wir sprachen, und an die Dornen Christi, aus denen so edles Blut geflossen, das dieser Rose an Farbe glich. Der Herr sei mit Euch!"

Dann aber, indem er hinausging, sprach er im dunklen Gange für sich: „Hebe dich hinweg, Satan! Im Geiste habe ich angefangen, soll ich im Fleische vollenden? Meinest du, ich erkenne dich nicht hinter den unschuldigen Dingen? Ja, du sprichst zu mir: ‚Dieses alles will ich dir geben, wenn du niederfällst und mich anbetest!' Ich begehre keine Rosen, keine Liebe, keine Jungfrau von dir, Satan! Meine Rose ist Christi heiliges Blut, das fort und fort blüht. Meine Liebe ist Er,

Er allein, Jesus, gegen den alle Kreaturen verblassen müssen. Und meine Jungfrau ist die heilige Kirche." Dann lauter werdend, zu Dominico gewandt: „Laßt uns eilen, Freunde, die Brüder warten auf uns, und ich habe ihnen versprochen, heute in der Klosterkapelle zu predigen über das Ende des Christenlaufs. Den Anfang haben wir getan, er ist leicht; aber das Ende nur reicht die Krone, und es ist schwer. Doch nicht zu schwer, wenn Christus uns voranleuchtet und Paulus uns ermutigt. Semper talis! Immer derselbe! Ja, das sei unsere Losung. Heute wollen wir treu sein, und was morgen sein wird, das weiß kein Mensch. Aber Gott weiß es. Das ist genug."

So eilten sie unter den Nachtschatten durch die dunklen Gassen, in denen Verrat, Tücke und Bosheit schon vertrieben schienen, als das Volk unter seiner Herrschaft dem Frühling der ersten Christenheit sich zuwenden wollte, nun aber wieder die bösen Geister mit sieben anderen einzogen, die er einst ausgetrieben.

Aber nur Mut! Auf jede Nacht folgt ein Morgen, und er ist um so lieblicher nach der Finsternis drückendem Schleier.

Und abermals wichen die Verschworenen zurück vor seiner Hoheit, als er über den Ponte della Rarria schritt, und verbargen sich unter den Brückenbogen. Das Wasser des Arno rauschte so laut, daß man kein Klirren der Schwerter vernahm. Von einer nahen Porta blies ein Wächter die erste Mahnung durch das Horn.

Warum stachen ihn die Arrabiati nicht nieder, deren Dolch im bleichen Mondlicht drohend gefunkelt hatte? Warum wichen sie scheu zurück, als der Große mit der Blume in der Hand gelassen über die steinerne Brücke schritt und Dominico das Widerspiel der bleichen Mondstrahlen auf dem Arno zeigte? Ja, warum?

Sie wußten es selbst nicht. Sie schalten sich abermals Narren, als der seltene Vogel entwischt war, und gaben sich gegenseitig Schuld, daß keiner zugestoßen hatte. Ach, sie wußten nicht, daß es der leuchtende Engel des Herrn war, der sie zurückgeschreckt, welcher dereinst den murrenden Löwen im Graben den Rachen verschloß, weil Daniels Stunde noch nicht gekommen war. Fluchend schlichen sie nach Hause im finsteren Schatten enger Gassen. Dieser Prior hatte etwas auf dem Angesicht, das sie erzittern machte, das war gewiß. So blickte kein König, kein Kardinal, und so hocherhobenen Hauptes war noch keiner durch Florenz geschritten. Da mußten sie sich schon wieder an einem Geringeren schadlos halten, und wo sie den Hirten nicht töten konnten, sich an den Schafen vergreifen. Aber nur Geduld! Es würde kein Jahr mehr vergehen, bis er unschädlich gemacht sein würde. Dann winkte der Goldschatz Alexanders und die Ehre dazu. Und San Marcos grelle Klosterglocke würde verstummen für immer. Folgte doch der Fluch des Papstes dem Ketzer, der sich erkühnte, eine ganze Welt zu reformieren. Und der Papst hatte schon als Kardinal gewußt, wie man flucht! Um dieses Priors willen sollte sein Fluch nicht auf die ganze Stadt Florenz fallen.

Nun grüßten schon die Gebäude des herrlichen Klosters San Marco die beiden Heimkehrenden. Dort der Turm der Klosterkirche und daneben die beiden Klostergebäude, deren Basilika auf zwei Reihen anmutiger Säulen ruhte. „Laß uns noch etwas in den Innenhof gehen, Dominico“, sagte der Frater ernsten Gesichtes. „Mir ist heute abend so zumute, daß ich den Chor der Mönche meiden möchte. Doch das Mondlicht ist milde, und dabei ergehe ich mich so gern zwischen den Palmen und Büschen unsres Gartens.“

Dominico nickte zustimmend. Auch ihm war die Stille der Nacht noch für einige Zeit Wohltat und Erquickung. Sie betraten den stillen Hain, durch den der Duft von Pflanzenfrische wehte. Der Prior legte die Hände auf den Rücken und begann seine gewohnte Wanderung, die er bei philosophischen Diskussionen früher so gern innegehalten, in letzter Zeit aber oft versäumen mußte. Trotz dem Schatten der Nacht ließ das Mondlicht die scharfgeschnittenen Züge gut genug erkennen, und Dominico streifte sie rasch, um zu sehen, ob sich sein Bruder in

Gedanken vertiefe. Da reichte ihm Girolamo den Arm. Er nickte ihm schweigend dabei zu und sah dann hinauf zum nächtlichen Himmel. Sein Auge drückte eine heiße Sehnsucht aus. „Dominico, du hast vielleicht heute schon an mir bemerkt, daß ich müde bin", begann er. „Verstehe es nicht falsch! Es ist nicht Furcht, es ist nicht Schwäche, aber es ist Traurigkeit über die Welt und ihren Gang."

Dominico drückte den Arm des Freundes. Er verstand ihn, wenn ihn sonst keiner verstand; denn er lebte in seiner Seele, wie mit ihm nur noch Sylvestro, der Dritte im Bunde. Und wahrlich, Savonarola wäre kein Mensch gewesen, hätte er nicht auch zuweilen die große Tragik tief und herb empfunden, die sich jetzt in seinem Leben angebahnt hatte.

„Die Welt ist unserer Traurigkeit nicht wert, Girolamo", sagte er milde.

„Meinst du, Dominico? Aber du weißt, wie und was ich alles durchgekämpft habe, du kennst mich."

„Nicht genügend kenne ich alles, um es nicht noch einmal gern von dir zu hören, teurer Bruder", erwiderte Dominico. Er hoffte im stillen, den Prior aufzurichten durch den Blick auf seine große Vergangenheit, hoffte auch selbst noch mehr zu erfahren von den großen Zusammenhängen der vergangenen Zeiten.

„Komm, laß uns dort im Schatten jener Olivenbäume etwas sitzen", sagte nun der Prior. „Die Luft ist so milde, und der Abendwind rauscht sein Lied in den versilberten Blättern. Das ist die Stunde, Erinnerungen nachzuhängen, ob dies schon sonst nicht meine Schwäche ist."

Sie ließen sich nieder unter einem mächtigen Ölbaume, und Girolamo faltete die Hände über dem Knie. Eine Weile blickte er sinnend auf die im Mondschein glänzenden Säulen der Bibliothek.

„Eigentlich, Dominico, möchte ich dir mein ganzes Leben gern erzählen. Aber dazu ist ja die Stunde zu weit vorgeschritten. So vernimm denn, was mich heute abend schon be=

wegte, vernimm ... zunächst etwas von diesem Hause, in dem wir wohnen, in dem ich, das weiß Gott, auch so gern sterben möchte! Wem das Kloster seinen ganzen Glanz verdankt, das weißt du, mein Freund. Es war Cosimo de Medici, an dessen mächtigem Quaderbau mit dem lichten Cortile wir heute abend vorbeigingen. Er hat Florenz wirklich bereichert; denn er hatte nicht nur Sinn für die edelste Kunst, sondern auch die Mittel dazu. Was hat er nur ausgegeben für die prachtvollen Villen in Careggi, Fiesole, Mugello, Trebbio und Cafaggiolo! Florenz verdankt ihm das Kloster Santa Croce, die Basilika San Lorenzo und den Palast der Signoren; der Palazzo Vecchio wurde durch seine Spenden herrlich umgebaut. Du warst doch schon dort, Dominico?"

„Einmal ja, als das Breve des Papstes, das dir das Predigen verbot, dort verlesen wurde."

„Das Breve, das der Teufel dem Papst diktierte, Dominico. Cosimo de Medici ließ dem Cortile des Piazza della Signoria neue, prachtvolle Säulen geben; er baute die weiten Säle hinein, in denen wir unsere Versammlungen abhielten, die Wohnungen für die Prioren und Bischöfe. In Fiesole hat er das Kloster San Girolamo, in Mugello das Kloster der Minoriten erbaut und sogar in Jerusalem ein Hospiz für arme Wallfahrer errichtet.

Aber er war es auch, der dieses Kloster den Dominikanern schenkte, und der es dann ausstattete mit allen Mitteln edler Kunst. Sechs Jahre baute man daran, und nicht weniger als 36 000 Fiorini kostete es. Wie schön Fra Giovanni da Fiesole dieses unser Bethaus ausgestattet, weißt du. All die lieblichen Bilder der Zellen stammen von ihm, von ihm auch die wunderbare Kreuzigung im Kapitol, dergleichen sonst keine gefunden wird in ganz Florenz. Und dann unsere Bibliothek, sie ist die erste öffentliche Bibliothek Europas seit dem Altertum. Doch jener Cosimo wollte ja auch hier heimisch werden und ließ sich seine eigene Zelle bauen, in die er sich so oft zurückzog nach den stürmischen Sitzungen der Signoria. Er fand keine Ruhe in seinem Reichtum und keinen Frieden in der bewegten Welt."

„Weil die Welt keinen Frieden gibt, Bruder, auch nicht durch die Kunst."

„Du hast recht, Dominico. Nach Cosimo erfuhr dies Lorenzo de Medici, il Magnifico, der diesen Garten so ganz der Welt der Kunst erschloß, der einen Michelangelo Buonarotti heranzog, und der hier die junge Kunst geübt. Es war eine große Welt damals, als neben die Schöpfungen des Pinsels sich die schimmernden Gestalten des karrarischen Marmors stellten. Wahrlich, wenn San Marco nur der Kunst hätte leben wollen, es hätte ihm genügt. Und doch, Dominico, genügte es ihm, genügte es Gott nicht. Du weißt, daß mich der Herr in diese Welt führte, nicht daß sie mich besiege mit dem Zauber ihrer klassischen Schönheit ... ihrer heidnischen Sinnenreize, sondern daß ich sie besiege durch den Geist Christi."

„Und das ist dir gelungen, Bruder. Denn was Michelangelo, was seinen Freunden nicht gelang, das hast du Florenz gebracht, die wahre Erkenntnis Gottes."

„Ich weiß, daß du nicht schmeicheln willst, Dominico; aber das Urteil sei Gott überlassen. Ich meinte es gut. Gott allein wollte ich gefallen. Darum machte ich keinen Antrittsbesuch bei Lorenzo, als ich diesen Zaubergarten betrat und in jene Welt kostbarer Bücher und Manuskripte eingeführt wurde. Er nahm mir das übel, aber Dominico, man muß Gott mehr gehorchen denn den Menschen! Ich habe ihm das noch gesagt, als der offene Sarg in die Kirche gesetzt wurde, und ich betete bei ihm in jener Nacht. Ach, Dominico! Ich wollte nicht den Ruhm der Großen, nicht die Ehre der Welt oder die Schönheit der eitlen Stadt. Darum weigerte ich mich, hier zu predigen, bis Gott mir selbst den Mund öffnete, ja, bis sie herauskamen, hier in diesen Garten, und mich umdrängten, während ich unter jenen Orangenbäumen dort stand und ihnen die bittere Wahrheit sagen mußte. Habe ich zuviel gesagt? Habe ich nicht recht gelehrt? Ich mußte es ja tun, ob ich wollte oder nicht! Es war wie ein Feuer in mir, das fort und fort brannte. Ich verkündigte so den Herrlichen ihre Nichtigkeit, den Sündern ihr Gericht, den Glücklichen Entsagung. Von den Armen forderte ich zufriedenen Sinn, von den Mächtigen aber Freiheit und Gerechtigkeit für die Armen — — von allen, was ich selber übe und lebe — Reinheit und Sittenstrenge. Christus trieb mich zu allem."

Der Prior schwieg und schlug die Hände vor das Gesicht. So herrschte einige Augenblicke tiefes Schweigen, während der Wind leise durch die Zweige rauschte und die schlanken Kronen der Terebinthen bewegte.

„Gott wird solches Predigen lohnen, mein Bruder", sagte Dominico einfach.

„Sprich mir nicht von Lohn! Was habe ich mehr getan denn meine Pflicht? Aber Gott führte die Menschen herbei und o wie strömten sie! Es ist ein Hunger in diesem Volke, heute noch wie damals, aber es ist, als habe es jetzt schon von dem Tische sich abgewandt, Dominico, wo die reichen Speisen winken. Auch die Völker haben ihre Zeit wie die Menschen, wehe, wenn sie dieselbe nicht nützen! Karl der Achte kam und lagerte dort drüben vor den Toren von Florenz, und Pietro der Weiche, der Unmännliche, schenkte ihm die besten Besitztümer der Florentiner, ohne auch nur den Rat zu fragen. Darüber wurde das Volk erregt, und Pietro di Gino Capponi erklärte im Rat der Siebenzig ganz offen, daß dieser Mediceer nicht fähig sein werde, Florenz zu regieren, und daß sich die Republik selbst regieren müsse. So wurde Pietro verjagt ... es war eine böse Nacht und doch, Dominico, auch wieder eine große, als die Martinella alle zu den Waffen rief und es in allen Straßen rief: Liberta, Liberta! Der Palast wurde geplündert, aber unser Kloster blieb unverletzt, und hier wagte niemand etwas anzutasten. Kardinal Giovanni brachte manche Schätze hierher, um sie zu retten.

Dominico, wenn der Pöbel entfesselt ist, offenbart sich die Hölle. Das ist nicht mehr Freiheit, sondern Zügellosigkeit und

Roheit, was sich da zeigt. So war es auch in jenen Tagen. Glaubst du, daß es mich gelüstete, an die Spitze des Staates zu treten? Wie lange wollte ich nicht! Aber dieses unglückliche Volk zu sehen, ohne rechten Hirten, das war schwer für mich!"

Es duldete den Prior nicht länger auf seinem Sitze, er mußte aufspringen und umherwandeln; denn die Erinnerung an jene großen Tage packte ihn mächtig. Vor ihm stand jetzt der Anfang seiner Glanzperiode, die Zeit, da die Menge des Volkes von Florenz seiner gleichermaßen begehrte wie die Blüte des Adels. Und wenn er schon ein verborgener Mönch bleiben wollte, der unter Orangenbäumen das Gesetz und Evangelium predigen wollte, sie kamen und holten ihn. Dort in dem größten Palazzo am Signorenplatze mußte er, umjubelt vom Volke, seine Gedanken einer Staatserneuerung vorlegen, dort hatte ihm brausender Beifall geantwortet, als er von den Florentinern forderte, um ein glückliches Völklein zu sein, erstens die Sitten und Moral zu reinigen, zweitens den ehrlichen Willen aufzubringen, den Staat ohne Nebeninteressen, auf das Gemeinwohl bedacht, zu regieren, drittens eine allgemeine Versöhnung einzuleiten, damit das gehässige Parteiwesen aufhöre, und endlich eine Volksvertretung einzuführen, die da regiere, damit jeder ehrsame Bürger mit teilhabe an den Staatsgeschäften, so wie es in dem Consiglio Maggiore von Venedig sich zeigte.

„Dominico, ich rief es ihnen zu mit lauter Stimme: Vor allem sehet darauf, daß keiner sich zum Haupte noch zum obersten Beherrscher der andern in der Stadt mache!"

„Darum kann dir auch niemand vorwerfen, du habest die Bahn des Ruhmes betreten wollen, Bruder!" Abermals drückte der Freund dem Prior warm die Hand. Voll Wohlwollen schaute er dabei in seine flammenden Augen, die in letzter Zeit oft so tief lagen, als zeugten sie von durchwachten Nächten und heißen Seelenkämpfen.

„Niemals! Sonst hätte ich nicht den Consiglio Grande (Großen Rat) und nicht den Consiglio digli Ottanta (Rat der Achtzig) gegründet. Freilich, daß ich gegen den Brotwucher so streng auftrat, machte mir insgeheim schon damals viele Feinde. Aber Dominico, gibt es eine greulichere Sünde als diese, dem Menschenbruder das Letzte auszupressen, nur weil sein armer Leib der Speise bedarf und er nicht in der Lage ist, sie selbst zu bauen? Heute noch rufe ich über die ganze Stadt hin: Fluch denen, die sich bereichern an der Not der Armen! Das Brot ist die Gabe Gottes, aber das Gold ist die rechte Hand Satans. Die Wucherer sind Todsünder!"

Er warf die Kapuze zurück und reckte die Hand über die weite Arnostadt aus, unter deren Dächern damals die gleichen Sünden wucherten, die jetzt noch im Schwange gehen. Dann fuhr er fort: „Gott war mit uns, Dominico! Du kamst ja damals zu uns! Weißt du noch, wie die Stadt beschaffen war? Denkst du daran, daß Gottes Geist mächtig durch ihre Gassen wehte? Wenn ich mittags im Dome predigte, drängte sich die Menge vor Tagesanbruch auf dem Platz zusammen. In Sturm und Regen standen sie lange Stunden wartend dort. Ja, ich weiß es bestimmt, daß Männer und Frauen aus entfernten Gegenden Nächte hindurch wanderten, um das Wort von Gott zu hören. Vorüber waren die gottlosen Zechgelage, vorüber der verderbliche Luxus, vorüber das Laster des Hasses! Dominico, das war nicht mein, das war Gottes Werk!

In den Feierstunden saßen Handwerker in ihren Wohnungen um die Heilige Schrift, um Thomas von Aquino oder Augustin zu lesen. Gewaltige Summen wurden in meine Hände gelegt von jenen, die betrogen hatten, und wir konnten endlich, endlich die Armen speisen. Damals nahm man die Bedürftigen noch auf in den Palästen der Wohlhabenden, und der Schmuck der Prunkgemächer verschwand.

Und dieses Haus hier, Dominico, es blühte. In kurzer Zeit bekamen wir ja anstatt fünfzig Mönchen deren dreihundert. Ja selbst die Camadolenser des Klosters degli Angiola kamen, um zu uns zu gehören. Und du weißt, wie auch die Vornehmsten sich nicht scheuten, die Kutte zu nehmen, wie Angehörige der reichen Familien Strozzi, Bettini, Gondi, Medici, Salviati,

Pandolfo, Rucellai und die ganze Familie der Robbia erschienen, um arm zu werden um Christi willen. Noch sind sie da, noch gehen Künstler, Dichter und Gelehrte aus und ein in der Marciano, aber o, es ist mir oft, als liege ein Hauch der Erkältung über den Herzen, ... sie, die einst glühten von Gottesliebe, fangen an, Gewohnheitsmenschen zu werden, und immer mehr dringt die Furcht vor dem Papste in San Marco ein. Ich merke es, Dominico, es geht in die Vereinsamung! Vorüber ist jener Tag, da das ganze Volk auf der Piazza della Signoria sich an der Hand faßte, um die Pyramide der Eitelkeiten zu umtanzen. Ha, das war ein Tag! Doch du warst dabei! Nie hat eine Stadt etwas Derartiges auf Erden erlebt!"

„Ja, daran muß ich oft noch des Nachts denken, Bruder, wenn ich schlaflos in meiner Zelle liege. Fünfzehn Stockwerke hoch türmte sich der eitle Kram von Florenz; schlechte Bücher und Bilder, Seidengewänder und Goldschmuck, seltene Altertümer sogar und wirkliche Kunstwerke schleppten die Florentiner herbei, goldgewirkte Teppiche, Statuetten, Karten, Würfel, Musikinstrumente, die Eitelkeiten der Frauen und Männer. Und das alles wurde verzehrt von der lodernden Flamme des Pechs!"

„Es war das Feuer der ersten Liebe, Dominico", sagte der Prior trübe. „Jetzt ist von jenem Feuer kaum noch ein schwach glimmender Aschenhaufen übrig. So wandelt sich die Zeit, so wandeln sich die Menschen, so wandeln sich die Freunde!"

Er schlug abermals die Hände vor das Gesicht und lehnte sich an einen Stamm. Da umfaßte Dominico seine Schulter. „Die Freunde, nein, sie wandeln sich nimmermehr! Jene, die Freunde schienen, gewiß, sie weichen zurück, wenn das Unglück naht. Aber sie waren ja nie Freunde! Sie verdienen diesen Ehrennamen nicht, Girolamo! Freunde sind nur, die bis zum Tode harren!"

„Um meinetwillen soll aber euch der Tod nicht drohen, Dominico! Das ist es, was mein Herz in den letzten Tagen so sehr bewegt. Noch steht dir und Sylvestro der Weg aus Florenz offen. Benützt ihn, Brüder, und laßt mich allein tragen, was ich allein verschuldet!"

„Und das, glaubst du, würden wir tun? Girolamo, wohin könnten wir die Schritte lenken, ohne vom Spruch Gottes verfolgt zu werden, ohne zu erblassen vor Schande, daß wir dich in der Stunde der Not verlassen? Nein, niemals werden wir das tun! Laß die Signoria dich austoßen, laß die Arrabiati und die Compagnacci wüten, laß den Papst selbst die Hölle beschwören, wir sind deine Kampf-, ja auch deine Siegesgenossen, und wenn es sein soll — so sind wir deine Blutsgenossen. Hier, nimm meine Rechte und glaube mir!"

„Dominico, du meinst es gut. Aber Fleisch und Blut sind schwach in der Stunde der Versuchung." Mahnend hob er den Finger und sah ihn ernst an.

„Ich weiß es, Girolamo. Das ist ja gerade meine größte Sorge, ob ich auch ganz bis zum Ende unerschütterlich bleibe. Und doch — Gott wird uns helfen, Bruder. Seine Kraft ist in den Schwachen mächtig."

Da faßte der Prior des treuen Freundes Rechte. Seine Stimme klang bewegt und gedämpft, aber sie verriet so viel Entschlossenheit wie je und je: „So sei es, Dominico! Nicht das Leben, nicht der Tod soll uns scheiden von der Liebe Gottes! Nichts auch von der Bruderliebe! Gott segne dich für dieses Wort! Auch der Heiland brauchte ja in Gethsemane drei Mitkämpfer, ob er schon der Sohn Gottes war."

„Möchten wir nicht einschlafen wie sie, wenn es gilt", gab Dominico zurück.

Dann schritten beide Männer die breiten Treppen empor, um die Ruhe aufzusuchen.

9

In der Werkstätte saß Antonio, über die Arbeit gebeugt. Er war so vertieft in sein Werk, daß er es nicht merkte, daß der Vater mit der Mutter eingetreten war. Erst als beide hinter ihm standen, blickte er jäh auf.

„Drei Neuigkeiten auf einmal, Antonio! Du wirst aufschauen, wenn du sie hörst."

„Hoffentlich sind es gute, Vater", gab er zur Antwort und strich sich das lockige Haar zurück.

Der Vater lächelte etwas wehmütig. „Was soll man in dieser betrübten Zeit viel Gutes hören? Man muß froh sein, wenn es nicht noch schlimmer wird. Höre! Erstens: Frau Kreszentia Valotti ist schwer krank geworden, ja so krank, daß sie sogar zweitens begehrt, daß ihr Mann und ihre Tochter Elisabetha zu ihr zurückkehren. Drittens aber, Savonarola will trotz des Verbotes des Papstes weiter predigen und sich um Rom überhaupt nicht kümmern. Das nenne ich Verstocktheit, in der Tat. Aber er wird es gewiß noch zu bereuen haben. Die Fanatiker werden erst weise, wenn es für sie zu spät ist."

Von all den drei Neuigkeiten interessierte Antonio die zweite am meisten. „Elisabetha soll zurückkehren", wiederholte er lebhaft. „Das ist ja etwas ganz Besonderes. Ich bin gespannt, in welchem Schlupfwinkel sie sich verkrochen gehalten hat über alle die Zeit. Aber freilich, Florenz hat jetzt 460 000 Einwohner. Da verschwindet der einzelne leicht genug."

„Elisabetha ist sogar schon da, Antonio", nahm nun die Mutter das Wort. „Gestern abend, als ich von Santa Croce kam, begegnete sie mir vor dem Hause und grüßte mich. Nein, wie das Mädchen gewachsen ist und wie verständig sie spricht! Natürlich hat sie auch nach dir gefragt, Antonio, und insbesondere nach deiner Meistergeige. Du bist eben jetzt in ganz Florenz bekannt und berühmt geworden. Nun ich merkte, daß sie dich gern wieder einmal gesehen, und daß sie gewiß auch deine Geige gern gehört hätte. So versprach ich ihr, dich heute nachmittag in den Garten zu senden mit deinem Instrument. Habe ich es recht gemacht?"

Die Mutter lächelte ihn etwas schelmisch an. Antonio errötete und beugte sich rasch wieder über die Arbeit. Er wollte seine Freude verbergen, und doch gelang ihm dies schlecht. Das Bild der Jugendgespielin stieg so in ihm auf, wie er sie das letzte Mal gesehen, als kleines, wildes, braunes Mädchen mit dem roten Seidenband im ungebändigten Haar, allezeit bereit, ihn zu übertreffen an Munterkeit und Spiellust. Aber nun, wie würde sie aussehen? Und was würde sie zu seiner Geige sagen? Ah, nun brauchte er sich nicht mehr zu schämen, wie er sich damals oft geschämt hatte, wenn sie ihm Bildchen von ihrem Vater gezeigt hatte, und wenn sie dann überlegen gesagt: „Die kannst weder du noch dein Vater machen, Antonio." Das goldene Tor der Kunst, vor dem er damals hilflos gestanden, hatte sich inzwischen geöffnet, und er wandelte ja in jenem lichten, luftigen Paradiese, in dem die Musen lächelnd dahinschwebten und Kränze austeilten. Dante Alighieri konnte nicht glückseliger durch seinen Himmel gewandelt sein als er.

Zur festgesetzten Stunde begab er sich mit seinem Schatze, der Geige, in den Garten, in dem schon die ersten Frühlingsboten sich wieder zeigten. So manches schöne Bildwerk von Balastrini war hier aufgestellt und blickte mit dem leuchtenden Schnee seines Marmors aus dunkelgrünem Oleander oder Lorbeergebüsch hervor. Antonio lenkte seine Schritte zu dem Laubengang der Orangenbäume, den eine Gruppe immergrüner Zypressen abschloß, aus der eine edelgemeißelte Diana blickte, die den schlanken Arm nach einem fliehenden Hirsche ausstreckte.

Dort, im Angesicht des kleinen Sees, stand die Bank, auf der sie als Kinder herumgeklettert waren. War es nicht erst gestern gewesen, da sie hier zusammen die goldenen Früchte geschmaust, sich Blumenkränzchen aufs Haupt gesetzt? Träumend ließ sich der junge Künstler dort nieder. Ein erster, farbenprächtiger Schmetterling umschwebte ihn lautlos und gemahnte ihn an das neue Erwachen der Natur. Und die Sonne spiegelte sich so hell dort drüben im Gewässer des Arno, der freudiger denn sonst zu rauschen schien. Sinnend blickte Antonio hinauf zu den mit Klöstern und Kirchlein übersäten Hügeln, die aus den Olivenhainen jetzt noch deutlicher hervorblickten als zur Zeit der Belaubung. San Miniato, das erste

Denkmal des rein florentinisch-romanischen Stils, fesselte vor allem das Auge.

Voll Lebenslust und Freude fing Antonio an, leise auf der Geige zu spielen. Er dachte an das Erwachen des Frühlings bei diesem melodiösen Phantasieren und legte seines Herzens Freude hinein. Doch horch, da erklangen leichte Schritte auf dem feinen Marmorkies des Laubenganges. Rasch blickte Antonio auf. Das war also nun Elisabetha, die Gespielin der Kindheit? Überrascht und wie gebannt hing sein Auge an ihr. Wie leicht und königlich schritt sie einher, und wie anmutig war jede der jungfräulichen Bewegungen! Und nun kam dieses Gesicht näher, zart gebräunt, aber so fein im Schnitt wie eine idealisierte Madonna. Große Augen schlugen sich voll kindlicher Unschuld, aber auch voll mädchenhafter Schönheit zu ihm auf, und über der reinen Stirn wellte sich seidenartig erglänzendes, dunkles Haar. Das war Elisabetha? War es nicht, als wandle der Frühling selbst durch den Laubengang? Und nun, wie graziös streckte sie die schlanke Hand aus, um ihn mit leichtem Erröten zu begrüßen!

Er war rasch aufgestanden von der Bank.

„Elisabetha?"

„Ja, ich bin es, Antonio. Sei gegrüßt!"

Dann standen sie sich einen Augenblick schweigend, tiefaufatmend gegenüber.

„Du bist groß geworden, Antonio! Körperlich und, wie ich höre, auch geistig."

„Du nicht minder, Elisabetha. Aber es ist eine lange Zeit dazwischen." Er wußte gar nicht recht, was er reden sollte, so befangen hatte ihn die reine Schönheit der Jungfrau gemacht.

„Ist das deine Meistergeige? Aber die ist prächtig! Hat sie dich lange Arbeit gekostet?" Sie fragte ganz in der Art eines neugierigen Kindes, nur daß die Augen von Verständnis leuchteten, als sie über den schlanken, feinen Bau der Geige liefen.

„Zwei Jahre baute ich daran, Elisabetha. Es ist eigentlich nicht mein Werk; denn der Anstoß dazu kam mir von oben.

Weißt du, Menschen können ja keine Meistergeige bauen. Ich sah sie im Traume in Santa Maria Novella, in der spanischen Kapelle."

„Ah! Wie wunderbar! Darf ich sie einmal betrachten?"

„Aber natürlich!" Er reichte sie ihr mit einer leichten Verneigung voll Stolz hin. Nun wog sie sie in der Hand, streifte die Saiten und lauschte hinein.

„Laß sie mich einmal hören!" Elisabetha bat so herzlich, daß er lächeln mußte.

„Aber mit allen Freuden. Darauf habe ich gewartet. Komm, setz dich hier unter die Diana, es ist so schön sonnig und warm."

Als sie Platz genommen hatte, ergriff er den Bogen. Stolz setzte er ihn an, leicht und spielend führte er ihn über den Steg, als gäbe es auf der ganzen Welt nichts Selbstverständlicheres als dieses Spiel, und als wären er und seine Geige ein Wesen. Immer tiefer griff er hinein in die Fülle der Töne, immer singender wurde der Ton, der so süß und voll hervorquoll und sich wie eine jubilierende Lerche aufschwang zum blauen Himmel von Firenze. Das prächtige Bild seiner meisterhaften Bogenführung harmonierte wunderbar zu dem bezaubernden Klang, so daß Elisabetha wie gebannt, kaum atmend, dasaß. Als er endlich in einem zarten Adagio endete und sich leicht verneigte, klatschte sie entzückt in die Hände und rief: „Viva, Viva, Antonio! Das hast du aber prachtvoll gemacht! O sage mir, wer hat es dich gelehrt?"

„Der Vater und Gott", erwiderte er bescheiden. „Es kam über mich, Elisabetha, wie ein milder Frühlingssturm kam es über mich, daß ich nicht anders konnte, als so spielen und auf der Geige dichten. Du darfst es mir glauben, es ist nicht mein Verdienst."

„Und das schöne Kreuz auf deiner Brust, Antonio, woher hast du dieses?"

„Der Bischof von Vasona gab es mir dafür, daß ich an Weihnachten in Santa Maria del Fiore spielte. Hättest du Freude daran, Elisabetha?"

„Ich, nein, nein! Wo denkst du hin!" Abwehrend streckte sie noch die Hand aus zu diesen Worten. Es war, als zeige sich ein Schatten auf dem eben noch so heiteren Gesichte, als er den Namen des Bischofs nannte. Doch er verschwand rasch wieder.

„Verzeih, wenn ich heute nicht lange bleibe!" nahm sie nun wieder das Wort. „Die Mutter bedarf meiner, denn sie ist heute weniger wohl als sonst. Habe Dank für das schöne Spiel, das mich erfreut hat wie schon lange nichts mehr!" Rasch stand sie auf und reichte ihm wieder die Hand. Dann, als er einen flüchtigen Kuß darauf gehaucht hatte, eilte sie raschen Schrittes davon. Starren Auges blickte ihr Antonio nach. „Du bist auch ein Lied", murmelte er vor sich hin, als sie hinter der Tür des Cortile verschwunden war. Eine Weile stand er noch unbeweglich wie eine der Bildgestalten des Gartens, dann wandte auch er sich dem Hause zu, um an die Arbeit zu gehen. Ehe er das Haus betrat, kettete er sein Kreuz ab und verhüllte es im Gewande. Dann nahm er sich gewaltig zusammen, um möglichst unbefangen vor die Eltern zu treten. Forschend sah ihn der Vater beim Eintritt an. „Nun, Antonio, was sagst du zu Elisabetha? Ist sie groß geworden?"

„Ja, groß und gebildet, Vater", erwiderte er ruhig. „Sie hat ihre Zeit auf jeden Fall nicht verloren."

„Nur hätte ihr Vater beinahe das rechte Auge verloren um seiner Ketzereien willen. Verschworene haben ihn nächtlich abgefaßt, und wilde Burschen unter ihnen haben nach seinem Auge gestochen."

„Wie schändlich, Vater! Sind das auch die rechten Waffen?"

„Du urteilst recht. Aber vergiß nicht, daß man sich auch in keine Gefahr begeben darf, wenn man nicht darin umkommen will! Lorenzo hat manche Warnung in den Wind geschlagen. Er scheint aber immer noch nicht geheilt zu sein von Savonarola. Und so trifft ihn am Ende selbst die Schuld, ihn und jenen Prior, der nicht bedenkt, wie er die Mitmenschen ins Verderben reißt."

Antonio blieb einsilbig den ganzen Nachmittag. Auch wanderten seine Gedanken immer wieder von der Arbeit weg, hinaus in den Garten. Elisabetha beschäftigte ihn fort und fort, und die Begegnung mit ihr war ihm so köstlich gewesen, daß er jetzt noch davon zehrte. Von all den schwerwiegenden Fragen, die ihn in der Stille beschäftigten, trieb ihn diese am meisten um, ob Elisabetha einen Verlobungsring am Finger getragen habe, oder ob nichts dergleichen zu sehen gewesen sei. Aber so sehr er sich auch besann, es wollte ihm nicht einfallen.

Wie langsam kam ihm der Gang der Stunden vor, und wie ersehnte er heute den Augenblick, wo er sich in sein kleines Heiligtum zurückziehen durfte!

Hier, wo ihn niemand beobachtete, konnte er endlich seinen Gefühlen freien Lauf lassen. Er setzte sich nieder an seinem Tische und barg das Gesicht in den Händen. Dann wieder sprang er auf, warf sich in der Ecke vor dem Muttergottesbildnis nieder, das Balastrini ihm in Anerkennung seines Spieles geschenkt, und bat um ihren Segen und Beistand. Santa Maria würde ihn gewiß verstehen, mußte ihm helfen. Endlich nahm er das schönste venezianische Briefpapier zur Hand, das er sein eigen nannte, suchte nach einem Gänsekiel und schrieb, ohne ein einziges Mal abzusetzen:

Liebe Elisabetha!

So bist du also doch nicht verlorengegangen in der weiten Welt oder irgendwo in Florenz! Wie froh bin ich, daß du wieder da bist! Du glaubst es kaum, wenn ich es dir beteure. Wenn auch dein Bild nicht mehr so klar vor mir stand, so dachte ich doch oftmals an dich. Und als ich dich heute wieder sah, da wußte ich, daß ich dich nie vergessen habe. Man sagt, daß Vinetas Glocken zuweilen aus der Tiefe des Meeres emporklingen. Solche Glocken erklangen in mir, glaube es! Es ist die Liebe zu dir, die sie anschlägt und rührt, eine heilige, reine Liebe, wie sie nur Gott in ein Menschenherz legen kann. O Elisabetha! Ich preise den heutigen Tag, der dich zurückgeführt, der dich mir neu geschenkt. Ich lege mein

Herz, meine Kunst, meine Geige und mich selbst zu deinen Füßen nieder. Schreibe mir doch, daß ich weiß, ob du noch nicht verlobt bist mit irgendeinem Signor vom Hause deiner Mutter, schreibe mir, ob auch du mich lieben kannst, wie ich dich liebe! Wohl ist deine Mutter eine Medici. Ich aber, Elisabetha, bin, obschon bürgerlicher Leute Kind, ein Künstler. Adel ist groß, kann groß sein ... Kunst ist noch größer. Liebe aber ist am größten. Oder ist die Kirche die größte? Ich liebe auch die Kirche, wenn deine Mutter fragen sollte, und will ihr treulich dienen.

In nie erlöschender Liebe
ewig Dein Antonio.

Zitternde Hände falteten diesen Brief zusammen. Es war der erste dieser Art, den der junge Künstler schrieb, und fast kam es ihm wie ein Unrecht vor, ihn nicht zuvor den Vater und die Mutter lesen zu lassen. Allein er fürchtete ihr Urteil. Nun Lorenzo wieder im Nachbarhause weilte, würden die Eltern einen solchen Brief nicht gutheißen. Sie zitterten ja vor nichts so sehr wie vor der Berührung mit jenen, die Savonarola nahestanden. Antonio wartete noch eine Weile, dann schwang er sich über die Fensterbrüstung, kletterte so leise wie möglich am Weingewinde hinab in den Garten und verschwand dort im dunklen Gebüsch. Vielleicht fand er irgendeinen Weg, seinen Herzenserguß heute abend noch in Elisabethas Hände oder Nähe zu bringen. Die Madonna, zu der er so innig darum gefleht, würde ihm helfen. So dachte er und wartete in einer Taxushecke zunächst einmal darauf, daß Vaters Licht erlöschen würde. War es nun die Sehnsucht seiner Seele, die Elisabetha herauslockte, oder wollte sie den milden Abend noch genießen? Die Tür der Cortile drüben öffnete sich, und ihre schlanke Gestalt trat in den hellen Mondschein heraus. Aber sie war nicht allein. An ihrer Seite, ja Arm in Arm mit ihr ging der Vater. Schweigend wandelten sie zuerst einige Schritte durch den Laubengang, vorüber an den blendendweißen Gestalten einer Gruppe tanzender Nymphen, die klar wie am hellen Tage durch das Gesträuch schimmerten. Dann begann der Altarmaler zu reden, indes er stehenblieb und Elisabetha am Arm faßte.

„Ja, es steht ernst, meine Tochter. Es ist mir heute der neueste Stand der Dinge zu Ohren gekommen, und ich glaube, es geht nicht mehr allzu lange, so wird Rom sich wie ein Raubtier auf sein Opfer stürzen. Die neue Signoria ist ganz anders ausgefallen, als wir hofften. Die Fratesken sind stark zurückgegangen bei der Wahl, zwei Dritteile bestehen aus erklärten Arrabiaten, und ihr Führer, Piero Poleschie, ist Gonfaloniere di giustitia."

Elisabetha erschrak sichtlich.

„Wie ist aber dies möglich gewesen, Vater? Am Neujahr waren doch die Fratesken noch in der Mehrheit?"

„So ist es. Aber das Volk hat sich merkwürdig gewandelt. Man hörte auf die Franziskaner, die es für bedenklich finden, die Exkommunikation nicht zu achten. Man traut der Hilfe Karls des Achten nicht, und ... vor allem, man ist in Geldnot und braucht eine Klerikalsteuer, die man ohne Rom nicht erheben darf."

„Was soll aber nun werden, wenn nicht einmal die Signoria mehr auf Seiten unserer Partei steht? Wird sie nicht dem Papst willfahren?"

„Das ist noch nicht gewiß. Gewiß ist aber, daß der Papst ein neues Breve gesandt, darin er seine Verwunderung ausspricht, daß Savonarola sich gegen ihn auflehne, da doch Christus, der Herr, den Papst zum Hirten über alle seine Schafe bestellt habe. Und er wiederholte den Befehl — nicht den Wunsch, Elisabetha, nein, den Befehl, den Mönch nach Rom auszuliefern. Aber o, wenn man ihn dort erst hat, so wird er die sogenannte Ewige Stadt in Ewigkeit nicht mehr verlassen. Alexander weiß, warum. So hat ihn noch keiner angegriffen wie der Prior. Und er hat alle Ursache, sich zu fürchten, seit Kardinal Rovere am französischen Hof seine Wahl anficht und ein neues Konzil betreibt. Und wenn er schreibt, daß der Mönch bei ihm die freundlichste Aufnahme finde, so wissen wir, daß das erlogen ist."

„Und du glaubst, Vater, daß die Arrabiati sich dem Papste fügen werden?"

„Gewiß! Wenn sie es heute gerade noch nicht wagen können, geneigt dazu sind ihrer schon viele. Mich wundert nur, daß Savonarola immer noch den Mut hat, in der Kirche San Marco zu predigen. Und wie gewaltig tut er das! Noch nie hörte ich ihn so."

„Wenn aber der Prior nicht mehr in Florenz wäre, Vater, glaubst du, daß dann auch seine Sache verloren wäre?" Angstvoll sah Elisabetha dem Vater in das narbenreiche Gesicht.

„Wenn wir wissen, was Rom ist und was Rom tut, dann, Kind, wissen wir auch, wie es stehen wird um uns, wenn einmal unser Hirte geschlagen ist. Dann werden sich die Schafe zerstreuen, das ist sicher. Weißt du, wie mir die Luft jetzt schon oft in Florenz vorkommt? Mir ist, als stünden wir vor einem schweren Wettersturm. Es ist still nach außen hin, gewiß, aber das ist gerade die verdächtige Stille vor dem Sturm. Um so geschäftiger sind die Feinde. Der Bischof ist auf jeden Fall ganz der Mann Roms. Er hat sich schon ausgesprochen, daß er demnächst ..." Hier wurde das Gespräch nur ganz gedämpft geführt, so daß Antonio nichts mehr verstehen konnte. Er sah nur, wie Elisabethas Gestalt abermals zusammenzuckte, als habe sie ein Stich getroffen. Dann hörte er sie nach einer längeren Pause antworten: „Es ist schwer, Vater, aber wir werden es alles tragen können mit Gottes Hilfe. Christus sagte ja: ‚Meine Kraft ist in den Schwachen mächtig.' Und wir haben noch stets seine Hilfe erfahren in allerlei Not. Auch hat der liebe Mann Gottes es selbst ausgesprochen, daß mit Christus leiden besser sei, als mit dem Teufel die ganze Herrlichkeit der Welt zu besitzen."

Nach diesen Worten betraten beide wieder die graziöse Cortile, und der Vater ging hinein in das Haus. Elisabetha drehte sich noch einmal um und sah hinauf zu den Wolken, die das Mondlicht dämpfen wollten, und an deren Rand ein hellglänzender Silberstreif hinlief. Diesen Augenblick benützte Antonio. Ohne sich durch ihr tiefernstes Gesicht aufhalten zu lassen, trat er rasch auf sie zu und streckte ihr sein Billet hin. Elisabetha stieß einen leichten Schrei aus, doch rasch faßte sie sich und bückte sich, um das auf die Erde geflatterte Papier aufzuheben und an ihrem Herzen zu bergen. Im nächsten Augenblick war Antonio verschwunden.

10

Um dieselbe Stunde fand im Palazzo de Medici eine merkwürdige Zusammenkunft statt. In dem schönsten Saale des ganzen reichen Hauses hatte sich eine Anzahl der vornehmsten Arrabiati zusammengefunden. Piero degli Alberti, Piero Vaglienti, Lorenzino di Pierfrancesco, Piero Parenti und eine Reihe anderer Arrabiaten hatten sich hinter verschlossenen Türen versammelt. Düstere Entschlossenheit auf den Angesichtern der meisten Anwesenden verriet, daß sie zu großen Entschlüssen zusammengekommen waren. Noch eilten Diener mit Weinflaschen hin und her, füllten die hohen Kelche, in denen sich das Licht der Kronleuchter brach, und beluden die Tische mit Leckerbissen. Aber die Aufmerksamkeit galt heute nicht den Tafeln. Auch die wunderbaren Marmorfiguren in den Nischen des Saales, die herrlichen Gemälde Angelicos und die seltenen Blumen in den schlanken Kristallvasen erregten nicht die Bewunderung der Gäste. Es galt den vernichtenden Schlag zu führen gegen den Frater, den Piero degli Alberti schon im Mai des Jahres 1497 zu stürzen sich bemühte, der aber immer noch, Fürsten und dem Papst zum Trotz, fortfuhr, Florenz mit der Allgewalt seiner Rede zu beherrschen, die einstigen Besucher des Domes jetzt nach San Marco zu ziehen und aller Breve und Interdiktsdrohungen zu spotten sich erkühnte.

Piero degli Alberti, der gewesene Präsident der Signoria und

Senator der Versammlung, erhob sich von den üppigen Polstern, die an dem Marmorfries der Wand entlangliefen. Er hielt dann gedämpften Tones, nachdem zuvor alle Diener ausgeschlossen worden waren, folgende Ansprache: „Werte Signoren! Es ist Euch bekannt genug, daß die Zeit gekommen ist, Florenz von dem Alpdruck jenes Mönches zu befreien, der auf die Politik wie auch auf die Kirche der Republik gleichermaßen schlechten Einfluß ausübt. Zwar sind die Freunde des Priors, die Piagnonen, immer noch eine starke Macht, und vor allem ist es das gemeine Volk, das noch zu einem guten Teil festhält an seiner vorgespiegelten Prophetengabe, die nichts weiter ist als ein schlauer Vorwand, die Herrschaft aufrechtzuerhalten." Hier wurde degli Alberti von Beifallskundgebungen unterbrochen. „Wir sind", fuhr er fort, „aber nachgerade in Florenz an einem derjenigen Wendepunkte angelangt, die entweder eine neue Zeit einleiten oder aber das Volk ins Verderben stürzen. An allem ist der wahnwitzige Übereifer des Priors schuld, der nicht nur nicht haltmacht vor den zwingenden Gründen einer neuen oberitalienischen Politik, nein, der sogar den Heiligen Stuhl selbst angreift und dies in einer Weise, die in uns allen lebhafte Entrüstung, ja sogar, meine Signoren, heiße Erbitterung hervorgerufen hat. Ich erwarte deshalb heute abend Eure Vorschläge, wie wir endlich an das Ziel, ihn unschädlich zu machen, gelangen. Verschweigt mir Eure Gedanken in keiner Weise und gebt uns den Rat, den die heilige Madonna, die Schutzpatronin von Firenze, selbst in die Seele legt! Savonarola glaubt sich unangreifbar. Das glauben jene Ketzer immer, die mit dem Teufel im Bunde stehen, aber es ist Blendwerk, das vor entschlossenen Schwertern zerstiebt. Auf, meine Signoren, laßt uns beraten!"

Er setzte sich, und nun erhob sich der Bischof von Vasoni. Sofort verstummte das Gemurmel der Edelleute, und alle wandten sich dem neuen Redner zu. Der Bischof, ein hochgewachsener Mann mit scharfgeschnittenen Zügen, ließ zuerst die Augen ruhig über die Versammelten gleiten. Es freute ihn, hier so viele Gegner der Fratesken vereinigt zu finden; denn er war ein Mann Roms.

„Mit Gewalt werden wir jetzt den Prior nicht beseitigen können", sagte er, indem er das Wörtchen „jetzt" besonders betonte. „Zwar ist die Beseitigung eines solchen Schädlings nicht nur keine Sünde, sondern ganz gewiß ein verdienstliches Werk, das der Heilige Vater nicht zuletzt mit der gebührenden irdischen und himmlischen Belohnung auszeichnen wird. Ich habe jedoch den Vorschlag verschiedener Signoren, Savonarola zu einer Feuerprobe zu zwingen, eingehend geprüft, und dieser Vorschlag ist der einzige, mit dem wir vorwärtskommen."

„Aber wenn er die Feuerprobe besteht?" warf hier Parenti ein.

„Er darf sie nicht bestehen, Signor Parenti! Dafür ist eben Sorge zu tragen!"

Lauter Beifall folgte diesen Worten. Stürmisch meldeten sich verschiedene Arrabiaten zum Wort.

„Die Compagnacci sind bereit, ihn unterwegs zu erdolchen!" rief eine dumpfe Stimme im Hintergrunde.

„Viva Compagnacci!"

Der Franziskaner Fra da Puglia aber rief: „Nicht mit Gewalt, Signoren! Die Gewalt führt in Florenz unfehlbar zum Bürgerkrieg."

„Das wollen wir ja gerade!" schrien hier mehrere Stimmen. Der Bischof mußte begütigend mit der Hand winken.

„Nein, meine Freunde, das ist gar nicht nötig. Wir arbeiten ruhiger, leiser. Es ist nicht die Weise Roms, eine Mücke mit einer Keule zu erschlagen. Uns genügt, daß der Heilige Vater gesagt hat: Sterben muß er, und wenn er Johannes der Täufer wäre!"

Ein Beifallssturm brauste durch den Saal. Piero degli Alberti aber mahnte energisch zur Dämpfung der Stimmen.

„Die Verräter lauern an allen Wänden", sagte er bedeutungsvoll. „Soll es also diesmal zum Sturme gehen, so bitte ich nicht eher zu blasen, als bis wir vor den Mauern stehen. Alle Aufregungen sind wertlos."

„Viva, Signor Alberti!"

„Der Signor Fra da Puglia hat das Wort!" sprach nun der Bischof Vasoni ruhig. „Er wird den Signoren den Plan vorlegen."

Fra da Puglia erhob sich. Ein schlaues Lächeln spielte um seinen zugekniffenen Mund. Man sah es ihm an, daß der Kriegsplan fertig in seinem Kopfe lag.

„Die Feuerprobe ist das einzige, was Entscheidung bringt, Signoren", ließ er sich vernehmen. „Von unserer Seite ist Pater Rondinelli bereit, sie zu leisten, wenn ihm zugesichert wird, daß er — sie nicht bestehen muß."

Laute Heiterkeit setzte hier ein; denn dieser ausgezeichnete Rondinelli schien es zu verstehen. „Schon habe ich auch weitere Schritte eingeleitet. Wie die Signoren wissen, ist diese Feuerprobe ein Mummenschanz, bei dem das Volk getäuscht wird. Auch diesmal bleibt uns nur das eine übrig, anders zu spielen, als die Tatsachen sind. Die Wege sind krumm, die uns zum Ziele führen, aber sie sind geheiligt durch des Vorhabens Wichtigkeit und vor allem durch den Segen des Heiligen Stuhles. Irgend eine Verwirrung muß geschaffen werden, um Savonarola zu entblößen vor dem Volk — ja sagen wir es offen heraus —, um den Glorienschein, der um sein Haupt strahlt, zu vernichten. Erst dann, Signoren, wenn dies geschieht, können wir die Hand an ihn legen. Mit der Königin, der die Flügel abgeschnitten sind, schwärmt kein Bienenvolk mehr."

„Viva, viva, Fra Puglia!" Der Pater verneigte sich dankend. Dann erhob er sein Glas mit Wein und rief: „Ich trinke auf das Gelingen des Planes, auf den Heiligen Stuhl, auf Florenz!" Begeistert stimmten ihm alle zu. Dann schloß sich noch ein besonderer Kreis von Männern zusammen, um die engeren Notwendigkeiten zu beraten.

Das war die Stunde, in der im Kloster San Marco Savonarola in seiner Zelle lag, um für Florenz zu beten und zu ringen. Eine schwere Last lag auf seiner Seele, aber er legte sie auf den, der die schwerste getragen, auf den Herrn. Als er sich endlich von den Knien erhob, zeigten die Sterne die nahe Mitternacht an. Er trat ans Fenster der Zelle und sah nach Florenz hinüber. Die Stadt schlief. Da sprach er die Worte: „O du Stadt der großen Geschicke! Wie gleichst du Jerusalem, und wie wird dein Schicksal dem Jerusalems gleichen! Ich wollte dich beglücken und wollte dir den Weg zu Gott weisen durch mein Leben. Florenz! Du hast nicht gewollt! Deine Tränen werden auf dein eigenes Haupt fließen."

Still trat er zurück. Müde, wie er war, legte er sich doch noch nicht nieder. Nachdem er aus einem Holzbecher einen Schluck kalten Wassers genommen, setzte er sich an den Tisch. Dort lagen seine geliebten Bücher, die Väter im Glauben, dort die heilige Biblia, in schweres Leder gebunden. Trübe schien das Licht der kleinen Ampel auf das alles. Und doch tauchte Savonarola noch die Feder in die Tinte, um zu schreiben. Mit bebendem Herzen ließ er auf das Pergament die Worte fließen: „O wundervolle Macht der Hoffnung, von der Trauer wird dein Antlitz nicht ertragen! Schon naht der Trost. Mit all ihrer Macht tobt die Trauer und will widerstehen. Nun, es drängt die Welt, es rücken die Feinde an, ich fürchte nichts; denn auf dich, Herr, hoffe ich, du bist meine Hoffnung und hast mir hoch erhoben die Burg meiner Zuversicht. Schon trat ich hinein, die Hoffnung führet mich; nicht unbesonnen bin ich eingetreten, sie selbst entschuldigt mich vor dir. Siehe, spricht sie, siehe, o Mensch, deines Gottes hohe Burg; tu die Augen auf und siehe: Gott allein ist das endlose Meer aller Wesen und alles Lebens! Das andere ist, als wäre es nicht; denn alles hängt ab von ihm, und würde alles nicht von ihm erhalten, so zerginge es plötzlich in nichts; denn aus dem Nichts ist es erschaffen. Schau an seine Macht, mit der er im Anfang Himmel und Erde schuf! Wirkt er nicht alles in allem? Wer kann aus sich selbst etwas denken? Seine Weisheit bedenke, die alles lenkt im Frieden, die alles sieht, vor deren Augen alles bloß ist und offenbar! Der allein kann dich befreien und trösten und erretten. Vertraue nicht den Söhnen der Menschen, kein Heil ist in ihnen! Aber in seiner Hand ist dein Herz; er lenkt es, wohin er will. Der ist's, der dir helfen kann und will. Zweifelst du? Seiner Güte denke, seine Liebe schaue!" (Auslegung zum einunddreißigsten Psalm.) Dann, als er solche Worte so recht von Herzen geschrieben, warf er sich abermals vor Gott nieder. Lange verharrte er im Gebet, so lange, bis ihm die müden Augen zufielen und er kniend einschlief. Das war der Mann, den zu töten seine Feinde sich verschworen hatten. O erschütterndes Trauerspiel von Florenz, ergreifende Tragödie der Welt! Aber über den Feinden und über ihm wachte die heilige Liebe des Vaters.

11

Als Elisabetha den Brief Antonios gelesen hatte, zitterten ihre Hände, wie diejenigen gezittert hatten, die ihn geschrieben. Seine Worte drangen in ihre Seele wie jene süße Musik, die er ihr vorgespielt, und doch bebte sie zugleich davor, diese zarte Musik einer jungen Liebe aufzunehmen. Das Erdenglück stand an der Pforte ihres Herzens, aber durfte sie diese Pforte öffnen und es hereinlassen? O wenn Antonio sie recht gekannt hätte, wenn er hätte lesen können in den Blättern ihres inneren Lebens, und wenn er wissen würde, welch scharfgeschliffenes Schwert über ihrem und ihres Vaters Haupte schwebte? Aber er ahnte wohl nicht, welchen tiefgehenden Einfluß der Prior von San Marco auch auf sie ausgeübt hatte, und wie sehr ihre junge Seele sich darnach sehnte, die Gottesliebe zu besitzen, die aus des Priors dunklen Augen bei seiner Predigt so herrlich leuchtete. Ja, wenn Antonio auch ergriffen werden könnte von jener heiligen Himmelsflamme, die das ganze Erdenleben so wunderbar überlichtete! Wenn er wie jener junge Michelangelo Buonarotti, zu Füßen des Gottesmannes sitzend, der Wahrheit lauschen würde! Wie viele bedeutende Künstler gingen im Garten von San Marco aus und ein, Fra Ambrogio della Robbia, Cronaca und Lorenzo di Credi! Sie hatten ihre Kunst Christus zu Füßen gelegt, und nicht mehr um der Welt Ruhm, sondern um das Wohlgefallen Gottes war es ihnen zu tun.

Lange saß Elisabetha am geöffneten Fenster und sah hinauf zu den vom Mondlicht versilberten Höhen, von denen helle Klostergebäude und ragende Türme aus dunkelnden Zypressen- und Pinienhainen blickten. Mit einem tiefen Seufzer betete sie endlich zu dem, der alle Menschenschicksale in seiner allgewaltigen Hand hält.

„Herr", flehte sie, „führe du mich! Liebe und Glück winken, aber du hast solches alles nicht gehabt. Dich hat man nicht geehrt, und statt des Lorbeers wurde dir die stechende Dornenkrone. Ich möchte dir dein Kreuz nachtragen, wie der Prior es tut, welcher der Ehre nicht achtet, die der Papst ihm anbietet. O Herr, leite meine Worte, wenn ich schreibe!"

Dann entzündete sie aufs neue ihre kleine Silberampel, auf deren Deckel eine Lilie aus feinen Ornamenten wuchs, nahm auch ihrerseits einen Kiel und Papier zur Hand und schrieb nach kurzem Besinnen:

Lieber Gespiele meiner Jugend!

Es einen uns tausend süße Erinnerungen, aber es trennt uns eine bittere Wahrheit. Und doch ist diese bittere Wahrheit, die uns trennt, mir süßer als alles Erdenglück, ja selbst als der Ton deiner Meistergeige. Das ist die Wahrheit, daß auch ich, wie mein inniggeliebter Vater, eine Anhängerin und Jüngerin von Girolamo Savonarola geworden bin.

Und zwar bin ich diese Ketzerin nicht nur der Meinung, sondern der tiefsten Überzeugung nach. O Antonio! Ich kann, wie er und alle seine wahren Schüler, nicht mehr an die Kirche glauben, deren Diener mit Christus nichts mehr gemein haben als den erborgten Namen. Mich trennt von ihnen das harte Kreuz des Lammes Gottes, die Wahrheit, die keinen Raum mehr hat bei diesen Menschen der Üppigkeit, der Pracht und Goldliebe. Kannst du mich darin verstehen? Ich hoffe es, obwohl ich kaum einen Grund zu dieser Hoffnung finden kann. Nie könnte ich einem Manne die Hand fürs Leben bieten, der dieser Kirche, an deren Spitze der unwürdigste aller Päpste steht, seine Kunst und seine Kraft weiht. Darum ist mir deine Liebeserklärung, so süß sie mir auch sonst wäre, ein Stich durch die Seele. Nicht als ob ich die irdische Liebe für unrein achten würde. Girolamo hat erst gestern Pauli Wort angeführt: „Dem Reinen ist alles rein!" Aber uns trennt eine ganze Welt! Deine Welt ist die Kirche, ist die der Kirche geweihte Kunst. Meine Welt ist Christus und seine arme, verfolgte Gemeinde geworden. Diese beiden Welten mögen wohl Kardinäle und Erzbischöfe zu vereinigen suchen; aber glaube mir, sie kommen nie zusammen! Eine von ihnen muß untergehen. Ja, wenn du entsagen könntest! Wenn du deine herrliche Geige statt Vasona, dem Erzbischof, dem Herrn Christus zu Füßen legen könntest! Wenn du anstatt im Dome Santa Maria del Fiore jenen Elenden und Armen spielen würdest, die dir zwar keine goldenen Kreuze, aber den Segen des Gekreuzigten schenken können! Dann, o Antonio, kämen unsere zwei Welten, dann kämen aber auch unsere beiden Herzen zusammen. Und wie schön wäre das! Mißverstehe mich nicht!

Dies fleht von Herzen
Deine Elisabetha.

Sie siegelte den Brief klopfenden Herzens mit einem Tropfen venezianischen Wachses und barg ihn für die Nacht unter ihrem Kissen. Dann lauschte sie noch lange, lange dem Rauschen des Arno und den ferne verhallenden Rufen der Wächter, die die Stadtmauer abschritten oder von irgendeiner Porta Ausschau hielten. Und als sie endlich die Augen zu unruhigem Schlummer schloß, umgaukelte der Traum ihre aufgeregte Phantasie. Ihr war, als befände sie sich mit Antonio in Santa Maria del Fiore. Zuerst sah sie nur die schönen Glasmalereien, durch die das Licht in milde gedämpfter Farbenpracht hereinflutete. Dann aber trat durch des Hauptportales reichgeschmückte

Wölbung der Dominikaner von San Marco herein, stieg auf die Kanzel, wie gewöhnlich, um zu predigen. Doch diesmal lauschte ihm nicht die Menge in stiller Andacht. Aus allen Kirchenbänken wuchsen Compagnacci empor und erhoben drohend die blitzenden Schwerter gegen den Mann Gottes. Dann wurden aus diesen Feinden plötzlich wilde, tobende Stiere, die mit den Hörnern gegen die Kanzel anrannten und sie so lange in ihren Grundfesten bedrohten, bis sie sich neigte und Savonarola mit ihr ins Kirchenschiff niederstürzte. Da wachte sie auf vor Schrecken, lag und lauschte abermals hinein in die Nacht. Doch Stille herrschte ringsum. Aus den leichtbewegten Gebüschen des Gartens aber vernahm sie ein zartes Klingen und Singen, halb Flöten-, halb Harfenklang. Es waren die ersten Töne einer Nachtigall, die sich dort hören ließ und ihre Seele wunderbar beruhigte.

In erster Morgenfrühe schon eilte sie hinab in den Orangengang, und als sie Antonio am Fenster gewahrte, der nach dem Morgenrot blickte, dessen feuriger Kuß über Florenz lag, legte sie den Brief auf die Bank, darauf sie vergangenen Tages gesessen. Er wartete, ob sie ihm winken würde, aber sie tat dies nicht, sondern ging fast feierlichen Schrittes rasch zurück, um in der Cortile zu verschwinden.

Und nun hielt Antonio den kleinen Brief mit unaussprechlichen Empfindungen in der Hand. Nein, hier im Orangengange konnte er ihn nicht lesen. Rasch trat er hinter ein Oleandergebüsch, um ihn dort an die Lippen zu drücken. Dann öffnete er ihn rasch und ließ die Augen über die zierlichen Schriftzüge fliegen. Mit jedem Satze wurde ihm dabei bänger zumute, und als er geendet hatte, entsank das Papier seiner Hand. Das also war die Antwort auf seine tiefe Herzensfrage? Und darum war sie so ruhig hinweggeschritten, als fürchte sie diesmal eine Begegnung mit ihm? So warf nun der Klosterturm von San Marco seine Schatten auch herein in diesen Garten, und jener Prior drängte sich zwischen ihn und sie? Ihm schwindelte beinahe, und er mußte sich plötzlich an den Stamm eines

Ölbaumes anlehnen. Ja, er mußte an sich halten, um nicht in bitterem Weh hinauszuschreien und um nicht – Lorenzo, dem Vater Elisabethas, Böses zu wünschen, darum, daß er seine Tochter mit derselben Lehre erfüllt hatte, die jetzt ganz Florenz aufwühlte.

Still schlich er ins Haus zurück, und still beugte er sich an diesem Tage über seine Arbeit, als wäre jenes Losungswort der römischen Trappisten sein eigen geworden, das da in einem ihrer Klöster von kahler Wandfläche herab gemahnt: „Schweige, oder rede nur, was besser ist als zu schweigen!"

Francesco merkte wohl, daß etwas in ihm vorging, aber als kluger Vater wußte er, daß ein Einspruch nicht viel Wert haben würde. Es war ihm nicht entgangen, daß das Zusammentreffen mit Elisabetha den zündenden Funken in seines Sohnes Seele geworfen hatte, und er kannte seinen Sohn, um zu wissen, daß er sich durch Menschenwort nicht so leicht beeinflussen ließ.

Die Mutter dagegen mochte ihn nicht laufen lassen. Ihrem feinen Empfinden war es auch nicht entgangen, daß die Tochter des Malers nicht ihres Geistes war, und diese Wahrnehmung erfüllte sie mit großer Besorgnis. Ja, es war sogar durch eine Magd ihr zu Ohren gekommen, Elisabetha besuche keine Kirche außer der zu San Marco und habe sich sogar über den Franziskaner, der in Santa Maria Novella, einer der prachtvollsten Kirchen zu Florenz, predigte, abfällig geäußert. Sie sah also eine Wolke aufsteigen, zu der sie unmöglich schweigen konnte. Deshalb nahm sie Antonio nach dem Mittagessen bei der Hand und sagte: „Begleite mich doch ein wenig nach San Miniato al Monte, woselbst ich eine Fahne abzugeben habe!"

Antonio blickte fragend auf. Als er aber den so sehr bittenden Blick der Mutter gewahrte, nickte er zustimmend mit dem Haupte und machte sich bereit.

„Nimm deine Geige mit, mein Sohn!" bat sie weiter. „Die Franziskaner haben ein eintöniges Leben. Sie werden es dir danken, wenn du ihnen ein Stück spielst. Der Fra Francesco da Puglia und sein Freund Rondinelli sind mir beide wohlbekannt als bedeutende Künstlernaturen, und auch du wirst dich freuen, sie kennenzulernen."

So schritten sie denn hinaus zu der nächsten Porta und hinauf durch die herrlichen Gärten und Auen, um das Kloster auf dem Berge zu gewinnen. Freundlich blickte es schon von weitem ihnen aus dem Kranze hochgewachsener Ulmen entgegen, von denen im Sommer die dunkelblauen Trauben in Fülle herniederhingen, deren Mutterstöcke bis in die Kronen emporgeklettert waren. Es war paradiesisch schön hier oben, und die Mutter konnte ihm jedes Kirchlein und jeden Klosterturm mit Namen nennen. Auf der Straße, die von Pisa herführte, bemerkte man auch heute wieder zahlreiche Menschen, die Florenz zuströmten.

„So geht es nun all die Jahre her, seit Savonarola predigt", bemerkte die Mutter in unwilligem Ton. „Er zieht immer noch das Volk in Massen an, obwohl die Signoria selbst auf die Seite des Papstes getreten ist und sich die Wetterwolken immer dichter über seinem Haupte zusammenziehen."

Antonio schwieg zu diesen Worten. Da gelangten sie an eine Quelle, die unter Zypressen in Marmor gefaßt und mit einem Ruhesitz ausgezeichnet war.

„Laß uns hier etwas rasten!" bat Margerita und setzte sich in den kühlenden Schatten. „Die Frühlingssonne meint es so gut wie kaum je, und man könnte meinen, der Mai stünde vor der Tür."

Antonio setzte sich zu ihr. Da lag zu ihren Füßen Florenz in seiner ganzen Größe. Was war es doch für eine mächtige und schöne Stadt! Wie erhob sich die alles beherrschende Kuppel von Santa Maria del Fiore leuchtend neben dem hochragenden, schmalen Turme der Signoria! Unzählbar fast waren im übrigen die Kirchen und Klostergebäude. Die Mutter deutete nach dem Palazzo Pitti. „Dort wurde schon das Nötige beraten, um den Prior endlich doch noch zum Schweigen zu bringen", sagte sie mit Genugtuung. „Der Vater hat alles erfahren, und Savonarola steht vor einer Feuerprobe, aus der er nicht wieder hervorgehen wird. Denke dir, Fra Francesco da Puglia hat Fra Rondinelli gewonnen, zu unterzeichnen und es mit dem alten Freunde Savonarolas, Fra Dominico Buonvicini da Brescia, zu wagen, auf der Piazza della Signoria das Feuer zu betreten. Da wird die Madonna reden und der Himmel sein Zeugnis geben zu der Ketzerei. Man lästert den Papst nicht umsonst."

„Und wie wird es wohl gehen mit Savonarolas Anhängern?" warf nun Antonio ein.

„Nun, man wird auch ihnen den Ernst zeigen müssen. Die Kirche kann nicht dulden, daß mitten in ihrem Schoße eine zweite entsteht, die Irrlehren verkündigt. Es wird wohl einen Kampf absetzen da drunten, aber – ohne Kampf kein Sieg!"

Antonio schwieg wieder und sah mit trübem Blick auf die schimmernden Gebäude und Kirchen der Stadt. Die Mutter aber erriet seine Gedanken.

„Dich quält etwas, Antonio", sagte sie und erfaßte seine Hand. „Willst du nicht offen mit deiner Mutter reden? Wenn irgend jemand dich versteht, so bin ich es."

Da rötete sich des Jünglings Gesicht. So wußte also die Mutter um sein Geheimnis?

„Es fällt dir schwer, dich auszusprechen, das kann ich mir auch wieder denken. Doch, Antonio, eine Mutter ist die treueste Freundin ihres Kindes. Ich weiß es übrigens, was dich umtreibt. Und gestehen will ich dir ganz offen, deshalb nahm ich dich mit. Hüte dich vor Elisabetha, Antonio! Sie ist eine Ketzerin."

„Ich weiß es, Mutter. Aber darf ich sie deshalb nicht lieben? Und wenn sie hundert- und tausendmal eine Ketzerin ist, Mutter, lassen oder vergessen kann ich sie doch nicht. Weißt du, daß ich sie nie vergessen hatte, und daß ich oft an sie dachte, solange ich an meinem Instrument arbeitete? Mir war immer so, daß sie wiederkommen müßte, und daß ich dann diese meine Geige für sie gebaut haben würde. Und nun, da sie da ist..."

„Ja, nun ist es so ganz anders, als wir gedacht, nicht wahr, Antonio? Nun geht sie auch diesen verderblichen Lehren nach, die aus der Hölle stammen und zur Hölle führen. O Antonio, was hilft alle Schönheit ohne das Wohlgefallen der Madonna? Was hilft das Erdenglück ohne des Himmels Segen? Laß dich von deiner einzigen Mutter erbitten und wende dich von diesem Mädchen weg! Das wünscht übrigens auch der Vater. Dir stehen ganz andere Häuser offen in Florenz, und edle, schöne und angesehene Mädchen gibt es genug, ohne daß wir sie bei den Piagnonen suchen."

Der Mutter Stimme zitterte vor Bangigkeit, als sie diese Worte sprach, und fester umklammerte sie die Hände ihres Sohnes.

Ein angstvoller Ausdruck lagerte dabei über ihrer Stirn; es war die Sorge um des Kindes zeitliches und ewiges Glück.

Antonio schwieg immer noch. Und als sie aufgeregt seine Hand schüttelte und rief: „Nun, sprich, gib mir das Versprechen, ehe wir Fra da Puglia sehen", erwiderte er endlich mit einem tiefen Seufzer: „Es gibt Mädchen genug, ja, aber es gibt nur e i n e Elisabetha! Ihre Ketzereien liebe und mag ich auch nicht, aber ihr Herz gehört doch mir!"

Da erhob sich die Mutter erregt und schlang das schwarze Spitzentuch fest um ihr Haupt, als müßte sie sich rüsten zu schwerem Gange.

„Was soll aber dann werden?"

„Elisabetha soll wieder gut katholisch werden, Mutter! Ich bringe sie soweit, glaube es mir. Denn auch sie liebt mich und wird um meinetwillen bald genug die Narrheit lassen. O laß mich nur machen! Mit dem Zauber meiner Geige und mit der Gewalt meiner Liebe will ich sie locken."

Aber diese Worte schienen nicht den gewünschten Eindruck auf die Mutter zu machen. Sie schüttelte entschieden den Kopf und stampfte auf den Boden.

„Du kennst die Ketzer noch nicht, Antonio! Sie sind verstockt in ihrem Wahn, und alle Macht der Überredung prallt ab an ihrem Herzen. Doch wie es auch komme, versprich mir nur das eine: Werde du kein Ketzer, kein Piagnone! Ich müßte sonst den Tag deiner Geburt verwünschen und müßte an gebrochenem Herzen sterben. Hörst du es, Antonio?"

„Ich höre es, Mutter!"

„Und du versprichst es mir?"

Eine Pause entstand. Antonio sah auf die Erde. Ernst und eindringlich waren der Mutter Augen auf ihn gerichtet.

„Ich will es dir versprechen, Mutter", entgegnete er endlich langsam. „Aber dafür muß ich auch dich und Vater bitten, mich nicht aufzuhalten, wenn ich selbst einige Male nach San Marco gehe, um den Irrtum des Priors besser in Elisabethas Herzen bekämpfen zu können. Ihr könnt aber ganz ruhig sein, daß ich fest bleibe. Ich wäre ja ein Narr, wenn ich mich zu jenen schlüge, die mit all ihrer Meinung einem untergehenden Schiffe gleichen."

Gespannt sah er nun die Mutter an. Diese aber schlug die Hand vor ihre Augen und seufzte. Sie ging dazu in Unruhe vor dem Sohne hin und her, etwa wie eine Henne, die ihr in Gefahr geratenes Küchlein zu schützen sucht.

„Ach, Antonio, bedenke doch, was du da wünschst! Muß denn das sein? Wenn du auch nur gesehen wirst in San Marco, möchte es dir der Erzbischof sehr übelnehmen. Die Irrtümer sind doch bekannt genug, auch ohne daß man sie noch studiert!"

Aber Antonio würde sich ja doch nicht abhalten lassen, das wußte Margerita. Deshalb setzte sie etwas hastig hinzu: „Und nun komm! Laß uns vollends nach San Miniato al Monte gehen!" Sie stiegen gänzlich die Anhöhe hinan und wurden im Kloster gar freundlich und mit großer Zuvorkommenheit empfangen. Die Brüder arbeiteten alle im Schweiße ihres Angesichts auf den naheliegenden Grundstücken. Hier war eine richtige Landwirtschaft an das Klosterleben angegliedert und ergänzte wohltätig die stille Beschaulichkeit des mönchischen

Lebens. Mit Staunen sah Antonio dieses erste Denkmal des rein florentinisch-romanischen Stils vor sich, mit Freuden aber auch die rührige Arbeit an den Gewächsen des Gartens, am Bienenhause und in den Stallungen. Im Kloster selbst herrschte die größte Einfachheit. Der führende Bruder zeigte ihnen die Wandelgänge, den Eßsaal und die Schlafgelegenheit. Alles war so schlicht, daß nur die größte Anspruchslosigkeit es erwählen konnte. Hier also wohnten die Minoriten, hier suchten sie der Welt Pracht und Herrlichkeit zu vergessen in strenger Ordensregel und unermüdlicher Arbeit. Ja, solange Rom noch solche Hilfstruppen hat, kann es ihm nicht schlecht ergehen, dachte Antonio. Der Prior, ein ehrwürdiger Greis mit heiterem Angesicht, empfing die Gäste mit schweigender Verbeugung. Er führte sie in die große Weinlaube, nachdem er mit vielen Segenswünschen die schöngestickte Wallfahrtsfahne für das Kloster empfangen hatte. Hier saßen schon zwei Brüder: dem Fra Francesco da Puglia saß der Minorite Rondinelli gegenüber, und beide waren in eifrigem Gespräch begriffen.

„Hier bringe ich gutgesinnte Freunde", sagte der Prior von San Miniato al Monte und stellte die beiden neuen Gäste vor. Dann ließ er Malvasierwein, Käse und Brot auftragen und sprach Margerita und Antonio herzlich zu. Da hielt Puglia mit Reden inne und musterte die Ankömmlinge. Doch der Prior sagte lächelnd: „Keine Gefahr, Bruder Signor Antonio ist der persönliche Freund des hochwürdigen Herrn Erzbischofs, und seine Mutter ist eine Frau nach dem Herzen des Papstes. Sie werden nichts verraten von unserer Unterhaltung."

„Wir können uns auch auf einer nahen Matte erholen", meinte Margerita, aber die Brüder litten dies nicht. „Nein nein, Signora, bleiben Sie! Was wir besprechen, ist ja übrigens öffentlich bekannt. Fahre nur fort, Bruder da Puglia!"

Der Franziskaner war befriedigt. Er erzählte deshalb weiter: „Ihr wißt, daß ich schon vor zwei Jahren in den Fasten mit Dominico da Brescia in einen heftigen Streit gekommen bin mit der Absicht, ihm die Irrlehren Savonarolas zu widerlegen.

Doch damals mußte ich abreisen, ehe ich ihn zur Feuerprobe laden konnte. Diesmal nun, es war wieder in den Fasten, begegneten wir uns aufs neue. Dominico predigte in San Lorenzo, ich in San Croce. Und ich benützte die Gelegenheit noch besser als damals, um die Wahrheit ans Licht zu bringen. Savonarola selbst trat wenige Tage zuvor auf den Balkon der Kirche San Marco mit dem heiligen Sakrament in der Hand und rief, Gott möge ihn mit Feuer strafen, wenn seine Lehren nicht der Bibel gemäß und wahrhaftig seien."

„Welche Herausforderung!" rief Rondinelli entsetzt aus.

„Ja, und welche Feigheit trotz allem! Denn als ich ihn daraufhin zur Feuerprobe aufforderte, lehnte er ab, weil er kein Menschenleben gefährden wolle."

„Es wäre nur sein eigenes gefährdet gewesen", mischte sich Margerita selbst in das Gespräch.

„Ganz recht, Signora, nur sein eigenes. Aber für das fürchtet er. Wir indessen fürchten nicht für das unsrige. Doch an Stelle Savonarolas will nun Dominico treten, und er ist bereit, durchs Feuer zu gehen, um folgende Sätze zu beweisen:

1. Die Kirche bedarf der Erneuerung.
2. Sie wird gezüchtigt und erneuert werden.
3. Auch Florenz wird nach der Züchtigung erneuert und beglückt werden.
4. Die Ungläubigen werden sich zu Christus bekehren.
5. Die gegen Savonarola ausgesprochene Exkommunikation des Papstes ist ungültig.
6. Wer gegen sie handelt, sündigt nicht."

„Welche Kühnheit, das zu behaupten!" sagte der Prior. Er schüttelte mißbilligend sein altersgraues Haupt.

„Das ist nicht nur Kühnheit, sondern Vermessenheit", erwiderte Puglia. „Doch es wird Dominico teuer zu stehen kommen. Die Sache kam vor die Signoria, und nun wird es ernst. Und nun hat sich Bruder Giuliano Rondinelli sogar bereit erklärt, die Feuerprobe wirklich zu bestehen. Ist es nicht so, Bruder?"

Rondinelli verneigte sich. „Bravo!" rief Margerita mit glühenden Wangen aus. „So geht es zum Siege!"

„Ohne Zweifel, Signora, und endlich, endlich muß die Volkspartei einsehen, daß der Prior von San Marco ein Heuchler ist und es nicht verdient, ernst genommen zu werden."

„Das wird aber ein Schauspiel für Florenz geben", meinte der Prior.

„Ja, und eine Niederlage für alle Piagnonen, die vernichtend sein wird und muß. Denn endlich muß sich doch der Knoten lösen und Roms Mißfallen wieder weichen. Alexander der Sechste wird einsehen, daß die Florentiner trotz alledem nicht seine schlechtesten Diener sind."

„Auf, trinken wir einen Schluck zum Gedeihen des erhabenen Werkes!" rief Puglia nach diesen Worten Rondinellis fröhlich aus und hob sein Glas, an dessen Inhalt sich das Sonnenlicht funkelnd brach. Alle standen begeistert auf. Nur Antonios Hand zitterte, als er das Glas hob. Er wurde plötzlich bleich und mußte sich an dem Gebälk der Laube halten. Deshalb bat er auch um die Erlaubnis, fortgehen und sich erholen zu dürfen, da ihm nicht ganz wohl sei.

Besorgt sah ihn die Mutter an. „Und du kannst nicht spielen?" fragte sie leise.

„Nein, jetzt nicht, Mutter! Verzeihe es mir!"

„Wie schade!" riefen alle fast zu gleicher Zeit aus. Antonio lächelte trübe. „Im Dome wieder", sagte er kurz und nickte dazu mit dem Kopfe. Dann küßte er dem Prior die Hand, verneigte sich, so gut er vermochte, vor den beiden Brüdern und betrat das Freie. Der Prior und die Mutter geleiteten ihn fürsorglich zum Hofe hinaus, da Puglia aber neigte sich zu Rondinelli und flüsterte: „Sahst du, wie bleich er wurde bei der Erwähnung der Feuerprobe? Ich wette, bei dem ist etwas nicht in Ordnung! Ich bin froh, daß ich nichts davon erwähnte, daß du die Probe eigentlich nicht bestehen sollst. Wir haben es kürzlich im Palazzo Pitti vollends so beschlossen, damit dir alle Bedenken schwinden. Also du hast nur zu unterschreiben, und du wirst es nicht umsonst tun."

Rondinelli horchte auf. „Und der Erzbischof? Ist er damit einig?"

„Wie alle Feinde Savonarolas! Fürchte dich nicht! Uns soll es vor dem Spiel nicht übel werden, wie jenem Jüngling dort. Ha, ich wette, diesmal geht es zum Sturm! Entweder werden die Dominikaner ins Feuer gestoßen, oder es geschieht nachher etwas Entscheidendes. Also halte dich gut, Rondinelli! Stelle dich recht dumm und einfältig, das ist das beste! Wenn es glückt, machen wir beide eine Reise nach Rom, und der Heilige Vater wird..." er dämpfte die Stimme zum leisesten Flüstern. Rondinelli nickte verständnisinnig. Dann kam der Prior zurück, und Puglia erkundigte sich mit größtem Interesse nach Antonios weiterem Ergehen.

„Es wird aber bald vorbei sein", meinte der ehrwürdige Alte. „Aber sonderbar, daß er gerade da so bleich wurde, als wir trinken wollten auf die Feuerprobe."

„Ja, sonderbar und gut so", entgegnete der Franziskaner. „Unbequeme Zeugen müssen auf diese Weise entfernt werden, solange es noch Zeit ist. Ich fürchte, der Jüngling ist kein Compagnacci."

„Das nicht, aber es ist wirklich kein Grund zur Furcht da, Signor da Puglia. Diese Familie ist treu wie Gold. Eher wird der Erzbischof selbst ein Piagnone, ehe das Haus Polevino abfällt. Ich kenne es zu lange und zu genau."

Da klang die Klosterglocke zum Gebet. Die Brüder griffen zum Rosenkranz und eilten in die Kirche. Über Florenz lag der Sonnenglanz des prächtigen Frühlingstages, als gäbe es keine geheimen Schleichereien, keinen Verrat und keinen Menschenhaß. Und doch glitten diese Schlangen jetzt drunten durch alle Gassen. Und der Rosenkranz wie des Klosters frommes Geläute schützten nicht davor. Auch in San Miniato al Monte hatten sie sich eingenistet. Und der ehrwürdige Prior merkte es nicht, daß etwas hier im Werden war, das gegen das heilige Gebot der Bruderliebe war, und das so wenig hereinpaßte wie ein dunkler Nachtschatten auf das sonnige Florenz, aus dessen Türmen unzählbare Glocken den ihrigen antworteten.

Er betete wirklich in Andacht um die Beseitigung Savonarolas und meinte damit Gott einen Dienst zu tun.

12

Noch immer predigte Girolamo in San Marco. War ihm schon der Dom verwehrt, so konnte man ihm das eigene Kloster nicht wehren. Und wie gewaltig predigte er! Obschon oft tiefe Schatten der Trauer auf seinem edlen Gesicht lagerten, ließ er doch bei der Verkündigung des Wortes nichts davon merken. Auch heute abend wollte er wieder zu den Scharen reden, die von allen Seiten heranströmten, um Gottes Stimme in der seinigen zu vernehmen. In seine Zelle hatte er sich zurückgezogen, mehr denn je, aber aus dieser Zelle trat er zur Stunde der Predigt, angetan mit feuriger Kraft. Dann flossen die Worte begeistert über seine Lippen, und die Zuhörer gingen heim, oft ohne ein Wort zu sprechen.

Vor dem Vater stand Antonio, gesenkten Hauptes. Neben ihm die Mutter, deren Hand auf seiner Schulter ruhte. Des Vaters Hände lagen auf dem Rücken.

„So ist es wirklich wahr, daß du nach San Marco willst, Antonio?"

„Ja, Vater! Ich bitte um die Erlaubnis, den Prior zu hören."

„Du willst also auch Piagnone werden?"

„Niemals! Aber ich will den Irrtum kennenlernen, um ihn Elisabetha auszutreiben."

Des Vaters Stirn war sorgenvoll gerunzelt. Er maß das Zimmer mit großen Schritten und blieb endlich wieder vor dem Sohne stehen.

„Antonio! Weißt du, daß Teufelskräfte ausgehen von dem wahnwitzigen Dominikaner? Weißt du, daß er Macht hat, diejenigen zu bezaubern, die unter seine Rede gelangen, und daß dieser Zauber unwiderstehlich ist?"

Da lächelte Antonio. „O Vater", rief er aus, „mich bezaubert außer Elisabetha niemand mehr! Vertraue mir doch und sei nicht ängstlich! Sieh, ich bin doch sorgfältig unterwiesen im allerheiligsten Glauben der Väter!"

„Ja, aber du bist noch jung, Antonio", rief die Mutter angstvoll.

„Und unerfahren", ergänzte der Vater. „Gedenke an Lorenzo, der auch einst ein gefeierter Künstler war! Was hat er heute noch? Tiefe Narben im Gesicht und eine zerrissene Familie!"

Da schwieg Antonio. Er wußte, daß er die Erlaubnis, nach San Marco zu gehen, nicht erkämpfen konnte. So wollte er denn warten, bis sie freiwillig käme.

Endlich streckte der Vater ihm die Hand entgegen. „Versprich mir, Antonio, daß du treu bleibst, hörst du? Daß nie eine Spur einer Ketzerei in dein Herz Eingang findet, und daß du nur gehst, um zu erkennen, wie teuflisch es ist, den Heiligen Vater mit Schmutz zu bewerfen."

Antonio legte seine Hand mit den schlanken Fingern in die des Vaters. Etwas zögernd tat er es, aber redlichen Willens, das Versprechen auch zu halten, so gut es ein Mensch halten konnte. Dann küßte er des Vaters Hand, umarmte die Mutter zärtlich und dankte. Er hatte sich trotz allen Ruhmes echte Kindlichkeit bewahrt, und die Eltern zu betrüben, wäre ihm schrecklich gewesen. Nun aber hatte er die Erlaubnis erhalten, dorthin zu gehen, wo Elisabetha weilen würde. Das erleichterte sein bedrücktes Herz. Als der Abend sich niedersenkte, machte er sich bereit. Noch einmal schlug Frau Margerita das heilige Kreuz über seiner Stirn, noch einmal mahnte der Vater, sich durch Gebet zu schützen vor allen Teufelsmächten. Seufzend nur sahen beide ihm nach, als er die Treppen hinabstieg und flüchtig zurückwinkte.

Mit bekümmerter Miene sah Margerita Francesco an. „Wir haben ihn gehen lassen und wissen selbst nicht, warum.

O Francesco! Mir ist so bange vor etwas Schwerem, das naht!"

„Hätten wir ihn halten können, Teure?" gab er einfach zurück. „Die Liebe ist stärker als der Tod, und wenn man mich damals hätte halten wollen, ich wäre dir nachgelaufen bis an das Ende der Welt."

Margerita lächelte. Aber es war ein erzwungenes, wehmütiges Lächeln.

Francesco küßte sie auf die Stirn. „Sei ruhig, Sorgenmutter, und gib dich in der Madonna Hand! Antonio ist verständig. Man bezweckt nichts damit, wenn man alles verbietet, und übrigens, Savonarolas Stern ist am Sinken. Wenige Tage noch, und er wird untergegangen sein. Dann kehrt Ruhe in der Kirche, Ruhe in Florenz ein und, wie ich hoffe, auch Ruhe bei uns im Hause. Komm, laß uns hineingehen und für das Kind beten!" Hand in Hand knieten sie vor der Statuette der Mutter Gottes nieder und verrichteten dort ihre Andacht in dem festen Glauben, daß sie erhört seien, und daß auch diese Sorge schwinden müsse.

Die Nacht war dunkel, und die hohen Pechkandelaber auf der Piazza della Signoria brannten schon, als Antonio seinen Weg durch die Gassen suchte. Im Glanze dieser zuckenden Pechflammen sah er neben sich eine verschleierte Gestalt auftauchen, die mit ihm die gleiche Gasse entlangging. Leicht und fast schwebend war ihr Gang, so daß ein süßes Ahnen des Jünglings Herz durchzog. War sie es wirklich? Da, als sie wieder in die Nähe eines Lichtes kamen, schlug die Verschleierte das Tuch zurück, und Antonio sah in Elisabethas etwas blasses, schönes Angesicht.

„Elisabetha, du? Gehst du auch nach San Marco?"

„Ja, Antonio! Aber du? Du gehst doch gewiß nicht dorthin, wo sich die Schäflein vor dem Wolfe sammeln?"

„Ich gehe dahin, wohin du gehst", sagte er freudig und ergriff ihre Hand. Sie ließ es gewähren, daß er sie kurz begrüßte, dann aber schlug sie den Schleier wieder vor das Gesicht. „Sei vorsichtig, Antonio!" sagte sie bedeutungsvoll.

„Florenz ist nicht mehr so sicher wie früher. Jetzt lauert Verrat hinter jeder Säule und der Tod unter Rosen."

Schweigend schritten sie eine Wegstrecke vorwärts. Von allen Seiten strömten immer noch verhüllte Frauengestalten und ernste Männer herzu. Einige trugen brennende Kerzen in den Händen, deren Licht sie sorglich vor dem Nachtwind schützten.

„Gehen diese alle nach San Marco?" fragte Antonio nun.

„Gewiß", erwiderte sie freudig. „Sie tragen ihr Licht dorthin, wo ein schöneres Licht brennt, Antonio, und wollen ihre Herzen entzünden lassen an jener Himmelsflamme."

„Ich nicht, Elisabetha!"

„Wozu gehst du denn? Willst du helfen beim Verrat?"

„Aber du Böse! Nein, doch erkennen will ich den Irrtum, um auch dich zu heilen davon, damit wir einander verstehen!"

Da lachte sie silberhell auf.

„Du lachst, Elisabetha! Glaubst du, daß mir das nicht gelingt?"

„Ich antworte dir nur: Komm und höre! Der Prior wird dir die Antwort auf deine Frage geben."

Etwas beklommen schritt Antonio weiter. Jetzt überschritten sie die Ponta della Raria und sahen hinab zu den strömenden Wassern des Arno, die ferne Lichter widerspiegelten.

Es sah gespenstisch aus, wie der Widerschein auf den dunklen Wellen tanzte, und Antonio fragte: „Ist es wahr, Elisabetha, daß der Prior geheime Kräfte der Bezauberung hat, womit er die Gemüter an sich fesselt?"

„Wer sagt das, Antonio?"

„Meine Eltern sagten es mir."

„Ehre deinen Eltern", erwiderte das Mädchen. „Aber in diesem Falle irren sie. Ja, einen Zauber hat er. Das ist der Zauber der Wahrheit. Und dieser Zauber, Antonio, ist stärker als Roms Zauber. Hüte dich vor ihm!"

Dann gesellten sich andere Wanderer zu ihnen, und das Gespräch wurde abgebrochen. Endlich gelangten sie hinaus nach San Marco, dessen Säulenreihen, mit Rebengehängen verbunden, ihnen entgegenschimmerten. Antonio bekam Herzklopfen, als er die Menschenmenge sah, die von allen Seiten herzueilte. Wie mächtig war doch immer noch des Priors Anhang, und wie ernst war es diesen Leuten allen! „Komm!" sagte Elisabetha und faßte seine Hand. „Du findest sonst keinen Platz mehr." Sie eilte leichtfüßig mit ihm voran, und es gelang, mit den letzten, die in der Kirche Raum hatten, ein Plätzlein zu erobern. Viele, ja ungezählte kamen immer noch nach, setzten sich im Klostergarten nieder und umlagerten die Tür. Aber sie alle waren so still und wohlgesittet, daß Antonio staunte. Es lag wie ein Sonntag auf aller Angesicht, und manche Augen glänzten vor Freude. Auf dem Hochaltar, den das prächtige Madonnenbild Angelicos, umgeben von Bildern der Medici, schmückte, sah eindrucksvoll das überlebensgroße Bild des leidenden Christus, von Meister Giottos Hand gemalt, auf die Wartenden nieder. Der Lichtschein der feierlich brennenden Kerzen des Altars, den Michelozzo an Stelle der alten Tribuna gesetzt, und den die Mönche dankbar Cosimo de Medici geweiht hatten, verklärte dieses Christusbild, so daß Antonio es unverwandt ansehen mußte. Da, was bedeutete das leise Flüstern der Anwesenden? Durch den Hauptgang der Kirche kam jetzt der Mann geschritten, den Rom haßte und Gott liebte, und den so viele immer und immer wieder suchten. Fra Girolamo Savonarola näherte sich gemessenen Schrittes der Kanzel. Rechts von ihm Dominico, links Sylvestro, so trat er aus dem Heiligtum der Zelle in den Kampf des Lebens ein. Antonio sah mit stockendem Atem, wie er sich auf ihn zubewegte. Jetzt streifte gar seine braune Kutte seine Knie, während die dunklen, von tiefen Rändern umschatteten Augen des Dominikaners einen Augenblick forschend auf seinem Gesicht ruhten. Wollte er seinen Zauber anwenden im Vorübergehen? Doch nein! Da war er schon vorbei und erstieg die Kanzel. Ein ganz einfaches Holzkreuz umspannten die hageren Hände, als er nun droben stand und sich die ganze Versammlung erhob. „Herr, du Allerhöchster, dir singen wir! Gloria deinem großen Namen und Ruhm dir von den Ewigkeiten! Du hast uns erschaffen! Du hast uns erlöst! Du hast uns bei unserem Namen gerufen! Wir sind dein!" So singt ein Chor der Brüder im Capitole, daß es feierlich gedämpft wie aus der Unterwelt heraufklingt. Savonarola aber betet. Fast leise, in gebückter Stellung hebt er an. Dann erhebt sich sein Geist in frohem Kindesvertrauen. Und immer lauter wird sein Gebet, immer machtvoller klingt es durch die Kirche, über die Bilder und Häupter der Versammelten hinweg. Es endet wie ein Schrei aus der Tiefe, der durch alle Himmel dringen muß. „Amen, Amen!" ruft die ganze Versammlung. Es ist tief ergreifend und feierlich, dieses Amen, und durch Antonios Seele rieselt ein unbeschreibliches Gefühl. Was er nie im prächtigen Dome Santa Maria del Fiore empfunden, hier dringt es in sein Herz, das Bewußtsein der Nähe Gottes, der alle Geister bewegt. Und dann hebt der Mann dort auf der Kanzel an und predigt: „Von der Herzenseinfalt, Geliebte in Christo, habe ich zu euch zu reden! Ich fing schon damit an, heute aber sage ich: Jeder lebe in Einfalt nach seines Standes Erfordernis; was dem Landmann Überfluß ist, das ist es dem Künstler nicht, und so fort bis zum Könige. Wenn aber dem so ist, wie wollen Könige und Fürsten selig werden, wenn sie nicht leben in Einfalt, sondern alles auf Pracht und Eitelkeit wenden und ihr Volk dazu mit großen Auflagen drücken? Wie wollen die Edlen ihre Üppigkeit entschuldigen, die in Seide und Perlen strotzen und Pracht mit Pracht wechseln? Was werden Künstler, Landleute, die über ihren Stand Aufwand machen, vor dem Richterstuhl Christi sagen? Wie viele Frauen werden deshalb verdammt werden! Sie bergen den Überfluß in Truhen, indessen die Armen in Hunger vergehen. Und vollends die Geistlichen und Priester, welche in größerer Einfalt leben sollten als die Laien und die Pflicht haben, die Herde der Armen zu weiden! Besser, ich weine über sie, wie ich dies auch geschrieben habe in meiner Schrift über die Herzenseinfalt, als daß ich viele Worte verliere! Ihren Überfluß weiß die Welt. Mit welchem Angesicht werden sie vor dem Richterstuhl Christi erscheinen! Die

Mönche aber bauen Paläste statt der Klöster und gehen einher in köstlichem Gewand von teurem Tuch und weichlichem Zeug, und die in Demut in niedrigem Kleide wandeln sollten, prunken am Festaltar in Silber, Seide und Gold. Von den Klosterfrauen will ich nicht anfangen. Sie begehren dreifache Gewänder, goldene Bücher und köstliche Heiligenpuppen, die sie mit Gold und Juwelen schmücken für ihre fleischlichen Sinne. Die Armen, denen das Brot zum Leben fehlt, dulden sie nicht unter sich. Aber des Christentums Schmuck ist die Armut. Je mehr man sich ihr ergibt, desto mehr zeigt man, daß man ein Christ ist. Wie könnt ihr's nur ertragen, daß der Armen eine so große Zahl in tiefstem Elend, in Hunger und Kälte untergeht? Wie leicht wäre es, ihnen zu helfen! Schmelzt eurer Tempel üppiges Gerät ein und gebt es den Armen; des Goldes bedürfen die Sakramente nicht. Als eure Väter noch hölzerne Kelche hatten, da hatten sie goldene Priester, nun sind die Kelche golden und die Priester hölzern. Christus hat euch nicht befohlen, daß ihr kostbare Tempel baut, sondern daß ihr die Armen ernährt. Doch was rede ich da und mühe mich vergebens! Alle Welt, voran die Priester und lauen Pfaffen, rege ich damit auf gegen mich. Aber euch, meine Brüder, möchte ich wachrufen: Seht, was wir treiben und tun, und laßt uns erkennen, daß wir den Weg verließen, der zum Leben führt, daß wir so weit entfernt sind von den ersten Christen und den Heiligen allen! Ach, würde unser Leben dem ihren nur unähnlich erfunden, es wäre nicht so schlimm; aber es ist das Gegenteil. Die Stunde ist da, aufzuwachen vom Schlaf! O seht, die Nacht ist vergangen, der Tag herbeigekommen. Laßt uns ablegen die Werke der Finsternis und anziehen die Waffen des Lichts! Laßt uns ehrbarlich wandeln als am Tage, damit uns *die* Nacht nicht ergreife, in der niemand wirken kann; denn Gott wird einem jeden vergelten nach seinen Werken!

Es ist abermals ein Drohbrief des Papstes gegen mich angekommen, und die Interdiktsdrohung über Florenz ist bekannt. Was soll ich dazu sagen? Ich kann und darf nicht schweigen! Denn wie ich schon einmal gesagt, so sage ich wieder: Die Schändlichkeit fängt zu Rom an und geht durch das Ganze; sie sind schlimmer als Türken und Mohren. Fange nur von Rom an, und du wirst sehen, daß sie alle ihre geistlichen Pfründen durch Simonie gewonnen haben. Ihr Geiz ist ungeheuer, alles tun sie um Geld. Ihre Glocken tönen von Habsucht, rufen nichts anderes als Geld und Lichter. Die Priester gehen um Geld zum Chor, zur Vesper, zum Amt. Sie verkaufen die Pfründe, sie handeln mit der Messe, mit den Sakramenten, kurz, alles geschieht um Geld. Und dann fürchten sie die Exkommunikation. Sobald der Abend kommt, geht der eine zum Spiel und der andere an noch schlimmere Orte.

Ich aber habe ihnen zu verkünden, daß Gottes schwere Strafen nicht ausbleiben werden. Der wahren Kirchengewalt habe ich mich nie widersetzt. Ist aber diese Gewalt der Kirche verderbt, so ist sie keine wahre, sondern eine höllische Macht des Satans. Der kirchlichen Gewalt unterwerfe ich mich nicht nur; ich verteidige sie, die römische Kirche und die christliche, gegen jene höllische Macht des Satans. Laßt den Herrn nur machen, er ist der Meister aller Propheten und heiligen Männer gewesen. Der Meister ist es, der den Hammer führt, und wenn er ihn geführt hat, legt er ihn nicht zu der vollbrachten Arbeit hin, sondern wirft ihn weg. So tat er es mit Jeremia, den er nach seiner Predigt steinigen ließ. So wird er es auch mit diesem Hammer tun — Savonarola deutete auf sich —, wenn er ihn nach seiner Weise gebraucht hat. Wohlan, laßt uns zufrieden sein! Der Herr tue, was ihm gefällt! Je schwerer der Stand hier, desto herrlicher die Krone dort oben." Hochauf reckte der Prior das Holzkreuz bei diesen Worten und deutete mit ihm nach der Decke der Kirche. Aus seinen dunklen Augen brach ein Glanz des Triumphes, und freudig schloß er zuletzt die Predigt mit dem Hinweis auf den Herrn, der allen Heil und Freude erworben habe, und der seinen Knechten helfe zum Siege.

Dann sangen die Brüder nochmals im Capitole. In getragener Weihe erklangen die Worte: Exsurgat Deus et dissipentur inimici eius! „Gott erhebe sich; es mögen seine Feinde zerstreut werden!" Lautlos lauschte die Menge, und als Savonarola wieder sein herzergreifendes Gebet gesprochen, verließen alle die Kirche. Abermals schritt der Prior an Antonio vorbei. Tiefer Friede lag auf seinem Angesicht. Antonio war es, als leuchte es gleich eines Engels Angesicht. Er mußte sein Auge niederschlagen vor ihm und sich im stillen schämen, daß er diesen Mann auch nur einen Augenblick eines bösen Zaubers für fähig gehalten. Nein, das war ein Mann Gottes, trotz aller Feindschaft der Menschen! Und mit einem Male begriff er jetzt, warum Elisabetha so für ihn erglühte, warum der Papst und die Priester ihn haßten, warum Savonarola fallen mußte. Das echte Heldentum des Priors ergriff seine Seele, und die Wahrheit hatte das ihrige getan. Antonio war in seinem Herzen überwunden, und alle Vorurteile waren geschwunden. Scheu blickte er dem Gewaltigen nach. Wie schlicht und einfach ging er dahin! Wie abgezehrt und vom Wachen und Fasten mitgenommen sah sein Gesicht aus! Und doch, welche Freude!

Dann, als der Prior verschwunden war und ein Dominikaner die Kerzen am Altar zu löschen begann, schlich auch Antonio hinaus. Vor dem Portal des Klosters wartete Elisabetha auf ihn. Zögernd nur durchschritt Antonio das mächtige Tor. Wie gern hätte er noch etwas vom Kloster gesehen, wie gern noch einmal den Prior von nahem geschaut!

„Nun, Antonio", sagte Elisabetha nach einer kurzen Wegstrecke, „was hast du an Savonarola zu tadeln?"

„Nichts, Elisabetha!"

„Nichts? Siehe da! Aber du meintest doch, ob er nicht fremden Zauber übe. Nicht wahr, dessen fürchtest du dich nun nicht mehr?"

„Nein, dessen nicht, Elisabetha. Mir ist im Herzen, ich weiß nicht wie. Ich meine, er hat doch nur die Wahrheit gesprochen. Ich bin ergriffen von dieser Persönlichkeit und weiß nicht, was ich sagen soll."

„Das wußte ich, Antonio. Ich danke dir, daß du gekommen bist. Wie oft würden die Vorurteile der Menschen schwinden, wenn sie nicht auf das Gerede der Feinde hören wollten, sondern näher herzukämen!" Sie streckte ihm die Hand hin, und er ergriff sie. Aber sein Gesicht blieb ernst, sehr ernst dabei. Denn wie das Gesicht der Jungfrau verhüllt war von einem undurchdringlichen Schleier, so schien ihm jetzt auch seine Liebe zu ihr verschleiert zu sein, und den Schleier, der das tiefe Auge dieser Liebe deckte, vermochte er nicht zu durchdringen. Obwohl sich die Gegenwart gelichtet hatte, lag jetzt die Zukunft um so dunkler vor seinem Auge.

„Elisabetha, dir hat es dein Vater geglaubt, daß Savonarola dich ergriff und die Wahrheit dein Herz bezwang", sagte er leise, „wie aber wird es bei mir sein? Die Eltern werden es mir nie glauben, ja sie werden mir vorwerfen, daß nur die Liebe zu dir mich umgestimmt. O was soll ich jetzt anfangen?"

Da schlug das Mädchen wieder den Schleier zurück. Herzliches Erbarmen leuchtete aus ihren Augen, als sie erwiderte: „Alle, die den Prior von San Marco lieben, müssen durch Leiden gehen, Antonio. Wir können dem nicht ausweichen, wenn wir Christo gefallen und dienen wollen, daß man uns verkennt. Aber die Wahrheit ringt sich stets durch, und so mache ich dir Mut. Verzage nicht! Der Herr läßt es den Aufrichtigen doch gelingen."

„Und du, du glaubst es, daß ich nicht nur dir zu Gefallen rede? Du bist überzeugt, daß ich wirklich ganz hingenommen bin von dem geistesstarken Manne? Sieh, Elisabetha, so innig ich dich liebe – deine Liebe möchte ich doch nicht erkaufen mit einer Lüge oder einer Heuchelei. Nein, wenn ich erkannt hätte, daß Savonarola im Irrtum redet, so würde ich alles daran wenden, dich von der Gefahr des Irrtums zu überzeugen."

„Das weiß ich alles, Antonio. Wahre Künstler sind stets

grundaufrichtige Menschen, mögen sie sonst allerlei Fehler haben. Ich wußte auch, daß es so kommen würde; denn ich habe so lange für dich gebetet, daß Gott doch auch dir das Licht leuchten lassen möge. Noch in der Mitternacht bat ich den Herrn. Nun sehe ich mein Gebet erhört. Ja, wenn der Prior nur Menschenwahrheit verkündigen würde – aber er redet Gottesworte. Und Gottesworte, Antonio, sind unwiderstehlich. Darum sei ruhig und vertraue! Es kann, es wird noch alles recht werden. Und dann, wenn die Eltern beide damit einig sind, dann wollen wir – uns die Hand reichen zum Bunde."

„Dann, Elisabetha? Dann wird es nie geschehen! Denn nie, nie wird meine Mutter zu den Piagnonen übergehen, nie mein Vater den Prior anerkennen."

Entsetzt sprach Antonio diese Worte. Sein schwacher Glaube vermochte noch nicht weiter zu blicken als auf den Augenblick. Elisabetha aber tröstete ihn. „Was wollen wir da sagen, Antonio? Große und vornehme Geister und Menschen sind bezwungen worden vom Worte Gottes. Die Widerstände der Eltern können an einem Abend zusammenfallen, wie die deinen es heute abend getan."

Da sah er sie mit stiller Bewunderung an. Sie erschien ihm so gereift und so stark heute abend, und die klare Festigkeit ihrer Überzeugung tat seiner Seele wohl. „Elisabetha, du bist deiner Sache sicher", hob er noch einmal an. „Aber ich . . . o wie soll ich überhaupt in euren Kreis hineinpassen? Ich habe auch schon gespottet, auch gesündigt gegen Gott und gegen den Prior, ja gegen ganz San Marco. Passen denn auch solche Menschen in eure Gemeinde?"

„Ja, Antonio, Gott macht sie passend. O wenn du einmal den Prior hören wirst, wie er über die Gnade des Blutes Christi redet, dann wirst du es schnell erfassen können, daß er alle Sünden, die wir begangen, hinwegnehmen kann, und dann kannst du glauben. Sobald wir erkennen, daß wir es falsch gemacht, und sobald es uns leid ist, daß wir es ihm auch bekennen, vergibt er uns so völlig, daß wir wie neugeboren sind.

Dann brauchen wir uns nicht mehr zu fürchten. Es reden zwei, Antonio: unser Gewissen und Christi Blut. Aber dieses Blut redet lauter und bringt das Gewissen zum Schweigen, und dann kehrt tiefer, köstlicher Friede in unserem Herzen ein. Nun aber schlaf wohl! Ich will einen anderen Weg einschlagen, damit wir nicht zusammen nach Hause kommen."

„Bete für mich, Elisabetha!" Flehend sprach er es beim Abschied. Und fest hielt er ihre Hand, als wollte er sie nie wieder loslassen.

Sie nickte still mit dem Haupte, schlug den Schleier wieder vor und verschwand im Dunkel eines gewaltigen Torbogens. Damit stand er allein auf der Gasse, allein mit seinem jungen Glauben, mit seiner gedämpften Liebe und mit seinen bangen Fragen nach Frieden und Lebenserneuerung. Zögernden Schrittes nur ging er weiter, um ebenfalls die Heimat zu erreichen.

So schwer war ihm das Eintreten in das Zimmer, wo die Eltern seiner harrten, noch nie geworden als heute, da er, ohne es zu wollen, in einen inneren Gegensatz zu ihnen getreten war, wie er kaum schärfer hätte sein können. Deshalb stand er sogar vor der Tür noch einen Augenblick wartend still und legte erst die Hand auf den Drücker, nachdem er einen bittenden Blick nach oben gesandt hatte.

„Du bleibst lange, Antonio", nahm die Mutter das Wort, nachdem sie ihn herzlich begrüßt hatte. „Hast du Freunde getroffen?"

„Nein, Mutter." Der Vater blickte prüfend auf von seiner Arbeit, um das Gesicht des Sohnes zu studieren. Es war ihm gleich aufgefallen, daß Antonio kleinlaut gegrüßt hatte. „Wie war es denn draußen in San Marco; hat es viele Leute gegeben?"

„Unzählbar viele, Vater. Sie mußten noch im Garten lagern. Es waren wieder besonders viele auswärtige Gäste da."

„Wer sprach in der Kirche? Ich hörte, daß in letzter Zeit des öfteren Dominico Buonvicini da Brescia an Stelle des Priors gepredigt habe."

Scharf blickten jetzt des Vaters Augen zu ihm herüber, nachdem er Platz genommen auf der Bank, die den schönen Ahorntisch umlief.

„Savonarola selbst predigte, Vater."

Es trat Stille ein, aber es war eine gewichtige, redende Stille, die so recht das vorbereitete, was kommen sollte und mußte. In Erwartung der nächsten Frage wagte Antonio kaum zu atmen, und in Befürchtung des Kommenden schlug Margerita das Herz. Auch sie fühlte, daß etwas in der Luft lag, vor dem sie sich fürchtete wie vor einem geheim anschleichenden Ungeheuer.

„Nun, Antonio", sagte jetzt der Vater und hielt prüfend die Arbeit gegen das Licht, „bist du nun geheilt von dem leisen Gedanken, Savonarola habe am Ende doch etwas Rechtes an sich? Und kannst du jetzt Elisabetha den rechten Weg weisen?"

Das war sie, die Schicksalsfrage, und sie kam Antonio vor wie eine Schuldfrage, der er nicht auszuweichen imstande war. Er neigte das Haupt und schlug beide Hände vor das Gesicht. Erschrocken stand die Mutter auf. Sie legte den Arm um seine Schulter und fragte: „Nun, Antonio, was ist dir? Hast du dich erkältet in der Nachtluft, wie ich heute abend fürchtete, oder fehlt dir sonst etwas?"

„Nein, Mutter", gab er da langsam zurück und betonte jedes Wort gewichtig. „Nicht erkältet habe ich mich, sondern erwärmt. Mein Herz ist noch voll davon."

„Antonio! Du wirst doch nicht?" Entsetzt trat die Mutter einen Schritt zurück und sah ihn mit geheimem Grauen an. Ihre Pulse begannen zu fliegen.

Der Vater aber zog die Stirn in unmutige Falten. „Rede, Antonio!" sagte er und suchte sich mit aller Macht zu beherrschen. Aber seine Stimme klang gepreßt, und auch ihm schlich ein banges Gefühl den Hals herauf.

„Du glaubst auch an Savonarola, Antonio?" stieß die Mutter erregt hervor.

„Ich kann nicht anders, Mutter! Er war zu groß, zu mächtig,

zu wahr! Nie habe ich einen Menschen wie ihn gesehen oder gehört. Was man über ihn ausstreut, sind ja nichts als Verleumdungen; denn wer so beten kann, wie er betet, der ist kein schlechter, sondern ein guter Mensch, ja, der muß von Gott sein." Er stieß ebenfalls einen Satz nach dem andern erregt heraus, um sein Geständnis auf einmal los zu sein, und erhob dann das blasse Angesicht mutig, um den Eltern ins Gesicht zu schauen.

Da stieß die Mutter einen Schrei aus und sank dem Vater in die Arme. Sie war einer Ohnmacht nahe, und Antonio starrte angstvoll auf ihre Züge, die sich mit einem Schatten tiefer Betrübnis erfüllt hatten.

„Mutter!" rief er ergriffen und sprang auf, um sie ebenfalls zu stützen. Doch sie wehrte ihn ab mit weit ausgestrecktem Arme.

„Antonio, du bist auch bezaubert", sagte sie mit bebenden Lippen. „O warum habe ich dich dorthin gehen lassen, wo die bösen Geister ihr Regiment führen? Warum war ich so blind und so arglos, dir zu vertrauen?"

„Ja, Antonio! Sieh hier, was du machst, wenn du dich jenen Teufelslehren zuwenden willst, die ganz Florenz zu verderben drohen! Du hast nur *eine* Mutter, brich ihr nicht das Herz!" fügte nun der Vater in furchtbarem Ernste hinzu. Sein Auge ruhte mit richterlicher Strenge auf dem Sohne, während sich die Mutter auf ein Ruhebett niederließ. Da stand Antonio zwischen den zwei Welten, die nun um seine Seele rangen. Hier war die alte, liebe Welt des Elternhauses, vertraut in jedem Zuge, und die teuren Eltern selbst, an denen er hing mit allen Fasern seines Herzens, und dort stand der gewaltige Gottesmann von San Marcos Kanzel und mit ihm die Wahrheit. Dort winkte Elisabethas jungfräuliche, zarte Gestalt: Komm! Schließ dich an! Werde auch du ein Freund der Wahrheit und gewinne Gott und mich! O es war entsetzlich, in einen solchen Konflikt zu geraten! Aber während so seine Seele durchstürmt war von Gefühlen der Trauer und des Schmerzes, war es ihm doch wieder, als höre er Christi Worte: „Sei getrost! Folge mir nach, und fürchte dich nicht!"

„Antonio", nahm der Vater nun wieder das Wort, „hier liegt deine Mutter in dem größten Schmerz ihres Lebens. Sie hat dich in Santa Maria del Fiore erbeten, sie hat dich geliebt mit heißer Liebe und dich genährt mit dieser starken, treuen Mutterliebe. Gehe hin zu ihr! Sage ihr ins Ohr, daß du dich geirrt, daß du alles zurücknimmst, was du eben geredet in jugendlichem Ungestüm und mit der Leichtfertigkeit, die nicht weiß, was sie sagt; sage ihr, daß du ein treuer Sohn der Kirche bist und bleibst, aber säume nicht! Du weißt sonst nicht, ob sie es überlebt. Hörst du, Antonio?" Er wies mit dem Finger zur Mutter hin, die, das Gesicht in ein Kissen vergraben, regungslos dalag.

Scheu blickten Antonios Augen dorthin. Er wollte einen Schritt machen in dieser Richtung; aber ihm war, als seien alle seine Glieder gelähmt. Und wenn er auch hätte gehen können, durfte er denn also sprechen? Hatte er nicht nur das gesagt, was sich ihm als heiligste, tiefste Überzeugung aufgedrängt hatte, was in seinem Herzen ruhte als Erfahrung des heutigen Abends?

„Vater", erwiderte er fast tonlos, „ich will euch ein guter Sohn sein. Nie werde ich vergessen, was ihr an mir getan. Aber ich kann doch nicht lügen. Vater, ich darf nicht gegen meine innerste Empfindung reden. O wäret ihr dagewesen und hättet ihr ihm gelauscht! Er hat nur die volle Wahrheit gesagt. Glaube es mir, Savonarola ist kein Lügner."

„Du liebst Elisabetha, Antonio. Die Liebe zu ihr läßt dich so reden, hörst du? Ja, ich kenne diese Überzeugungen, die aus dem wallenden Blute wachsen. Gestehe es nur!" Es lag etwas Eisiges in diesen Worten des Vaters, der hochaufgerichtet vor dem Sohne stand, den er so innig, ja fast abgöttisch liebte, und der nun ihm und seiner Mutter so bitteren Schmerz zu bereiten sich anschickte.

„Ich habe nichts zu gestehen, Vater", entgegnete er demütig.

„Ich liebe sie, das ist wahr; aber ich liebe nicht die Wahrheit um ihretwillen. Ich habe während der ganzen Predigt nicht einmal an Elisabetha gedacht. Nichts und niemand sonst stand vor meiner Seele als der Mann Gottes und, Vater — was mich überzeugte, war nicht einmal er. Es war Gott selbst, der den Raum der Kirche von San Marco erfüllte, der alle Herzen berührte mit seinem Geiste."

„So reden alle Schwärmer."

„Vater, es war doch so. O bitte, gehe nur einmal mit nach der Predigt, nur einmal, wenn ich dich darum bitten darf! Dann wird sich alles klären."

„Ich? Das wirst du nicht erleben, Antonio. Nein, mir genügt die alte, gute Wahrheit der Kirche, und die falschen Lehren bezauberter Narren begehre ich nicht. Doch, Antonio, hast du der Mutter, hast du mir sonst nichts zu sagen? Willst du wirklich dabei bleiben, jenen Prior über deine Eltern zu stellen und Elisabetha mehr zu lieben als uns?"

Antonio senkte das dunkelgelockte Haupt. Schwül wehte es ihn an, so daß er sich über die Stirn fuhr, als wollte er dort wegwischen, was sich als schwere Last auf seine Seele legte. Aber die Last blieb, und der Vater sagte nichts mehr. So verharrte er regungslos, ohne ein Wort auf des Vaters Frage zu antworten.

„So magst du zur Ruhe gehen", sagte nun endlich Francesco dumpf. „Möge die heilige Mutter Gottes dir eine helle, erleuchtende Nacht schenken, daß du morgen in der Frühe das nachholst, was du jetzt nicht tun magst! Bedenke aber in dieser Nacht noch eines! Es steht nicht nur deiner Mutter Leben auf dem Spiel, sondern auch deine Zukunft ... deine Kunst, dein ganzes Leben. Auf den 7. April ist die Feuerprobe mit den Dominikanern festgesetzt. Was darnach kommt, weiß niemand. Aber so viel weiß man, daß alle Anhänger des Priors schwere Zeiten zu erwarten haben. Das Feuer, das ihn verzehren wird, mag leicht auch auf sie fallen. Schlaf wohl!"

„Schlaf wohl, Vater!" Antonio blieb nach diesem Gruße

wie gebannt stehen. Als er aber sah, daß sich der Vater mit Tränen in den Augen über die Mutter neigte, schlich er leise zum Zimmer hinaus.

Droben in seiner Kammer sank er weinend vor seinem Bette nieder. Die gewaltige Spannung seiner Seele brach sich Bahn in einem Strom von Tränen. Also zwischen zwei Welten stehend, kam er sich trotz seiner Meistergeige heute abend hilflos und verlassen vor. Und doch neigte sich der Herr unsichtbar auch über ihn, um ihm den Trost seiner himmlischen Liebe in die wunde Seele zu senken.

13

Der 7. April des Jahres 1498 war gekommen. Es war der Samstag vor dem Palmsonntag. Aber diesmal sah man in Florenz keine Prozessionen mit grünen Zweigen durch die Gassen ziehen. Dafür drängte sich eine unübersehbare Menschenmenge auf der Piazza della Signoria zusammen, um das große Schauspiel ja gewiß zu erleben, das der heutige Tag bringen sollte. Vor dem Signorenpalaste war der Mittelpunkt, zu dem alles hinzuströmen begehrte. Fenster und Dächer der umliegenden Häuser und der Loggia Signoria, ja selbst der hohe Glockenturm von San Maria del Fiore waren dicht mit Menschen besetzt. Was gab es Großes zu erleben an diesem Tage, daß die Stadt sich nach ihrem Herzen mit diesem Ungestüm hindrängte? Das kündete das zweieinhalb Meter hohe Gerüst, das sich in einer Länge von dreißig Metern und einer Breite von sechs Metern hinzog. Emsige Hände hatten daran gezimmert und es endlich mit Kies und Ziegelsteinen bedeckt, damit es nicht selbst in Flammen aufgehen konnte. Hohe Mengen von Holz und Reisig und dürrem Holze erhoben sich von diesem Unterbau, reichlich mit Öl und Pech getränkt, und durch diese Aufschichtung führte ein schmaler Weg von nur etwas über einen Meter Breite. Auf diesem Wege sollten sie hinwandeln, die sich vermessen hatten, die Wahrheit durch die Flammenprobe zu erweisen. Hochzüngelnde Glut und dichter Rauch würden sie einhüllen, und dann mußte des Himmels Wille sich offenbaren und zeigen, wo die Unschuld liege. Das war freilich für die neuigkeitslüsternen Stadtbürger ein kleineres Fest als für die Feinde des Priors; denn so etwas kam in Jahrhunderten nur einmal vor. Kein Wunder, daß sie schon seit Mitternacht nüchtern der Dinge harrten, die da erscheinen sollten.

Indessen lag Savonarola in seiner Zelle auf den Knien im Gebet und befahl dem die ganze Sache an, der immerdar der Mittelpunkt seiner Lehre und Predigt gewesen war. Ernsten Angesichts trat Dominico bei ihm ein, ehe die Frühmesse gelesen wurde. Aber mit dem Ernste vermischte sich eine stille Freude, die aus seinen Augen leuchtete und den Prior gar wohltuend berührte. Er reichte in schweigender Liebe dem treuen Freunde die Hand und gebot ihm dann, neben ihm zu knien und im Gebet zu verharren. Schon drängte sich auch im Klosterhofe und in der Klosterkirche allenthalben das Volk in wogender Menge. Begeisterung war auf vielen Gesichtern zu lesen; doch fehlten auch ängstliche Gemüter nicht, die vor dem Ausgang des Gottesgerichtes bebten und mit bangen Blicken zu der Zelle des Priors blickten. Als die Klosterglocke helle Töne anschlug, die leicht und freudig in das strahlende Blau des Frühlingshimmels aufschwebten, stand Girolamo auf und ergriff bewegt die Hand des Bruders.

„Ich danke dir, Dominico", hob er ernst, fast feierlich an. „Du willst dein Leben wagen um meinetwillen, obwohl ich es nicht begehrt. Aber du weißt, wie viele sich herzugedrängt, um die Feuerprobe für mich zu wagen. Ich habe erfahren, daß selbst der Papst betreten ist über die hohe Begeisterung der vielen Frauen und Männer, die bereit sind, um der Wahrheit willen das Leben einzusetzen. Aber ich betone auch jetzt noch einmal: Die Wahrheit bedarf keines Wunders zu ihrer Stütze und Erhärtung. Willst du zurücktreten, so wird es um unsere Sache deshalb nicht schlechter stehen."

Da umarmte Dominico den Freund und küßte ihn. „Girolamo,

rede mir nicht davon! Was ist Freundschaft, die sich nicht bis zum Tode bewährt? Oder was ist Wahrheit, wenn man sie nicht erproben darf, sei es auch im Feuer? Freundschaft und Wahrheit müssen stärker sein als der Tod, oder sie sind schwächer als das Leben. Zwar haben Mariano Ughi und Malatesta Sacramoro von Rimini, wie auch Roberto Salviato sich erboten, für die Wahrheit durch das Feuer zu gehen. Allein, stehen sie dir so nahe wie ich? Niemals! Und deshalb können sie auch nicht dazu berufen sein, was mir allein geziemt zu tun."

Savonarola trat an das Fenster und blickte ergriffen auf das wogende Meer der still harrenden Menge. „Ich weiß es, Dominico, da unten warten Hunderte, die sich bereit erklären würden, aber es ist kein Freund von deiner Treue darunter. Daß ich aber selbst bereit bin, die Probe zu wagen, falls der Gesamtkirche dadurch ein Dienst geschieht, das weißt du. Die Signoria weiß es auch, ebenso weiß es der florentinische erzbischöfliche Generalvikarius Pietro Maria da Perugia, dem ich alles noch einmal dargelegt habe. So nimm denn Dank, du treuer Waffengenosse in unserem Streite! Aber Christus wird streiten, des bin ich gewiß!"

Nach diesen Worten schritt der Prior mit seinem vertrauten Freunde langsam zur Zelle hinaus, um zum Volke zu reden, das ihn freudig begrüßte. Es ging wie ein Wogen durch alle die ernst und doch freudig blickenden Menschen, die bereit waren, ihren Führer durch diesen schicksalsschweren Tag zu begleiten. Zuerst zelebrierte Fra Girolamo in der Klosterkirche eine Messe, damit noch einmal ein Zeugnis ablegend, daß er nicht der Mann sei, der der Kirche den Rücken kehren wollte. In der Tat, eine denkwürdige Messe, während in der Kirche und draußen Hunderte, nein, Tausende im Gebet verharrten, um die Entscheidung von Gott zu der Feuerprobe zu erflehen. Es war ihnen, als bringe sich der Priester selbst zum Opfer dar, und durch manche Herzen zog eine tiefe Wehmut, wenn sie daran gedachten, daß der teure Mann, der dort am reichen

Hochaltar in so einfachem Gewande stand, das Opfer haßerfüllter Feinde werden könnte. Ja, sie waren sogar bereit, selbst durch die sengende Glut zu wandeln, um ihn mit ihren Leibern zu decken.

Als der Gesang der Mönche verklungen war, bestieg Savonarola zum letzten Male die Kanzel. Ob er es ahnte, weil er so langsam und feierlich die Stufen emporschritt und sich droben so tief neigte vor dem Gott, dem er allein zu dienen gelobt hatte, und der ihm so wunderbare Frucht gegeben?

Man hätte den leisesten Laut vernommen, als er nun das leuchtende Auge voll wunderbaren, leidverklärten Friedens über seine Anhänger gleiten ließ.

Ja, er war ein Prophet, ein Mann Gottes, das empfanden alle, die noch einmal seinen Worten lauschten, die klar und weithin hallend erschollen. Er sprach nicht lange, aber seine Predigt war voll Geisteskraft und Feuer. „Bleibet denn, Geliebte, treu der erkannten Wahrheit! Beharret im Glauben an den siegreichen Herrn der Kirche, der mitten unter uns weilt! Mir ist die Gewißheit geworden, daß wir siegen werden, es gehe, wie es gehe! Niemand sei aber stolz in der Erwartung des Sieges! Laßt die irdischen Gedanken fallen, schaut allein auf den Herrn der Kirche! Noch einmal wiederhole ich: Es ist nicht nötig, daß die Wahrheit unserer Sache durch ein Wunder erhärtet werde. Nein, die Wahrheit spricht für sich allein, die Wahrheit ist schon durch die Feuerprobe gegangen. Nur um den Glauben aufrecht zu halten, haben wir nachgegeben und sind bereit zu diesem Gange. Und wenn der Herr es will, bin auch ich selbst dazu bereit." Hier erhoben sich unaufgefordert Hunderte von Zuhörern. Sie erhielten dazu von keiner Seite eine Aufmunterung, aber wie aus einem Munde riefen Edelleute, Bürger, Frauen, ja sogar Mädchen: „Wir auch, wir auch! Wir wollen für dich streiten!" Es war eine mächtige Kundgebung der treusten Liebe und Anhänglichkeit, die den Prior abermals in tiefster Seele ergriff und ihm Tränen in die Augen zwang. Er dankte allen von Herzen für diese Treue und segnete sie dafür. Dann reckte er noch einmal die Hand aus wie zu einem letzten Gruße von der Kanzel zu San Marco. Das Kreuz des Erlösers grüßte alle in seiner schlichten, gewaltigen Einfachheit. Danach stieg Savonarola von der Kanzel, um in den Schatten dieses Kreuzes zu treten, dessen Licht er so wunderbar zu verkündigen verstanden hatte. Mächtig stimmten die Brüder an: „Gott erhebt sich, es zerstieben seine Feinde!" Und siehe, da stimmte das ganze Volk jubelnd ein, daß die Schallwellen sich brausend brachen an den hohen Bogengängen des Klosters und der Bibliothek. Schlicht und doch tief eindrucksvoll klangen die Töne der Klosterglocken dazwischen, als riefen sie jeden Gläubigen zum Streit.

Es war eine Stunde von welthistorischer Bedeutung, als um die Mittagszeit die Mönche sich zur feierlichen Prozession ordneten. Die Signoria hatte den Prior auffordern lassen, mit Dominico auf der Piazza della Signoria zu erscheinen, da alles bereit sei. Noch einmal hatte er in der Bibliothek alle Brüder um sich gesammelt und ihnen ins Auge gesehen. So mochten die Jünger gefühlt haben bei ihrem Abschied von Jesus, ihrem Meister, wie sie empfanden, als nun der edle Prior jeden einzelnen umarmte und küßte. Vielen liefen die hellen Tränen über die gebräunten Wangen, und sie schämten sich ihrer nicht. Die großen Empfindungen, die sie umrauschten, verliehen ihnen ein Recht zu diesen Tränen der dankbaren Liebe und ahnungsvollen Wehmut. Dann zogen sie ihrem Prior voran, brennende Kerzen in der Hand tragend und die Lieder des Glaubens anstimmend. Ehrfurchtsvoll wich das Volk zur Seite, als der Zug sich in Bewegung setzte. Hinter den Mönchen kam Dominico, in priesterliches Gewand gehüllt und ein Kruzifix in der Hand tragend. Zwei Geistliche gaben ihm das Geleit. Sein Schritt war fest, und sein Auge blickte über des Volkes Menge hinweg nach dem Ziel. Ihm folgte Savonarola, die Sakramentsurne in den Händen. Tief neigten sich die Männer und Frauen, als er mit den geweihten Hostien erschien. Hunderte von Händen winkten ihm grüßend nach, und eine unübersehbare Volksmenge schloß sich ihm an. So zog der Zug, stets verstärkt durch eine teils mitfühlende, teils schaulustige Menge, nach dem von Menschen schwarz besäten Platz vor dem Signorenpalast. Dort standen sich 800 Soldaten gegenüber, deren Waffen im Sonnenglanze des heiteren Frühlingstages hell funkelten und blitzten. 300 Mann waren bereit, Savonarola zu schützen, 500 standen der Gegenpartei zur Verfügung.

Als die Prozession den Platz betrat, stimmten die Sänger abermals an: Exsurgat Deus, et dissipentur inimici eius! Donnernd respondierte das Volk mit dem ersten Verse des Psalms. Staunen ergriff die Arrabiati, als dieser Gesang der Freunde Savonarolas ertönte. Doch wo waren Francesco und Rondinelli? Drinnen in der Signoria blieben sie; denn was war das Ganze für sie als eine Komödie, die sie eben gut zu spielen hatten, und wozu sie eben jetzt noch Anweisungen erhielten? Es war zudem ja auch sicherer hier im Palazzo als dort, wo der hohe Brandhaufen der Entzündung harrte. Vor dem päpstlichen Legaten standen sie, um von ihm abermals zu hören, was sie schon wußten, was Alexander der Sechste erbost und erbittert zu Francesco Romolino, Doktor beider Rechte, Auditore des Governatore in Rom, gesagt hatte: „Sterben muß er, und wenn er Johannes der Täufer wäre!" Sterben muß er! Aber wie wollte man es nun heute machen? Es galt, einen großen und klugen Schachzug Roms zu tun, galt, das Volk samt Savonarola zu betrügen, um durch diesen Betrug das Volk zu enttäuschen und die Wendung seiner Gunst jetzt oder nie herbeizuführen. Draußen hatte man ihn jetzt. Aber in ihrer Gewalt war er noch nicht. Wie gern hätte man diesen unbequemen Bußprediger und Unglückspropheten einfach in die lodernden Flammen gestoßen, um ihn los zu sein für immer! O wie gern hätte man diesen Tag benützt, das Netz zuzuziehen, das geschickte Diplomatie der Kurie gewoben! Aber noch ging es nicht. Noch mußte man das Gesicht wahren, mußte gute, fromme Miene zum bösen Spiel machen. Indessen, die beiden, die unterschrieben hatten, mochten hier im Palast bleiben. Draußen trat ein Franziskaner an Dominico heran, und indem er mit einer Gebärde des Abscheus auf sein Gewand deutete, rief er: „Diese Kleider sind verzaubert, und alsbald fordern wir, daß du das Gewand wechselst, damit jeder Teufelsbetrug ausgeschlossen sei und sich der Flamme Macht auch wirklich an dir beweisen kann, wenn es gilt."

Dabei wollte er ihm ein Franziskanerhabit reichen. Allein Dominico lachte dazu. „Ist das dein Glaube an die Feuerprobe, die doch Gott an mir vornehmen soll?" erwiderte er. „Weißt du nicht, daß gegen ihn kein Zauber, keine Macht des Bösen etwas vermöchte?" Aber die Gegner drängten sich herzu. Ob sie schon nicht darauf bestanden, daß der Freund des Priors gerade die Franziskanerkutte anziehe, so forderten sie doch mit aller Entschiedenheit, daß er sein rotes Gewand ausziehe und es mit einem seiner eigenen Ordensbrüder tausche. Es hatte geraume Zeit gedauert, bis dieser Streit geschlichtet war; nun aber trat ein neues Hindernis in die Erscheinung. Mit Abscheu und gut geheucheltem Entsetzen vernahmen die Franziskaner, daß Dominico das Kruzifix ins Feuer mitzunehmen gedachte. „Welch ein Frevel", riefen sie, „dieses heilige Zeichen der Gefahr auszusetzen! Dagegen erheben wir alle unsere Stimme." Aber Dominico war auch darin nicht verlegen. Er sah die Gegner furchtlosen Blickes an und sprach dann fest: „Wir sind Christi Streiter, darum wollen wir auch sein Panier mit in den Streit nehmen." Dieses Wort stachelte nur ihren Widerstand auf und ließ sie laute Widersprüche ausstoßen. Nie und nimmermehr sollte das Kruzifix dadurch entweiht werden, daß es durch das Feuer gehe.

Und als Dominico nun endlich nachgab, dafür aber begehrte, das Hostiarium in den Händen zu tragen, wuchs die Erregung noch mehr. „Das wäre der allergrößte Frevel, den man auf seine Seele laden könnte", schrien sie mit großem Eifer. „Der heilige Leib des Herrn ist doch das Höchste, was die Christenheit besitzt. Ihn wollt Ihr durch Flammen und Rauch tragen? Hier sieht man schon der Irrlehre Feuer leuchten."

Nun gab ein Wort das andere. Fest blieben Savonarola und sein Kampfgenosse dabei, daß es kein Frevel sei, das Heiligste auch durch eine Flamme zu tragen.

Noch überzeugter waren die Gegner, daß die ganze Feuerprobe nicht stattfinden könne unter diesen Bedingungen. Man disputierte, ja, man stritt nicht weniger als etliche Stunden über diesen einen Punkt, während das Volk immer unruhiger wurde. Murrende Stimmen erhoben sich in der Menge, und Rufe wurden laut, die Savonarola laut des Betruges beschuldigten. Es waren die bestellten Schreier, die das Volk aufzuwiegeln hatten. Über dem allen erschienen die eigentlichen Feuergänger der Arrabiaten überhaupt nicht auf der Piazza della Signoria. Und der Abend nahte. Die Stunde des feindlichen Sieges rückte heran. Der Kriegsplan war gelungen, die List war hinausgeführt, die Signoria war ihrer Sache sicher und sandte nun die Botschaft, die Feuerprobe finde überhaupt nicht statt. Wie ein Lauffeuer verbreitete sich diese Kunde auf dem weiten Platze. Wie ein Funke zündete die falsche Botschaft: „Savonarola hat sich nicht getraut. Dominico ist erschrocken vor der Flamme. Das Gottesgericht ist auch dadurch entschieden. Weg mit dem Schwärmer, der lange genug uns getäuscht! Wie wir umsonst gewartet auf die Flamme, so warten wir auch umsonst auf die Erfüllung dessen, was Savonarola verheißen. Er ist des Todes würdig!" Noch mehr Aufsehen aber erregte es bei der hungrigen und müden Menge, als der Ruf laut wurde: „Savonarola hat den Leib des Herrn verbrennen wollen! Er hat darauf bestanden, daß das Hostiarium durch die Flammen getragen würde! Kann der Teufel einen ärgeren Frevel ersinnen?"

Starke Bedeckung mußte die beiden Freunde nach San Marco zurückbringen. In tiefer Niedergeschlagenheit wandelten sie ihren Weg. So also arbeitete Rom! Und nun war auch noch das Volk gegen sie? Wie, hatte eben einer einen Schmähruf ausgestoßen? Ja, da ertönte er wieder: „Du Schurke, schaffe das Sakrament weg!"

Und was rief jener Compagnacci? „Es ist Zeit!" schrie er in den Haufen des Volkes hinein, das die Schutzwache des Kommandanten Marcuccio kaum zurückhalten konnte. O wie bleich sah Savonarola an diesem Abend aus! Traurig blickten seine sonst so leuchtenden Augen. Auch Dominico erschien allen gedrückt, und dies wurde als ein Bekenntnis der Schuld aufgefaßt. Wie konnte der anders als gedrückt sein, der sich vor den Flammen gedrückt hatte?

Ein blutigrotes Abendrot flammte über Florenz, und seine düstere Glut schimmerte durch die Gassen wie eine riesige Brandfackel. Und diesem Abendrot voll düsterer Schwermut folgte eine finstere Nacht, doppelt finster über des Klosters Basilika, wo Savonarola abermals einsam in seiner Zelle lag, um mit Gott zu ringen, der das zugelassen, was sie nie geglaubt hatten. Die Siegesstimmung war verflogen. Das große Rätsel des Kreuzes blickte von der nackten Wand auf den Büßer, der dort die Stirn auf die Steinfliesen legte, wo er so oft in feurigen Gebeten für sein geliebtes Florenz gerungen. Heiße Tränen rannen auf den kalten Boden, Tränen, die niemand sah als Gott, der Herr, Tränen, die niemand sonst verstand als der, der einst auch solche Tränen um Jerusalem geweint, als die Stadt ihn nicht mehr zu hören begehrte, ob er sie schon geliebt mit göttlicher Liebesglut und gesucht, wie man Perlen in dem Staub der Straße sucht, weil sie verlorengegangen.

In dieser Nacht schlief Savonarola nicht. Aber mit ihm wachte auch halb Florenz und wälzte sich ruhelos auf dem Lager, mit ihm kämpfte die Gemeinde des Herrn, die sich jetzt herausschälen mußte aus dem Haufen jener vielen Mitläufer, die nicht bereit waren, mit dem Prior auch Leiden und Verfolgung zu teilen.

Sie war gewachsen in Florenz, diese Gemeinde, und gerade die letzte Zeit hatte ihr viele neue Glieder zugeführt. Aber selbst der heutige Tag hatte viele, die noch geschwankt hatten, an seine Seite gestellt. Während die große Menge von ihm abfiel, wurden jene gewonnen, die die Wahrheit über alles liebten, und die gerade in der Feindschaft, die an den Gottesknecht die Hand legen wollte, eine Bestätigung seiner göttlichen Sendung und Wahrhaftigkeit erblickten. Wie er für viele betete, so beteten deshalb auch viele für ihn.

In dieser Nacht neigte sich das Zünglein der Waage in Florenz zum großen Unrecht. Was grimmiger Haß ersonnen, sollte am anderen Tage zur Wahrheit werden; denn die Stunde und Macht der Finsternis war gekommen. Am folgenden Tage, dem Palmsonntag des Jahres 1498, sollte der Dominikaner Mariano degli Ughi in Santa Maria del Fiore predigen. Es war die gewohnte Nachmittagspredigt, zu der sich der Freund der Savonarola-Partei allerdings diesmal besonders gut vorbereitet hatte. Allein schon in den ersten Morgenstunden wiederholte sich das traurige Schauspiel von Jerusalem. Wie dort, so tagte auch hier in den frühen Morgenstunden ein böser Rat, zusammengesetzt aus Compagnacci und dem Klerus des Domes. Dieser Rat sollte bezwecken, die Nachmittagspredigt unter allen Umständen zu verhindern und in Verbindung damit den vernichtenden Schlag zu tun. So war die Lage gespannt wie noch nie, und das Schauerliche bereitete sich vor, wie sich ein Wetterschlag in unheilschwangeren Lüften vorbereitet. Kaum wollte degli Ughi die Kanzel besteigen, als die Empörer die Tür des Domes schlossen, mit Lärm und Geschrei gegen die Kanzel hindrangen und den Dominikaner hinausjagten. Das war das erste Zeichen zum letzten Schauspiel. Sogleich entstand ein gewaltiger Lärm und Tumult, und laut und immer lauter erscholl der Ruf: „Auf nach San Marco!" Die Kreaturen, die bezahlt waren, standen bereit. Jünglinge bewaffneten sich mit Steinen, Compagnacci entrissen die Schwerter den Scheiden und stimmten wild in das Gebrüll ein. Und wie die Lawine fortwälzend sich verstärkt, also wuchs die Menge der Feinde und wälzte sich lawinengleich durch die Straßen von Florenz. Das war das Hosianna dieser einst so frommen Stadt, die auf dem Palazzo della Signoria den Brand der Eitelkeiten veranstaltet und das Bild dessen, der diese Eitelkeiten um 20000 Goldstücke hatte kaufen wollen, mitverbrannte. Ja, Florenz hatte sein Hosianna wie Jerusalem in ein „Kreuzige!“ verwandelt.

Unterwegs schon begann der Meuchelmord. Ein adeliger Jüngling de Pechori, der die Kirche dell Annunziata besuchen wollte, sagte, in fromme Andacht versunken, einige Psalmen vor sich hin, ohne sich dabei durch die Menge stören zu lassen. Ihn ereilte der Tod, der diesem Würgerhaufen als Führer voranschritt. „Seht da diesen Wicht, er will noch Psalmen singen“, schrie einer der florentinischen Barabasse. Sogleich wurde eine Lanze geschleudert und durchbohrte den Unglücklichen von hinten. Diese Heldentat spornte die Kühnen noch mehr an. Das erste Blut war schon geflossen, also gab es kein Zurück mehr.

Savonarola hatte die Nacht durchwacht. Sein prophetischer Geist sagte ihm, was im Herannahen war, und er bereitete sich darauf vor, wie sich sein Meister im Garten auf Golgatha rüstete. Heiße Tränen netzten die Wand seiner Zelle, sie waren geweint über Florenz und über die Kirche, die er so treu geliebt hatte, und die sich nun anschickte, auch ihn mit der Mörderlanze zu durchbohren.

Trotz den schweren Kämpfen der Nacht stand der Prior am Morgen wie ein Held in der Klosterkirche. Wohl sahen ihm die Brüder die Tränennacht an, aber sie sahen auch in diesem Gesicht den Triumph des Glaubens schimmern und den Frieden leuchten, der höher ist denn alle Vernunft.

Um ihn scharten sich die besorgten Freunde, ihn bestürmend, doch die Erlaubnis zu mannhafter Verteidigung zu geben. Aber Savonarola schüttelte den Kopf. „Sollen wir es anders machen als der Meister?“ war seine Antwort. „Wer das Schwert nimmt, der soll durch das Schwert umkommen.“

„Und doch ist's eine Mörderbande, die dir nach dem Leben steht, Girolamo“, rief der Pater Francesco de Medici leidenschaftlich aus. „Gegen Mörder anzukämpfen, um dein teures Leben zu schirmen, ist nicht nur erlaubt, sondern Pflicht.“ Ihm stimmten mit Feuereifer bei Matteo Strozzi, Francesco Davanzati,

Lionello Boni, de Rucellai. Schon lange hatten sie Waffen nach San Marco gebracht, um gerüstet zu sein für den kommenden Sturm. Es war eine edle Schar von Künstlern, Gelehrten, Dichtern, Staatsmännern, Mönchen, Kaufleuten und Handwerkern, die Savonarola umdrängten, bereit, aufs äußerste mit jenen zu kämpfen, die Roms Geschäfte besorgten und die Kreaturen der drohenden Prälaten und Bischöfe waren. Die leuchtenden Augen dieser Helden waren fest auf ihn gerichtet, und in den Händen von Luca und Paolo della Robbia, von Jacobo da Firenzuola und Deiphobo della Stufa blitzten Schwerter und Lanzen. Immer und immer wieder wehrte der Prior den Übereifrigen. Allein umsonst! Jene standen nicht auf seiner geistlichen Höhe und sahen kein Unrecht darin, der Gewalt Gewalt entgegenzusetzen. Ja, sie waren sogar beseelt von dem Pflichtgefühl tapferer Soldaten, die nur sterbend die Festung auszuliefern bereit waren. Den ganzen Tag über strömten Anhänger und Freunde Savonarolas nach San Marco, um dort Bergung zu finden. Waren doch nun alle Arrabiati bewaffnet, und hatten sie doch schon angefangen, die Piagnonen in ihren Häusern zu bedrohen. Durch die Gassen liefen bereits Gegner mit Pechfackeln, die Feuer an das Kloster legen wollten. Da, als die Brüder eben die Vesper gesungen hatten, erfolgte der erste Angriff. Schwere Steine dröhnten an die verschlossene Hauptpforte, und ein wildes Geschrei forderte den Prior. Ihm antwortete ein weithin hallender Musketenschuß Heinrichs des Deutschen. Nun setzte der Sturm auf die Klosterkirche ein, und ehe man wußte, was geschah, feuerte der Pöbel unter die Wehrlosen, verwundete Frauen und Kinder, die in wilder Flucht davonstoben. Der Wolf war in die Herde eingebrochen und würgte. Jetzt bewaffneten sich alle Freunde Savonarolas, der betend in seiner Zelle lag. Pater Francesco, bewaffnet und gewandt, führt seine kleine Schar. Allen voran schwingen Paolo della Robbia, Frate Benedetto und der Poet Davanzati das gewaltig hauende Schwert und die lange Feuerwaffe.

Bestürzt weicht der Pöbel zurück. So gibt es also auch hier

in San Marco Helden des Schwertes, die neben die Helden des Wortes treten. Das hatten die heulenden Wölfe nicht vermutet, die stark waren, wenn es galt, Frauen und Kinder niederzumetzeln. Und als nun an den Fenstern des Klosters die gewaltigen Feuerschlünde sichtbar werden und die Schüsse sich vermischen mit dem Sturmläuten der Klosterglocke, da weichen die Helden der Straße noch weiter zurück. Luca della Robbia, Lionello Boni und Allesso Baldivinetti, der Maler, schirmen das Hauptportal mit Todesverachtung und lautem Zuruf. Der heldenmütige Schuhmacher Nicolo und Fra Marco Gondi stehen auf der Mauer und schlagen mit dem blanken Schwert auf die Hände, die dort Sturmleitern anlegen wollen. Etwa sechzehn Mönche haben, ihrem ritterlichen Blute gehorchend, die Dominikanerkutte mit dem Harnisch vertauscht, und immer größer wird die Schar der Verteidiger. Vom Klosterdach prasselt ein Steinhagel auf die Köpfe der vordersten Angreifer, und einige Augenblicke sieht die ganze Lage nach Sieg aus. Doch da erscheinen wieder Savonarola und Dominico, die Freunde beschwörend, doch die Waffen niederzulegen, ja, der Prior versucht sogar, sich auszuliefern, um das weitere Blutvergießen zu verhindern. Aber die Freunde reißen ihn zurück. Ihre Liebe zu dem gefährdeten Manne kennt jetzt keine Grenzen mehr. Sie, die bereit sind zu sterben, fordern auch den Tod jener, die keine Scheu vor den heiligen Mauern, ja vor der Kirche bekunden. Und wie ein Monument aus Stahl steht der deutsche Bruder Heinrich am Fenster der Bibliothek und feuert Schuß um Schuß krachend in die heulende Menge drunten, die tobt und rast wie eine Herde Teufel.

Welch ein Abend des heiligen Palmfestes!

Heldentaten verrichten Andrea della Robbia, der sich durch die Menge schlägt und mit Waffen zurückkehrt, sowie Francesco Valori, der von der Mauer springt, um draußen Freunde zu sammeln und zum Widerstand zu organisieren. Aber ihn erfaßt der Pöbel und reißt ihn in Stücke, stürmt sodann zu seinem Hause, um dort seine Frau zu ermorden und das Haus in Brand zu legen. Jetzt ist die Stunde der Signoria gekommen, die mit Wohlgefallen die Entwicklung der Dinge sieht. Ihr ist der Widerstand der kleinen Heldenschar hochwillkommen; denn nun sendet sie Regierungstruppen, die im Laufschritt nach San Marco eilen. Jetzt sammelt Savonarola diejenigen Mönche, die er vom Widerstand zurückhalten kann, zur Andacht in der Bibliothek. Hier knien sie, liegen sie auf der Erde, laut rufend und Stellen aus den Psalmen betend, während draußen der Kampf immer wilder tobt. Die Nacht sinkt nieder, aber es kehrt keine Ruhe ein. Von der Bibliothek begibt sich Savonarola mit seinen Betern in die Kirche, deren Glocke unausgesetzt zum Himmel ruft. Schauerlich mischen sich jetzt die Glocken von Santa Maria del Fiore und von Santa Maria Novella darein. Das ist die Kampfansage der Obrigkeit, der Sturm Roms gegen San Marco, die Burg der Wahrheit. Da ... ein Schreckensgeschrei, aus dem einen Flügel des Klosters schlagen in Qualm gehüllte Flammen züngelnd zum schwarzen Himmel auf. Die Verteidiger sind zurückgedrängt worden von der Übermacht und suchen nun selbst in der Kirche Zuflucht und Bergung. Wird der heilige Ort sie geben?

Nein, er vermag es nicht mehr! Die Tore der Kirche können dem Ansturm nicht mehr standhalten, sie beginnen zu brechen und zu wanken. Eine wilde Rotte stürmt herein, die Gesichter erhitzt von Mordgier und Wut. Blutige Schwerter und Lanzen bahnen sich den Weg; doch da stutzt die Menge noch einmal und zaudert. Dort im Chore der Kirche steht der Prophet von Florenz, hochaufgerichtet und stark. Ruhig, ein Kreuz in den Händen haltend, steht er dort, umringt von Mönchen mit brennenden Kerzen. Und diese bleichen Mönche stimmen sogar noch an: „Salvum fac populum tuum, Domine!" („Mach heil [oder: laß unversehrt] dein Volk, o Herr!") Und dort neben Savonarola kniet Dominico Buonvicini da Brescia, in den Händen die geweihte Hostie haltend. Er reicht sie betend dem sterbenden Rudolfo Pantiatichini, während die Verwundeten hinter dem erhabenen Kruzifix Giottos knien und ihr rieselndes

Blut stillen oder mit dem Blick der Todesbereitschaft aufschauen zu dem Lamme Gottes. Es ist ein Bild von ergreifender Gewalt und wunderbarer Macht. So steht hinter der streitenden Gemeinde die triumphierende, so schauen jene dem Tod ins Auge, die nur leben wollten. Da wird der Lärm wieder heftiger. Heinrich der Deutsche ist in den Chor gesprungen und erhebt dort die drohende Mündung seiner riesigen Feuerwaffe. Ihm stehen zwei Mönche im blanken Harnisch zur Seite. Blasser Schrecken erfaßt den stürmenden Pöbel noch einmal, als nun ein langer Feuerstrahl aus der Muskete fährt und der Schuß donnernd sich in der Wölbung bricht. Die blutigen Schwerter weichen zurück. Da eilt Savonarola zu den dreien, die zu Füßen des Kreuzes kämpfen. Er befiehlt ihnen laut, die Waffen sofort niederzulegen und den Ort nicht zu entweihen durch Kampfeslärm. Und siehe da, vor seiner hoheitsvollen Gestalt und seinem hoheitsvollen Worte beugen sich die Kämpfer. Nun knien alle gefaßt und still nieder, um den tötenden Schwertstreich zu empfangen. Ein wildes Triumphgeheul der Hölle erschallt, der Pöbel drängt aufs neue frech herein und beginnt sogar hier am heiligen Ort zu plündern. Andere sind durch einen unterirdischen Gang in das Kloster gedrungen und suchen, alles durcheinanderwühlend, nach Schätzen. Was kümmert sie der Kampf Roms mit der Wahrheit? Sie wollen ihrer Habgier frönen, begehren die niedrigen Leidenschaften zu stillen mit Gold und Blut. Da drängen sich zwei Boten der Signoria durch den Haufen der Gasse und rufen nach Savonarola. Ihn und seine Freunde Dominico und Sylvestro sollen sie unverweilt nach dem Palazzo del Signoria bringen, so werden alle anderen geschont. Das Drama beginnt sich zu klären. Und wie Jesus dort sprach: „Suchet ihr mich, so lasset diese gehen!", so ruft Savonarola laut: „Hier bin ich! Freunde, lasset mich gehen, und ihr seid gerettet!" Da bricht die heilige Liebe zu ihm durch den Kreis seiner Freunde, wie die Flammen durch das Dachgestühl brechen, und alle umringen ihn kniend. Sie ergreifen seine Hände, sie halten sie fest und bedecken sie mit

Küssen, und siehe da, unter ihnen, die ihn festhalten, befindet sich auch Antonio, der junge Meister der Violine. Ihn hat die Wahrheit vollends überwältigt, und im Heldensinn der Jugend hat er sich losgerissen von Mutter und Vater, um den Mann schirmen zu helfen, der seiner Geliebten und ihm Licht der Erkenntnis gegeben. Daheim liegt Margerita weinend vor ihrem Bette und netzt den Boden mit Tränen, hier kniet Antonio nicht minder tränenreich mit allen, die bereit sind, ihn, den Verfolgten, mit ihren Leibern zu decken. Doch sie halten ihn nicht. Es ist jetzt zwei Uhr nachts geworden. Draußen steht Artillerie der Regierung, um das Kloster in den Grund zu schießen, wenn Savonarola nicht ausgeliefert werde. Den ersten Boten der Signoria folgen zwei weitere mit noch strengeren Befehlen. Da reißt sich der Prior von den Freunden los. „Ich komme!" ruft er den Feinden zu, und die Waffen senken sich. Nur noch einen kurzen Abschied will er mit den Brüdern im Bibliotheksaal feiern. Durch die Gasse der Feinde schreitet er, das Kreuz noch immer in den Händen tragend, den Mönchen voran. Und nun stehen sie dort vor ihm, wo die geistigen Schätze der Jahrhunderte auf sie niederschauen. Ihre Kerzen sind herabgebrannt und drohen zu verlöschen. Savonarola aber beginnt seine letzte Ansprache in lateinischer Sprache: „Ite viam Domini! Confidite Domino! Manete in precibus! Per crucem ad coronam! Paratus sum! Patior Domino!"*

Und während die Kerzen knisternd verlöschen, während die Dominikaner ergriffen und gebeugt dastehen, während draußen die Balken krachen und das Feuer prasselt, schreitet er auf die Freunde zu und küßt jeden einzelnen zärtlich.

Feierlich reicht er ihnen den Schlüssel des Klosters, winkt noch einmal grüßend mit der Hand und wendet sich mannhaft zum Gehen, den Kommissionären der Signoria folgend. In unbeschreiblicher Wehmut schauen ihm die Brüder nach. „Patre,

* „Gehet den Weg des Herrn! Vertrauet dem Herrn! Bleibet im Gebet! Durch Kreuz zur Krone! Ich bin bereit! Ich leide für den Herrn!"

du kommst nicht wieder!“ ruft ihm einer klagend nach. Tränen ersticken seine Stimme. Savonarola aber deutet empor zum Himmel. Entsetzliches Toben und Geschrei wartet seiner auf dem Wege zum Palast. Mit auf den Rücken gebundenen Händen geht er dahin, während die Schwerter der Begleiter ein Waffendach über ihm bilden müssen, damit der Pöbel ihn nicht erwürge auf dem Wege zur Signoria. Gleichwohl bleibt er nicht beschützt vor Mißhandlungen und Schmähungen. Fäuste schlagen ihn von hinten, und die Compagnacci, die sich dazu erniedrigen, höhnen: „Weissage, wer dich schlug!“ Da gedenkt er an den Meister, der größer ist als der Knecht, und der dasselbe erlitten. Die Stunde zu leiden und zu schweigen war gekommen. Auch durch Florenz führte nun eine via dolorosa, die damit endete, daß ein roher Mensch den Prior mit dem eisernen Kniestück einer Rüstung schlug, ehe er durch die Pforte des Palastes eingehen konnte.

Aber während er zwischen den Lanzenträgern abtritt, stürzen die Horden auch in die Bibliothek, zerreißen die Manuskripte, stürzen die Codices herunter, zerfetzen die Meisterschöpfungen der edlen Kunst, verbrennen, rauben und beschmutzen mit gierigen Händen die Erbschaften ihrer größten Geister und machen aus dem Schmuckstück von Florenz, der Meisterschaft Cosimos de Medici, einen Trümmerhaufen. Endlich treiben Soldaten die Wahnwitzigen auf die Gasse, wo sie Fackeln entzünden, die Straßen durchrasen und nach Blut und Rache brüllen. Das ist die Weisheit des Volkes, das sich selbst regiert. Dummheit, Frechheit und Bosheit reichen sich die schmutzigen Hände, um den Reigen aufzuführen, der die niedrige Pöbeltat verherrlicht. O Florenz, herrliches Firenze, wie bist du gesunken! Auch du, einst fromme Stadt, bist zur Prophetenmörderin geworden! Das Trauerspiel neigt sich dem Ende zu.

Kardinäle und Bischöfe, auf weichen Polstern sitzend, reiben sich die Hände. Niedrige Kreaturen empfangen lüsternen Blikkes den Judaslohn. Und nach Rom eilen Stafetten, um jenem Papste der schauerlichsten Verirrungen zu verkünden, daß

Savonarola gefangen ist. Da teilt er Ehren und Ämter aus und segnet die Horden, die das Kloster gestürmt. Das ist die Posse beim Trauerspiel.

14

Im Hause des Malers herrschte keine geringere Aufregung als in ganz Florenz. Die Krankheit der Mutter hatte seit Anfang Mai eine Wendung zum Schlimmeren genommen, und die Hoffnung, ihr Leben zu erhalten, war ganz geschwunden. Frau Kreszentia lag heute am 12. Mai schwer atmend unter der seidenen Decke und blickte mit Augen voll fieberhafter Unruhe im Zimmer umher. Sie wollte noch nicht sterben und hatte den Arzt, der den Gedanken an das nahe Ende streifte, flehentlich gebeten, alle Mittel anzuwenden, um ihr glimmendes Lebensflämmlein wieder anzublasen. Es fehlte dabei nicht an großartigen Versprechungen. Aber ernst schüttelte dieser das Haupt und verabschiedete sich, um anderen Kranken zu helfen, die noch zu retten waren. Auch die Kunde von der Gefangennahme Savonarolas machte keinen weiteren Eindruck auf sie. Eher noch schien sie, die einst so sehr gegen ihn geeifert, davon erschreckt zu werden.

„Ich bin noch nicht bereit zu sterben, Lorenzo“, sagte sie mit angstvollem Blick zu ihrem Manne, der ratlos an ihrem Bette stand. „Man rufe den Priester von Santa Maria del Fiore, der Dienst hat. Noch hat eine Kreszentia de Medici der Kirche nicht alles gegeben, was sie zu geben hat.“

„Es ist schon nach ihm gesandt“, versetzte Lorenzo und strich mit der Hand über ihre heiße Stirn. Obwohl er selbst fertig war mit diesem Priester, wollte er doch der Sterbenden ihre letzten Bitten nicht versagen. Ehe der Priester erschien, kamen die Verwandten, die man ebenfalls in Eile gerufen hatte. Ihre nichtssagenden Reden ließ Kreszentia in dumpfer Verzweiflung über sich ergehen. Wie oft hatte sie sich alles das, was sie zu sagen wußten, schon selber gesagt, wie oft versucht, ihr Gewissen damit zu stillen, daß sie in Treue der Kirche als gehorsame Tochter gedient hatte!

Aber jetzt wollte dieser Trost gar nicht mehr haften.

„Du hast viel Gutes getan, Kreszentia, daß du des Fegfeuers sicher ledig bist; wäre ich nur an deiner Stelle!" So ließ sich nun die jüngere Schwester vernehmen, die prächtig geputzt und mit Goldschmuck geziert noch am Bett saß und sich mit dem seidenen Fächer aus Venedig Luft zufächelte.

Kreszentia sah sie bitter lächelnd an. „Du an meiner Stelle, Renatha? Ja, glaubst du, daß das Sterben so leicht ist? Daß man ohne weiteres von Florenz, von seiner Familie, von all seinem Besitz scheiden kann?"

„Das nicht, Kreszentia", gab sie verlegen zur Antwort. Sie merkte, daß sie etwas Dummes gesagt hatte, und setzte deshalb zögernd hinzu: „Aber der Himmel wird dir gewiß sein, und im Himmel gibt es auch ein Florenz."

„Der Himmel? O, Renatha! Der Himmel ist nicht so schnell verdient. Könnte ich nur noch einmal anfangen mit meinem so kurzen Leben, nur noch einmal! Ich habe zu viel an mich gedacht und zu wenig an die Armen."

Renatha löste die prächtige Rose, die an ihrer Brust steckte, und legte sie der Kranken in die Hand. „Hier, meine Schwester", sagte sie, „die Rose kaufte ich unterwegs für dich. So wie ich sie dir reiche, wird dir Santa Maria die Ehrenpalme reichen."

Aber dieses Wort regte die Kranke nur noch mehr auf. Sie würdigte die Rose keines Blickes, sondern fuhr nur schwer atmend fort: „Die Ehrenpalme? O wenn ich alt und lebenssatt sterben dürfte, wollte ich mich auf sie freuen. Aber ich hatte mir das Leben noch so schön gedacht ... ich bin noch jung, Renatha! Ich möchte selber noch Rosen pflanzen und pflücken. Und das Leben wäre auch noch schön gewesen. Freilich, Lorenzo hat viel verdorben. Doch jetzt will ich ihm nichts mehr nachtragen, will vergessen und vergeben."

Indessen kam der Priester mit dem Ministrantenbüblein, und Renatha knixte tief, um das Zimmer zu verlassen.

Die gestickten Portieren schlossen sich hinter ihr, und Kreszentia befand sich allein mit dem Diener der Kirche, der den Knaben hinaussandte.

Der Priester begann mit dem Ablesen lateinischer Gebete, die wie aus weiter Ferne an der Kranken Ohr drangen. Sie kannte diese Leier schon und fühlte noch mehr Beunruhigung dabei. Als die Gebete verlesen waren, sah sich Signor del Bigino noch einmal fürsorglich um, ob niemand mehr im Zimmer sei. Was er jetzt noch mit der Kranken zu reden hatte, sollte kein ungeweihtes Ohr vernehmen.

„Signor del Bigino, wie steht es mit dem Fegfeuer? Werde ich ganz gewiß nicht hineinmüssen?" fragte Kreszentia angstvoll.

„Mit dem Fegfeuer? Freilich, es droht allen, die nicht ganz bereit sind. Aber man kann noch vorsorgen, Signora. An den nötigen Totenmessen darf man es nicht fehlen lassen. Auch ist die Kirche dankbar, wenn man ihrer Nöte gedenkt, und man wird es sich nicht gereuen lassen, reichlich gegeben zu haben, solange man vermag. Es sind so viele heilige Anstalten da, die gegenwärtig mit Schwierigkeiten kämpfen."

Signor del Bigino sah sorgenvoll aus. Da winkte Kreszentia nach der reich eingelegten Kommode hin. Dort stand eine Schatulle aus Ebenholz, die Kanten mit Silber beschlagen. Der ehrwürdige Priester möge sie ihr aufs Bett stellen, bat sie.

Zu solchem Liebesdienst war Signor del Bigino gern bereit, und nun öffnete das geängstigte Weib mit zitternden Händen die Schatulle. Rasch entnahm sie ihr etliche Stangen echten Goldes. „Hier, Signor del Bigino, mein letztes Notopfer dem Dome Santa Maria del Fiore ... Hier ein solches der heiligen Brüderschaft der Minoriten. Hier für einen neuen Altar einer armen Klostergemeinschaft und hier die schönste dem Heiligen Vater, nehmen Sie die ganze Schatulle! Verteilen Sie selbst!"

Signor del Bigino verneigte sich dankend. „Es ist reich und viel", sagte er mit unbeweglichem Gesicht, „aber die Wallfahrtskirche zu San Salvatore ...!"

„Ach ja, sie soll nicht vergessen sein! Doch hier, ehrwürdiger

Vater, nehmen Sie die ganze Schatulle! Verteilen Sie selbst oder lassen sie den heiligen Erzbischof verteilen! Mir wird das Denken zu schwer."

Abermals verneigte sich der Priester, indem er die Schatulle mit vorsorglicher Hand in Empfang nahm.

„Nicht wahr, es ist mir ernst mit der Seligkeit, Signor del Bigino?"

„Gewiß, Signora. Und sie wird auch ganz sicher nicht fehlen."

„Wer verheißt das, ehrwürdiger Vater?" Die flackernden Augen der unruhvollen Frau ruhten flehend auf den steinernen Zügen des Priesters.

„Die gute Kirche, unsre Mutter", erwiderte er rasch und bestimmt.

„Ja, die gute Kirche! Aber — könnte sie nicht auch einmal irren, Signor?"

„Die Kirche? Nein, Signora, die Kirche irrt nie! Sie hat den Heiligen Geist, und die Männer, die sie leiten, haben ihn ebenfalls. Sie besitzen deshalb das Sanktum Privilegium, solche Wahrheit zu verkündigen." Ruhig und feierlich, ja fast drohend waren diese Worte gesprochen. Kreszentias Augen aber irrten an der Decke umher, die mit einer wunderbaren Madonna mit dem Kinde geziert war.

„O Signor del Bigino, das Sterben ist schwer! Man muß alles dahintenlassen, alles."

„Ja, aber die Heiligen gehen mit uns! Es mag schwer sein für den Ketzer, zu sterben, der jetzt in den Gewölben der Signoria sitzt; aber es ist leicht für eine gläubige Tochter von Santa Maria del Fiore."

Lauernd beobachteten des Priesters Augen ihr Gesicht.

„Werden die Heiligen für uns sprechen, ehrwürdiger Vater?"

„Dies ist die unfehlbare Lehre der Kirche und des unfehlbaren Heiligen Vaters in Rom."

Kreszentia antwortete hierauf nur einige unverständliche Worte. Der Priester nahm nach dieser Unterredung die letzte Handlung vor und salbte sie mit der letzten Ölung. Dies schien

Kreszentia etwas zu beruhigen, neigte sie doch jetzt dazu, etwas zu schlummern. Signor del Bigino benützte die Gelegenheit, sich zu empfehlen und den Schatz der Kirche in Sicherheit zu bringen. Tiefe Knixe der weiblichen Verwandten vom Hause Medici geleiteten ihn hinaus. Wo aber waren Lorenzo und Elisabetha? Droben in einem Gästezimmer knieten sie beide auf dem Teppich, um die Mutter in schlichtem Gebet dem Herrn anzubefehlen. Kaum waren sie damit fertig geworden, als die Betglocke auch schon wieder durch das ganze Haus schrillte. Die Mutter verlangte nach Elisabetha, der Tochter. Quälende Unruhe hatte sie abermals befallen, als der Priester gegangen war. Kalter Schweiß stand auf ihrer Stirn, als das Mädchen unhörbaren Schrittes eintrat. Elisabetha kniete am Bett der Mutter nieder und küßte die schlaff herabhängende Hand.

„Ah, Elisabetha, bist du da?" fragte sie mit matter Stimme.

„Gewiß, Signora Mama!"

„Es ist so düster im Zimmer. Willst du nicht die Vorhänge aufziehen? Ist es eigentlich Abend draußen?"

„Noch nicht. Die Sonne scheint hell durch die Scheiben."

„Die Sonne scheint? Aber freilich, die farbigen Gläser ... Elisabetha! Ich habe etwas mit dir zu reden. Mit der Kirche bin ich im reinen, aber mit dir ... noch nicht. Ich weiß nicht, warum ich keinen Frieden finde, und weshalb ich eine so entsetzliche Angst vor dem Sterben habe. Ich habe doch kaum eine Messe versäumt ... Kannst du mir sagen, woher das kommt, Elisabetha?" Sie ergriff mit beiden Händen die Hand der Tochter, als wollte sie sie nie mehr loslassen.

„Wenn ich reden darf, Signora Mama, ja!"

„Sage es mir! Ich weiß zwar, daß du eine Ketzerin bist, Elisabetha, ich will dir das jetzt vergeben, weil du noch jung bist ... und weil ich sterben muß. Aber nun, verstehe mich nicht falsch, ich will keine ketzerischen Lehren hören, nur wenn du ein Trostwort hast ... das mich endlich stille macht, Mädchen, so sage es mir!"

Ermattet sank sie zurück in das Kissen. Elisabetha senkte

das schöne Haupt. Die braunen Zöpfe fielen auf ihre gefalteten, kindlichen Hände, und eine Träne rann über die blühende Wange. Es wurde ihr schwer, die Mutter so leiden zu sehen. Mochte sie immerhin nicht viel von ihr gehabt haben, es war doch ihre Mutter, und sie stand nun vor der letzten großen Lebensnot.

„Signora Mama", sagte sie leise und gesenkten Blickes, „einen Trost weiß ich."

Die Mutter faßte abermals nach ihren Händen. „Ist er von der Kirche, Elisabetha?"

Sie schüttelte den Kopf.

Eine tiefe Stille folgte. „Von wem denn?"

„Von Savonarola, Mutter!" Abwehrend streckte die Kranke die Hand aus. „Wenn es der Priester hört!" sagte sie bekümmert.

„Der Priester? Er ist nicht mehr da, Mama!"

„Aber Savonarola! Ist er nicht ein Ketzer ... ein Schwärmer? Hat man ihn nicht endlich gebunden und gefangengeführt, wie er es verdient?"

„O, Signora Mama! Mag ihn ganz Florenz Ketzer oder Sünder nennen, mag der Papst ihn verfluchen und die Signoria ihn verbrennen ... er ist doch ein Mann Gottes, der Hunderte und Tausende getröstet hat mit guten Worten, die von oben kamen."

Kreszentia richtete das Haupt, das schwer in den Kissen lag, etwas empor. Sie suchte die Augen ihrer Tochter, und als diese sie ansah, sah sie ein unbeschreibliches Glück bei den letztgesprochenen Worten daraus leuchten. So schön war ihr Kind noch nie gewesen. Eine Weile sann sie nach, während die Hände nach den Stickereien zupften, die die Decke einsäumten.

Endlich öffneten sich ihre Lippen. „Sage mir den Trost, Elisabetha! Obwohl ich Savonarola haßte mit der ganzen Glut meiner Seele und ihm tausend Flammentode gegönnt hätte, ich will doch hören, was du von ihm vernommen."

Da richtete sich die Tochter auf; denn es kam ihr geziemender vor, die Worte stehend zu sprechen, an die sie dachte. „Einmal predigte Savonarola vom Sterben und vom Himmel. Da sagte er: ‚Die Menschen suchen sich den Himmel zu verdienen, und die Kirche unterstützt sie in diesem Bestreben. Aber es ist falsch, o so falsch! Niemand kommt in den Himmel, der ihn verdienen will.' "

„Das ist wahr, Elisabetha", unterbrach die Kranke ihr Kind. „Gewiß ist es so; denn auch in meinem Herzen spricht immer eine Stimme so. Doch sprich, was sagte er weiter?"

„Der Himmel kann nicht verdient werden, aber er wird geschenkt!"

„Geschenkt?" Kreszentias Augen wurden größer. Staunen malte sich darin.

„Ja, geschenkt, Signora Mama! Aber nur jenen, sagte Savonarola, die ihn nicht mehr verdienen wollen. Denn er ist den armen Sündern aufgetan durch Jesu heiliges Leben, Leiden und Sterben, und sein Blut ist der Schlüssel geworden, der die Pforten des Paradieses weit, weit aufgeschlossen hat."

Elisabetha schwieg und sah die Mutter an, indes sie ihr mit linden Fingern die gelben Wangen streichelte. Und die Augen der Mutter blickten in die Ferne, als suchten sie dort etwas.

„Ein armer Sünder? Ich glaube, ich bin ein armer Sünder, Elisabetha. Aber ob ich auch Gnade finde?"

„Gewiß, Signora Mama, Sie auch! Savonarola sagte: Keiner ist ausgeschlossen, auch der Ärmste nicht. Es muß auch keiner Priester sein, um mit Gott zu verkehren. Alle die Elenden, die Zerschlagenen, die Gebeugten sind Gottes Lieblinge durch den Herrn Jesum Christum. Denn das Blut Jesu Christi, des Sohnes Gottes, macht uns rein von aller Sünde."

„Ist das ein wahres Wort der Kirche?"

„Es ist ein Wort der Bibel."

„Und gilt es mir?"

„Ja, und uns allen! Denn, sagte Savonarola einmal, die Kirche ist nicht jene aus Stein, Altären und Meßgewändern, die Kirche ist die Gemeinschaft der heiligen Seelen, die durch die Gnade und durch das Blut Jesu Christi rein geworden sind."

Mit weit aufgerissenen Augen sah die stolze Frau ihr Kind an. So viel herrliche Worte wußte es in seiner Jugend schon zu sagen, und sie, die erfahrene Frau der Welt, hatte solche Worte nie gehört? Aber dann zuckte sie zusammen. Ihr Leben trat vor ihren Geist. Und es war bei aller Frömmigkeit doch ein Leben der Selbstsucht, ja sogar des Hasses gewesen. Durfte sie dem Kinde offenbaren, was ihr als schwere Schuld auf der Seele lag? Aber es mußte sein; o der Tod, der bleiche, kalte, er durfte sie so nicht finden.

„Elisabetha, höre!" begann sie wieder mit bebender Stimme. „Ist niemand im Zimmer, der uns hören könnte?"

„Niemand als Gott allein!"

„So vernimm meine Beichte! – – – – – Es wird mir schwer, sie zu sagen ... aber ich muß, Elisabetha, ich war es, der die Mörder gedungen, die deinen Vater umbringen sollten. Hah, du weichst zurück! Ich wußte es!"

Ja, sie wich zurück, als ringle sich von der seidenen Decke eine Schlange auf mit giftigem Züngeln.

„Ich tat es aber aus Eifer und Liebe zur Kirche, Elisabetha", fuhr die Mutter fort und wischte sich mühsam mit einem seidenen Tüchlein den Schweiß von der Stirn. Elisabetha mußte sich immer noch wehren gegen den Schauer des Entsetzens, der sie beschlich bei diesen Worten der Mutter. Nun verstand sie, warum sie keinen Frieden finden konnte, und was sie umtrieb in dieser schweren Stunde.

„Du erschrickst, ich merke es", fuhr die Sterbende fort und streckte die Hand bittend aus nach der Tochter. Zögernd trat diese näher. Es wurde ihr nicht leicht, das Grauen zu überwinden, das ihre Seele ergriffen hatte.

„Elisabetha, vergib mir und sage mir, ob Gott mir solche Sünde vergeben kann!"

„Ich vergebe, Signora Mama", hauchte das Kind kaum hörbar.

„Und Gott, kann er auch vergeben?"

„Ja. Savonarola spricht: So schwer die Sünde der Menschen, so groß die Gnade des Herrn. Wenn die Reue echt ist, kann nichts diese Gnade aufhalten. Denn Christi Blut ist mächtiger als alle Sünde der Welt."

Kreszentia lag mit geschlossenen Augen still. Es quoll ein bitterer Schmerz in ihr auf über ihr eigenes Leben, es sproßte aber auch das zage Pflänzlein des Glaubens an dieser Quelle der Reue empor, und darum sagte sie zuletzt: „Das ist aber wunderbar, Elisabetha. Ich glaube, das kann ich fassen, daß ich das Blut Christi brauche zum Himmel. Das stillt endlich dieses unruhevolle Herz und gibt Frieden. Savonarola scheint doch das Recht zu haben, ... doch horch, was ist das? Ich höre Männerschritte draußen, was soll das sein?" Gespannt blickte sie nach der Tür. Ehe noch Elisabetha öffnen konnte, wurde sie jetzt von außen aufgestoßen, und eine ganze Anzahl Soldaten wurde sichtbar, an deren Spitze ein Priester stand.

„Was wünschen Sie?" fragte Elisabetha bestürzt und hastig. „Meine Mutter ist hier am Sterben."

„Verzeihung!" entgegnete der Priester in achtungsvollem Ton und mit einem raschen Blick auf die Kranke. „Wir müssen aber eindringen in Ihr Haus, Signora Valotti. Seine Bischöfliche Heiligkeit und Hoheit von Vasona hat mich gesandt. Hier ist der Befehl unterzeichnet vom Gonfalieri. Er lautet auf Verhaftung des Malers Valotti und seiner Tochter Elisabetha."

Kreszentia stieß einen lauten Schrei des Schreckens aus. Elisabetha wich erschrocken zurück und entfärbte sich, als sie auf die Rolle blickte, die ein großes, gewichtiges Siegel trug. So war es nun schon so weit, daß man auch die Herde verfolgte, nachdem man den Hirten abgeführt hatte? Offenbar befand sich alle Gewalt in den Händen der Arrabiati, und die Signoria war ihr Werkzeug.

Der Priester achtete nicht weiter auf ihren Schrecken. Er schien derartige Szenen gewohnt zu sein; denn er fügte nun mit kühlem Tone hinzu: „Eine halbe Stunde ist jedem Ver=

hafteten Zeit gelassen. Nach deren Verlauf muß ohne Verzug die Abführung in den Palazzo della Signoria erfolgen."

„Wessen klagt man uns an, Signor?" fragte nun Elisabetha erhobenen Hauptes. Sie hatte sich wieder gefaßt; denn der Herr verlieh seiner Magd eine Kraft, die sie vorher nicht gekannt hatte.

„Ei, das ist der Comtessa bekannt", erwiderte der Priester eisig. „Hochverräterische Umtriebe gegen die Kirche erfordern Gegenmaßnahmen. Das Nest ist ausgenommen, und wir werden sorgen, daß auch die Vögel, die davongeflattert sind, gefangen werden. Alles andere wird das Gericht klären."

Kreszentia starrte noch immer wie gebannt auf die Compagnacci, die das Zimmer füllten, und stieß erregt hervor: „Aber dies ist meine Tochter, und ich wünsche sie hier zu haben bis zu meinem Ende. Die Kirche wird doch nicht meine Tochter von meinem Sterbebett wegholen lassen?"

Abermals verneigte sich der Priester tief. Er war voll Höflichkeit, hinter der sich jedoch ein kaltes Herz verbarg. Für das Empfinden der Mutter schien er kein Gefühl zu haben; denn er sagte ruhig: „Signora werden verstehen, daß der Bestand und das Recht der Kirche, die jetzt auf das höchste gefährdet ist, über alles gehen."

„Und das Recht einer Mutter, Signor? Das Recht einer sterbenden Mutter?" Mühsam rangen sich diese Worte aus bebenden Lippen hervor. Krampfhaft verschlangen sich dazu die blassen Hände.

„Die Kirche ist unser aller Mutter, Signora", gab Signor Violi kalt zurück.

„Ich habe der Kirche stets treu gedient, habe ihr soeben noch Gold vermacht, als der Geistliche da war, darum muß das Ganze nur ein Irrtum sein . . ."

Doch der Unerbittliche schüttelte das Haupt. „Die Kirche irrt nie, Signora!" Das war seine ganze Antwort. Verzweifelt blickte die geängstigte Mutter umher. Dann zog sie mit aller Anstrengung einen kostbaren Diamantring von ihrem Finger, streckte ihn dem Priester hin und sagte flehentlich: „Hier, das letzte Opfer, wenn ihr mir mein Kind laßt! Es kann ja nicht sein, daß der Bischof das will. Daß er ..."

Gierigen Blickes betrachtete der Priester den wertvollen Schmuck. Wie gern hätte er ihn an sich genommen! Aber er fürchtete den Zorn des Allgewaltigen und den Verrat der anwesenden Bewaffneten. Darum machte er eine zurückweisende Bewegung und sprach: „Bischof von Vasoni wird den Ring für die Kirche annehmen, und Signora wird dafür des Himmels Freude erben; aber in einer halben Stunde muß ich meinen Befehl ausführen. Die Ausgänge sind bewacht. Der Prozeß gegen Savonarola hat begonnen. Florenz wird in wenigen Tagen aufatmen. Signora aber wollen verzeihen, wenn ich keine Wünsche anhören darf, die meiner Sendung widersprechen." Damit verneigte er sich zum dritten Male und verließ mit seinen Soldaten das Zimmer.

Wortlos starrte Kreszentia ihre Tochter an.

Endlich rief sie unter Wehklagen: „Was hast du getan, mein Kind, daß der Bischof dir zürnt?"

„Ich habe nichts Böses getan, Mutter, als dieses, daß ich an Gott mehr glaube als an die Kirche, und daß ich es sein soll, deren Einfluß Antonio ebenfalls zu einem Anhänger Savonarolas gemacht hat. Und doch ist es die Wahrheit gewesen, die ihn überzeugt und umgestimmt hat."

„Komm her zu mir, Elisabetha!"

Weinend schlang die unglückliche Mutter ihre Arme um die Tochter. Fest drückte sie sie an sich.

„O Elisabetha, bleibe bei mir! Du hast mir den Trost gesagt, den ich haben muß, und sollst mir noch mehr sagen. Sie dürfen dich nicht wegreißen von mir."

Erschüttert kniete das Mädchen aufs neue an ihrem Bette nieder. Sie bedeckte die Hände der Mutter mit Küssen und sagte: „Sie werden es aber doch tun, Signora Mama! Christus aber wird hierbleiben."

„Christus wird hierbleiben? Ja, er ist nicht so unbarmherzig, wie diese Menschen sind. Aber ist das der Lohn, Elisabetha, den die Kirche mir gibt? Ist das der Dank, daß ich ihr alles, alles, selbst — mein gutes Gewissen, geopfert habe? Nein, es ist gewiß ein Irrtum!"

„Es ist kein Irrtum, Signora Mama. Wir kennen den Bischof und den Erzbischof, der einst Antonio das Kreuz geschenkt. Wir kennen den ganzen Klerus von Santa Maria del Fiore und von Santa Maria Novella. Er hat Savonarola den Tod geschworen, abgesehen von den Verfolgungen, die nun über seine Anhänger gehen. Rom ist auf seiner Seite, deshalb hat er das Recht und die Gewalt."

„Wo ist Antonio, Elisabetha? Ist er zu Hause?"

„Ich weiß es nicht. Aber es ist möglich." Fragend blickte sie die Mutter an. Was wollte sie in diesem Augenblick von ihm?

„Ich hörte einmal, wie er auf seiner Meistergeige spielte, und wie du ihn mit einem Liede begleitet hast. Und jenes Lied konnte ich nie vergessen. Im Garten war es, Elisabetha, kurz nach der Zeit, da er mit in San Marco war. Und nun, da ich den bitteren Kelch trinken muß, laß jenes Lied noch einmal erklingen und bitte Antonio!"

Doch Elisabetha schwieg. Sie neigte das Haupt tief auf die Decke der Mutter.

„Nun, meine Tochter?"

„Ich kann nicht, Signora Mama!"

Zögernd sprach sie diese Worte aus, und bittend sah sie auf die Mutter.

„Ich dachte, du liebst ihn", fuhr Kreszentia fort, „und obwohl ich bis heute gegen alles Ketzertum angekämpft, wollte ich euch doch gern meinen Segen geben zu eurer Liebe. Warum willst du ihn nicht holen lassen?"

„Weil ich ihn nicht auch dem Gericht ausliefern will, Signora Mama. Wenn der Priester hören würde, daß er mein Lied begleitet, bald wäre er da mit den Compagnacci, um auch ihn abzuliefern."

Da ließ Kreszentia wieder traurig das Haupt sinken und

blickte traurig zur Decke empor. „Du hast recht, Elisabetha. So ist die wahre Liebe. Doch das Lied? Kannst du es trotz dem Schweren, das auf dich wartet, noch einmal singen?"

Es war keine leichte Aufgabe, jetzt zu singen, wo die Seele zitterte. Allein das Mädchen faltete die Hände, sah hinaus in den Garten, wo die Soldaten unter einem Olivenbaum die Würfel warfen, und sang mit bebender, aber doch klarer Stimme:

O Lamm Gottes, sei gepriesen,
unbeflecktes, teures Lamm,
daß du Gnade uns erwiesen,
da du hingst am Kreuzesstamm!

Daß wir leben, willst du sterben,
und zum Segen wirst du Fluch;
wirst enterbet, daß wir erben,
schreibst uns in das Lebensbuch.

Ja, mit deinem eignen Blute
schreibst du arme Sünder ein,
und dein Herz bricht uns zugute
in der bittren Todespein.

O Lamm Gottes, dich alleine
rühme ich von Herzensgrund;
denn du machst mich also reine,
wie es fordert Gottes Mund.

Sei gesegnet, sei gepriesen,
unbeflecktes, heil'ges Lamm,
daß du Gnade uns erwiesen,
da du hingst am Kreuzesstamm!

Die Stimme bebte, die dieses Lied sang, und doch drang es empor zum Throne Gottes. Die Mutter lag ganz still mit gefalteten Händen da. Schon während des Gesanges war ihr

Atem ruhiger geworden. Als sich Elisabetha jetzt nach ihr umwandte und ihren Namen flüsterte, erhielt sie keine Antwort mehr. Die Augen blieben geschlossen; denn die Seele hatte sich losgerungen, um nach all der vergeblichen Mühe ihres Lebens aus Gnaden selig zu werden. Herbeigerufen von dem Liede, trat nun auch Lorenzo in das Zimmer. Da fand er seine Tochter betend neben einer Toten stehen, und während ihre Lippen inbrünstig sich bewegten, berührten ihre Fingerspitzen die erkaltende Stirn der Mutter, als wollte sie ihr den Segen noch spenden, den die Kirche nicht mehr zu spenden hatte. Wenige Zeit später, nachdem Vater und Tochter ihre Trauerandacht vollendet hatten, trat Signor Violi herein, um die beiden Ketzer in die kalten Gefängnisgewölbe des Palazzo della Signoria abzuführen. Die Tote gewahrend, machte er das Zeichen des Kreuzes über ihrer Stirn und besprengte sie mit geweihtem Wasser. Die Lebenden ließ er von den Compagnacci mit Stricken binden.

„Wie sie es Savonarola gemacht!" sagte Lorenzo traurig.

„Ja, Vater, und wie sie es dem Heiland getan. Aber es ist eine hohe Ehre für uns, so mit ihm zu leiden." Der Priester warf ihnen einen giftigen Blick zu. Seine Lippen murmelten etwas von verstockten Ketzern, für die es keine Rettung mehr geben könne, und gab sodann das Zeichen zum Aufbruch. Die Glocken von Santa Maria Novella riefen die Vesper. Wie fromm klangen diese schönen Kirchenglocken, und doch wie wenig stimmten die Taten der Kirche zu ihrem Klange! Die Glocken mahnten zur Harmonie und Einigkeit, aber die Leiter des Volkes zerrissen es in Parteien, und der grelle Ton ihres Hasses zerstörte den klaren Himmelslaut der Wahrheit, der von San Marco aus über ganz Florenz erklungen war. Ob sie es nicht auch empfanden, die großen Herren, die nun wieder ungestört in Santa Maria del Fiore die Messe zelebrieren konnten? Und ob es das Volk nicht merkte, daß ihre schönste Glocke verstummen mußte, die Glocke der Liebe des treusten Sohnes von Florenz?

15

Das Opfer war nun gefangen, und Savonarola lag in dem Kerkergewölbe der Signoria gebunden. Dort im schauerlichen Halbdunkel, wo er nichts vernahm als des vorübereilenden Arnos Rauschen, sollte er so weit gebracht werden, etwas zu bekennen, das Ursache zum Todesurteil sein möchte. Der schöne Tag von San Marco war zu Ende gegangen und die Nacht gekommen, da er nicht mehr wirken konnte. Auch die beiden Freunde hatte man am zweiten Tage von ihm getrennt. Die Einsamkeit sollte ihn zur Besinnung bringen.

Aber die Einsamkeit war Savonarolas Freundin. Er liebte und kannte sie schon lange, und sie war ihm nicht schrecklich. In ihr schweigendes Ewigkeitsangesicht sagte er seinen Trost und seine Zuversicht. In ihrer rauschenden Stille wiederholte er sein wunderbares Lied, das einst seine Freunde so sehr erquickt. Laut sagte er es auch heute vor sich hin:

Mein Jesus ist die Liebe,
die heil'gen Brand entfacht,
dies Herz, das kalt und trübe,
wie Blumen blühen macht,
nur daß es Tag und Nacht
in Ihm zu glühn sich übe.
Drum, Herz, vom Weltgetriebe
fleug auf zur süßen Liebe!

Herz, fühlst du Todeswunden,
dich heilt sein süßes Wort.
In Ihm hast du gefunden
den sichern, sel'gen Port.
O daß ich fort und fort
in diesem Hafen bliebe!
Herz, fleug vom Weltgetriebe
zu deiner süßen Liebe!

Sei fürder nicht mein eigen –
du Herz in meiner Brust!
Zu Ihm sollst du dich neigen,
die Welt hat wenig Lust;
Trug wär's – mir ist's bewußt –,
wenn ich mich ihr verschriebe.
Herz, fleug vom Weltgetriebe
zu deiner süßen Liebe!

Willst du hier heimisch werden,
bleibt Heimatruh' dir fern;
Sturm herrscht und Streit auf Erden,
Leid ist des Lebens Kern.
Drum laß zum Morgenstern
sich wenden alle Triebe!
Herz, fleug vom Weltgetriebe
zu deiner süßen Liebe!

Laß fahren alle Geister
und halt bei Jesu stand!
Er ist dein Herr und Meister.
Sag, wo ist eine Hand,
die dich zum Vaterland
so sieg'sgewiß erhübe?
Herz, fleug vom Weltgetriebe
zu deiner süßen Liebe!

Schwingt gegen mich die Waffen,
die ihr die Liebe haßt!
Heil muß und Lust mir schaffen
doch eurer Feindschaft Last.
Der Schild, den ich erfaßt,
ist Jesu ew'ge Liebe.
Herz, fleug vom Weltgetriebe
zu deiner süßen Liebe!

Noch war er in inneres Anschauen dieser seiner eigenen Verse versunken, als die Schlüssel draußen rasselten und die Kerkertür aufgestoßen wurde. Heller Fackelschein ließ die Wände rötlich erstrahlen, und vor dem Prior standen seine Richter, der Gonfaloniere Pietro Niccolo Popoleschi, der römische Doctor Romolino, der Dominikanergeneral Joachim Turriano sowie der Inquisitor Giovanni Manetti, nebst einigen Knechten, die in der Folterkammer zu hantieren hatten.

„Wir sind gekommen, um dich zu zwingen, freimütig die Wahrheit zu bekennen", sagte Romolino nach kurzem Gruße. „Lange genug haben die Verhandlungen gedauert. Nun ist die Geduld des Heiligen Vaters wie die der bischöflichen Vikare erschöpft. Zwar die Kirche foltert nicht gern. Sie möchte lieber die Reumütigen entlasten und freilassen, und wenn du heute noch bekennst, daß deine Prophezeiungen und deine Aussagen gegen Rom und alle heiligen Personen der Kirche Irrtümer und Bosheiten waren, so wird es gnädiger ausgehen, als es jetzt den Anschein hat."

Mit strenger Miene sah der päpstliche Legat den Angeklagten an. Desgleichen richteten die übrigen ihre Blicke ernst auf sein Angesicht.

„Irrtümer und Bosheiten? Ich habe nicht geirrt. Ich habe auch nicht aus Bosheit geredet, werte Signoren und Brüder. Die Liebe zur Kirche trieb mich, der Kirche Schäden aufzudecken, wie es Gott mich hieß."

Da trat der Gonfaloniere einen Schritt näher an Savonarola heran. Er legte die Hand auf den Degengriff und erhob sein Haupt in der ganzen Würde des Mannes, der über Florenz stand. „Antworte dem ehrwürdigen Doktor geziemend, da Florenz genug Einbuße erlitten beim Heiligen Vater durch alles, was geschehen ist! Übrigens, Seine Heiligkeit, Alexander der Sechste, verlangt die Auslieferung, wenn erst die Tortur beendigt ist."

„Die Tortur?" Girolamo schauderte zusammen. Er wußte genug von diesen grausamen Mitteln, Geständnisse zu er=

pressen, um nicht zu erschrecken. Seine Augen flogen hinüber zu den Henkersknechten, die derbe Stricke auf ihren Armen trugen.

„Ja, die Tortur, Bruder! Entweder hast du durch ein Wunder zu beweisen, daß alles, was du gelehrt, göttliche Wahrheit war, oder du wirst bekennen wie andere Sünder auch." Der General sprach diese Worte und erhob feierlich die Hand dazu. Gleich ihm drangen nun alle übrigen auf ihn ein und bestürmten ihn mit Fragen aller Art. Da aber nichts aus dem Prior herauszulocken war, schritt man rasch zur Inquisition. Mit starken Seilen wurden Girolamos Arme auf dem Rücken festgeschnürt. Dann zogen die Henkersknechte ihn langsam an anderen Stricken in die Luft, ließen ihn dort frei schweben, bis reißender Schmerz durch alle Glieder raste, ließen ihn nieder, um ihn sogleich wieder emporzuziehen, und versäumten nicht, seine Füße beim Herniederschweben auf glühende Kohlen, die sie in einem eisernen Becken mitgebracht hatten, auftreten zu lassen. Furchtbares Weh durchzuckte den Gefolterten bei der Anwendung dieser Mittel. Kalter Schweiß brach bei ihm aus, und die irren Augen schweiften hilfesuchend von einem der Richter zum andern. War nicht wenigstens einer von ihnen noch ein Mensch, bereit, ein wenig Barmherzigkeit walten zu lassen? Doch nein! Wie aus Eisen gegossen, so starrten die kalten Züge auf ihn und schienen ihn zu verhöhnen bei all seiner Qual. Ja, sie schienen sich zu weiden an dem jammervollen Anblick, und mit Genugtuung stellte Romolino fest, daß der Gepeinigte irre Worte stammelte, die von Reue und Leid zu sagen schienen, und die man sogleich zu Papier brachte. Doch als die Tortur zu Ende war, richtete sich Savonarola wieder auf. Sein dunkles Auge sprühte das alte Feuer, und lebhaft rief er: „Was ich in der Todesangst bekannt oder bekenne, das ist alles falsch. Ich widerrufe nichts; denn ich habe recht gehandelt und geredet. Der Ewige ist mein Zeuge!" Dann sank er ganz erschöpft wieder zusammen; denn die Qualen waren für seinen schwächlichen Körper zu groß gewesen.

Fieberschauer begannen seinen Leib zu durchrieseln und ließen seine Zähne aufeinanderklappern. Das Blut hämmerte in den Schläfen und jagte durch die Pulse. „O Florenz, was habe ich dir getan?" rief er aus und schlug beide Hände vor das Gesicht. „Ich habe dich geliebt, ich habe dein Bestes gesucht, und du läßt mich wie einen Verbrecher quälen. Es ist genug, Herr! So nimm denn meine Seele!" Die Inquisitoren traten beiseite. Dort flüsterten sie geheim untereinander, und der Notarius meinte: „Wir mühen uns vergeblich. Man lege ihm doch die Daumenschrauben an und breche seinen Trotz mit spanischen Stiefeln! Auch ist das Streckbett zu empfehlen bei solch verstocktem Sinne."

Heuchlerisch bemerkte Romolino: „Rom trauert, solche Mittel anwenden zu müssen; denn die Seele der Kirche ist die Barmherzigkeit. Aber was will helfen bei diesem Fratre? Er ist wie vom Teufel besessen. Ich habe noch nie einen solchen Geist gesehen. Und doch muß ich nach Rom berichten, daß wir ihm den Prozeß gemacht haben. Der Heilige Stuhl gibt sich mit nichts anderem zufrieden."

Die genannten Folterwerkzeuge wurden geholt und Savonarola vor die Augen gehalten. Grimmig fuhr der Inquisitor ihn an: „Treibe es nicht auf die Spitze; denn noch sind unsere Mittel nicht erschöpft. Bekenne rückhaltlos, sonst sprengen wir dir die Daumennägel auf und lüpfen dir die Zunge mit Schwefel, der flüssig gemacht worden ist. Du zwingst das Gericht selber, solche Mittel anzuwenden, die es verabscheut."

Mitleidig sah ihn Girolamo an: „O Giovanni Manetti! Verabscheut das Gericht und die Kirche diese Mittel, warum wendet es sie an? Ist das noch christlich, solche Qualen zu verursachen? Nein, das ist mehr als heidnisch, das nenne ich teuflisch! Töten mögt ihr mich, aber zwingen, die Wahrheit zu widerrufen, könnt ihr mich nicht. Christus wird mich standhaft machen, er, der am Kreuze hing. Was ich schon widerrufen, gilt nicht."

Ein grausamer Schlag ins Gesicht war die Antwort auf

diese Worte. Dann wurde dem unglücklichen und doch so glücklichen Prior verkündigt, daß die Tortur alle Tage andauern werde.

„So werde ich alle Tage für euch beten, daß der Herr euch diese große Sünde vergebe."

„Spotte nicht!" verwies ihn Romolino streng. Dann kehrte er ihm stolz den Rücken und wandte sich der Tür zu, um zu gehen. Während er mit den andern Signori die Treppe emporstieg, sagte er finster: „Wir treiben es viel zu lange mit ihm. Hat nicht der Papst schon lange in einem neuen Breve völlige Absolution erteilt in allen Sachen des Fratre? Auf, machen wir ihm doch den Prozeß durch einen fertigen Urteilsspruch, oder liefert ihn mir aus, daß ich ihn gen Rom bringe! Dort wird er bekennen, so wahr Santa Petri steht. Die Florenzer sind immer noch bezaubert von dem Narren, der sie ins Unglück gebracht."

„Nach Rom kommt er nimmermehr", erwiderte der Gonfaloniere. „Savonarola ist im Besitz aller wichtigen Staatsgeheimnisse von Florenz, und deshalb muß er in Florenz gerichtet werden. Aber, meine Signori, bringen wir es durch die Tortur nicht zustande, so müssen wir einen anderen Weg finden."

„Jawohl, einen anderen Weg und diesen der Tortur!" rief Manetti lebhaft und eifernd aus. „Oder soll uns dieser Mönch trotzen bis zum Tode?"

Sie begaben sich ins Ratszimmer der Signoria, um dort ihre Beratungen fortzusetzen und den Weg der gefälschten Prozeßakten gangbar zu machen, auf Grund deren ihm der Garaus gemacht werden sollte. Triumphierende Freude glänzte dabei aus den schwarzen Augen Romolinos, und die Vorschläge fanden seine volle Zustimmung. Hatte sich doch der Notarius Francesco Ceccone bereit erklärt, gegen 400 Scudi die Prozeßakten zu fälschen. Was wußte Florenz, und was wußte die Welt davon? Rom freilich durfte, Rom sollte es wissen; denn von dort erwartete der erbärmliche Wicht noch besseren Lohn, als ihn die Dieci di liberta mit den beiden Canonici Ruccelai und Arnoldi versprachen. So wurden die Fäden der Lüge und des schändlichsten Verrates gewoben aus Anklagen, deren plumpe Unwahrhaftigkeit sogleich ins Auge sprang. Denn daß er den Leuten nicht konsekrierte Hostien gegeben, daß er Unzucht getrieben und seit zwanzig Jahren dennoch keine Todsünde gebeichtet hatte, wurde jetzt neben anderen Schauermärchen aufgetischt, damit das Zeugnis „übereinstimme". So spannen oben List und Verrat, Lüge und Haß die Fäden. Drunten aber im Martergewölbe saß Savonarola und schrieb köstliche Worte auf sein Pergament. Es waren die unvergeßlichen Auslegungen des 51. und 31. Psalms, die er als ein unvergängliches Denkmal seines Zeugenmutes niederschrieb, während die Tinte sich mit seinen Tränen vermischte und Gebet und Seufzen seine Feder führten.

Herrlich klangen diese Worte den Christen aller Zeiten ins Ohr; mit Schrecken aber mußten die Feinde es lesen, was jene Pergamente kündeten, die er im Düster unheimlicher Gefängnisse schrieb, während er durch dicke Eisenstäbe von Florenz getrennt war: „Jammer hat mich umgeben und wie mit einem starken Heere umschanzt. Tag und Nacht hört man nicht auf, wider mich zu streiten. Meine Freunde sind in das Lager der Feinde übergegangen. Alles, was ich sehe und höre, trägt mir die Farbe der Traurigkeit zu. Die Erinnerung an meine Freunde und geistlichen Söhne betrübt mich, der Rückblick auf meine Zelle in San Marco beengt mich, die Beschäftigung mit den Studien schmerzt mich, der Gedanke an meine Sünden drückt mich nieder. So wie denen, die am Fieber leiden, alles Süße bitter scheint, so wandelt sich mir alles in Kummer und Gram. Ach, ich habe eine große Last auf dem Herzen! Das Schlangengift murrt wider Gott, hört nicht auf zu lästern, rät zur Verzweiflung. Ich unglückseliger Mensch, wer wird mich aus den Händen des Widersachers reißen? Wer für mich streiten, mich schützen, mir helfen? Wohin soll ich fliehen? Doch ich weiß, was ich tun will: ich fliehe zum Unsichtbaren und führe diesen als ein Heer wider alles Sichtbare auf. Und wer ist der Heerführer? Die Hoffnung ist es, die wider den Gram streiten und ihn überwinden wird. Höre, was der Prophet sagt: Du, Herr, bist meine Zuversicht und meine Burg, mein Gott, auf den ich hoffe. Wer kann wider den Herrn stehen? Wer kann seine hohe Burg erstürmen, darein er unsere Zuversicht gesetzt hat? Siehe, da kommt er und bringt die Freude mit, lehrt mich streiten und sagt mir: Rufe getrost! Schone nicht! Was soll ich rufen? Sprich, sagt er, zuversichtlich von ganzem Herzen: Herr, auf dich habe ich getraut, laß mich nimmermehr zuschanden werden, errette mich durch deine Gerechtigkeit! Ja, nun kommt der Trost. So laß denn die Sorge mit all ihrem Heer andringen, laß die Welt sich wider mich setzen, laß die Welt sich wider mich erheben; ich traue auf Gott, meine Zuflucht ist bei dem Höchsten. Auf dich, Herr, habe ich getraut!"

Wenn er sich so selbst Mut zugesprochen hatte, dann wichen alle Schmerzen, die zuvor den gebrechlichen Leib durchtobt hatten. Dann ging er, der durch die innere und äußere Hölle mußte, auch durch seinen Himmel, und ihm war, als stiegen die heiligen Engel Gottes auf goldener Leiter herab in sein Grabgewölbe, um ihn zu trösten und zu segnen.

Und so war es auch. Sie trösteten und stärkten ihn, und er hatte es nötig.

Sein Tod war beschlossene Sache bei den grimmigen Hassern der Wahrheit und bei allen, die der Kirche Herrlichkeit über die Wahrheit stellten. Als Romolino in dem Palaste San Pier Schieraggio, den man aufs herrlichste gerichtet hatte, abgestiegen war und ihn einige der Arrabiati besuchten, sagte er zu ihnen: „Wir werden einen herrlichen Scheiterhaufen aufrichten; denn ich habe das Urteil der Exekution (la sententia formala) schon bei mir." Und als ein besonderer Feind der Wahrheit Romolinos Aufmerksamkeit auch auf Dominico lenkte und empfahl, ihm keine Gnade zu schenken, entgegnete der Römer: „Wohlan, einen Bruder mehr oder weniger, darauf kommt es nicht an; er soll mit den anderen sterben." Das war die Liebe, die zu vertreten der edle Herr gekommen war, ... la sententia formala unterschrieb den Prozeß, noch ehe er geführt war. Schon hatten Martern, Hunger und Schlaflosigkeit den Prior von San Marco aufs äußerste erschöpft und aufgerieben, und dennoch stürzte sich dieser Tiger von Rom noch einmal auf sein Opfer. Abermals schlug er Gewissen und Menschlichkeit ins Angesicht, abermals ließ er unter einem Strom von Droh- und Schmähreden den auf die Folter strecken, der in Florenz jahrelang von Haus zu Haus gegangen, um Trost, Liebe und Frieden zu verbreiten, und dessen machtvolle Verkündigung arme Seelen von der Folter des bösen Gewissens befreit hatte. Zitternd vor Weh und Qual bekannte Savonarola aufs neue, geirrt zu haben, um nach Aufhören der unmenschlichen Tortur aufs neue zu erklären, daß er fest bei der Wahrheit bleibe. Und als Antwort auf sein treues Beharren bei dem Worte der Wahrheit, von der ihn nur wahnsinnige Schmerzen in Augenblicken der seelischen Verwirrung für kurze Zeit wegdrängen konnten, schrieb die Feder der Lüge in den Prozeß, Savonarola habe gesagt, wenn man ihm die Papstwürde antragen würde, so würde er sie wohl annehmen. Das nannte man: die Wahrheit ans Licht bringen.

16

Im Palast Signoria, wo sich neben den Ratssälen auch die Wohnungen der geistlichen Würdenträger von Florenz befanden, saß der Erzbischof in seinem Gemach. Weiche Teppiche dämpften die Schritte des hin- und hereilenden Kirchenfürsten. Ein großes goldenes Kreuz, mit funkelnden Rubinen besetzt, schmückte heute seine Brust, und er trug Empfangstracht. Ja, er hatte viel zu tun jetzt, wo es galt, das ganze Spiel gegen Savonarola zu Ende zu führen. Diener gingen ab und zu und brachten versiegelte Briefe. Er erbrach sie, las zufrieden ihren Inhalt und gab kurz und bündig Rückantwort. Geistliche Herren von Florenz meldeten sich zur Audienz, und eben erst hatte er den Bischof von Vasona, Benedetto de Pagagnotti, entlassen.

War dieser noch zaudernd, weil er selbst einst Dominikaner gewesen war zu San Marco, so wußte der Erzbischof alle Bedenken zu zerstreuen. „Wir müssen mit Rom wieder in das alte Verhältnis kommen", sagte er bestimmt. „Alexander der Sechste wünscht zu wissen, wie wir zu ihm stehen, und wir werden ihm den Bescheid, denke ich, nicht schuldig bleiben." Darauf hatte der Amtsbruder sich gefügt.

Jetzt wurde auch Violi gemeldet.

„Violi schon, das läßt sich hören. Ja, man darf ihn nur senden." Der Erzbischof schmunzelte. Selten huschte ein solches Lächeln über sein hageres Gesicht, aus dem die Adlernase scharf hervorsprang und ein paar graue Augen kalt, aber schlau hervorfunkelten.

„Man führe Violi herein." Er erschien und küßte der Hoheit mit tiefer Verneigung beide Hände.

„Nun, ist es gelungen?" fragte der hohe Herr gnädig. Forschend blickte er auf Violis unterwürfiges Gesicht.

„Vortrefflich, ehrwürdiger Vater! Die Madonna gab Gelingen, und die beiden Ketzer stehen draußen in der Vorhalle. Ich ließ sie beide binden, weil ich fürchten mußte, daß ein Fluchtversuch nicht ausgeschlossen sei."

„Ganz recht, Freund Violi, vortrefflich und nach meiner Meinung! Doch ehe ihr mir die Ketzer vorführt, hier eure Belohnung! Die heilige Kirche will nichts umsonst haben. Noch vor einer Stunde brachte mir Signor de Bigoni den letzten Willen einer sterbenden Tochter der Kirche, daraus ich entnehme, daß es ihr Wohlgefallen ist, wenn ich euch für die Bestreitung der notwendigsten Lebensbedürfnisse diese Kleinigkeit reiche." Somit entnahm er der Ebenholzschatulle Kreszentias eine Summe Goldes und reichte sie dem Priester dar. Pflichtschuldigst weigerte sich dieser. Aber sein Vorgesetzter wußte zu befehlen und Violi zu gehorchen. Er erkannte es als seine heilige Pflicht, das Geschenk anzunehmen, und ließ das Gold in einer Falte des Gewandes verschwinden.

„Und es gab keinen Widerstand irgendwelcher Art?"

„Nicht den geringsten. Doch daß ich es recht sage, die Mutter des Mädchens war krank und wollte es dort behalten."

„Ah, die Mutter? Nun, sie meinte nicht, was göttlich, sondern was menschlich war, Violi."

„Als wir gingen, war sie übrigens schon gestorben."

„Recht so! Man kann ihr nur gratulieren, wenn sie recht gestorben ist. Hörte ich recht, sie war getreu?"

„Ja, bis zuletzt! Die heilige Ölung wurde zu rechter Zeit verabreicht, und ich selbst nahm an der Toten noch die letzte Weihe vor."

Der Erzbischof nickte beifällig. „Schön, so wäre alles in Ordnung?"

„Alles, ehrwürdiger Vater!" Violi verneigte sich, indes ihm der Vorgesetzte wieder die Hand zum Kusse reichte.

„Führt das Mädchen herein! Den Vater will ich erst morgen sehen. Doch hören Sie, Signor, man soll das Kind freundlich behandeln. Ich zweifle nicht, daß wir es bald bekehrt haben. Bei dem alten Ketzer werden freilich auch Kerkermauern nicht zum Ziele führen. Ich kenne diese Sorte!"

Als der Priester verschwunden war, rieb sich der Erzbischof vergnügt die Hände. „Wieder ein guter Fang", murmelte er. „Es geht alles Schlag auf Schlag. Savonarola ist zum Tode verurteilt, und nun fallen uns auch seine Nachbeter in die Hände. Bald wird der ganze Brand zertreten sein, und wir haben wieder gute Ruhe. Man darf solche Geschichten in Zukunft nicht so weit gedeihen lassen, das ist meine Meinung."

Nach diesem Selbstgespräch meldete sich Violi mit Elisabetha.

„Nur herein!"

Der Erzbischof unterbrach seine Wanderung. Ruhigen Auges musterte er die Gefangene. Das edle und reine Gesicht Elisabethas verfehlte nicht, tiefen Eindruck auf ihn zu machen.

„Wie heißt du, mein Kind?" fragte er leutselig.

„Elisabetha Valotti!"

„Ah, Valotti, deine Mutter war eine Medici. Doch weißt du auch, vor wem du stehst? Warum gibst du nicht den Handkuß?"

Keine Antwort erfolgte. „Nun?“ fragte der Kirchenfürst etwas dringlicher.

„Weil ich als Gefangene hier stehe, und weil ich eine Anhängerin Savonarolas bin.“

„Oho, so wagst du mir zu trotzen? Du hast deine Rolle gut einstudiert. Weißt du nicht, daß ich der oberste Diener der Kirche in Florenz und ein Freund des hochwürdigen Doctors Romolino bin, welcher ein Freund Seiner Heiligkeit des Papstes ist? Und weißt du nicht, daß ich Macht habe, dich zu töten?“

„Mein Leben steht in Gottes Hand, Signor!“

„Ganz recht! Und Gott hat es in meine Hand gegeben. Wenn ich will, kann ich dich heute noch freilassen. Ich will dir auch verraten, daß ich dies im Sinn habe. Nur muß ich eine Bedingung daran knüpfen.“

Lauernd betrachtete der Erzbischof Elisabethas Gesicht. Er fand offenbar Gefallen an ihr; denn er fuhr noch freundlicher als seither fort: „Es ist mir bekannt, daß die Jugend oft dumme Streiche macht, die sie dann später wieder bereut. So ein Jugendstreich ist natürlich auch deine ganze Ketzerei. Nun gebe ich dir einen väterlichen Rat. Laß all das törichte Zeug fahren und kehre einfach und reuig als büßende Sünderin in den Schoß der Kirche zurück! Und weil deine selige Mutter eine so treue Tochter der Kirche war, will ich dir die Buße leicht machen.“ Er schritt in eine Ecke des Saales und schlug an der Wand einen kleinen, weißseidenen Vorhang zurück. Dahinter stand eine kleine Marienstatue aus karrarischem Marmor, die auf dem Haupte ein Krönlein von echtem Golde trug. Zu den Füßen des Kunstwerks lag eine große Muschel, in der sich geweihtes Wasser befand.

„Hier komm her, meine Tochter!“ sagte der Erzbischof. „Siehst du dieses Weihwasser? Die ganze Buße soll darin bestehen, daß du mit einem Finger das geweihte Naß im Zeichen des Kreuzes an deine Stirn führst. Tust du dies ohne Weigern, so bist du frei. Nicht nur das! Ich werde mich dann deiner auch freundlich annehmen und vielleicht sogar deinen Vater mit freigeben. Weigerst du dich aber, so vermag ich dir nicht zu helfen; denn in diesem Falle schreibt mir die heilige Kirche vor, dich mit allem Nachdruck zu strafen, und worin diese Strafe besteht, das kostet jetzt schon der Prior von San Marco in der ganzen Schärfe aus."

Erwartungsvoll sah er seine Gefangene an und winkte ihr freundlich mit der Hand, an der ein kostbarer Ring blitzte.

Elisabetha stand unbeweglich. Ihr Spitzentuch war zur Erde gesunken, aber sie bückte sich nicht darnach. Ja, sie schien selbst aus Marmor gehauen zu sein, und es war nicht nur die Ebenmäßigkeit ihres Angesichts, die daran gemahnte, sondern auch seine Blässe.

„Nun, meine Tochter, du zögerst noch? Besinne dich nicht zu lange! Das Gute muß man tun, wenn man zum erstenmal dazu aufgefordert wird."

„Ich kann das nicht tun", antwortete jetzt Elisabetha leise, aber fest.

„Ei, siehe da! Warum denn nicht, wenn ich fragen darf? Glaubst du, im Trotze liege des Glaubens Stärke?" Des Erzbischofs Züge wurden bedeutend ernster.

„Weil ich darin keinen wahren Gottesdienst sehen kann", gab das Mädchen nun zurück. Der Erzbischof verschränkte die Arme. Die Sonne, die durch die blausamtenen Vorhänge hereinblickte, ließ das Kreuz auf seiner Brust hell aufleuchten, und die Rubinen warfen dunkelrote Strahlen zurück.

„Das ist Irrlehre, die dich verwirrt hat. Es ist alles Gottesdienst, was man mit gläubigem Herzen tut. Übrigens, was glaubst du denn, wenn du nicht mehr an die Kirche und ihre heiligen Gebräuche glauben willst? Es soll mich wundern, was du dir zurechtgemacht hast in deinem jungen Köpfchen." So recht im Bewußtsein seiner hohen Würde, seines gewaltigen Wissens und seiner unbeschränkten Macht sah der Erzbischof das kühne Mädchen an.

„Ich glaube an Christus, den wahren Herrn der Kirche, und

an die Lehre seiner lieben Apostel!" Ein freudiger Blick aus den tiefen Augen begleitete dieses Glaubensbekenntnis.

„Ich auch!" erwiderte der Richter Elisabethas schlau lächelnd. „Wo ist denn nun der Unterschied zwischen dem, was du glaubst, und dem, was ich glaube?"

Elisabetha besann sich einen Augenblick. Dann erwiderte sie furchtlos: „Signor glauben daran, weil Sie an die Kirche glauben, die sich zum Scheine darauf stützt, ich aber, weil ich gelernt habe, den Heiland mehr zu lieben als die äußere Kirche."

„Köstlich, wirklich köstlich! Das nennt man verblendet sein, in der Tat. Aber belehre mich nur weiter, du Kluge; wo ist denn nun der Unterschied zwischen unserer Kirche und dem Christus, an den zu glauben du vorgibst, meine Tochter?" Er redete immer noch freundlich, und keine Bewegung seiner scharf geschnittenen Züge verriet, was in seinem Innern eigentlich vorging.

„Der Unterschied ist riesengroß, Signor. Christus war arm, ganz arm – die Kirche aber ist reich, sehr reich. Christus liebte die Einfachheit, die Kirche von heute liebt den Prunk und den äußeren Glanz, wie auch Savonarola gepredigt hat. Christus erklärte die Wahrheit; aber die Kirche verhüllt sie durch Weihrauch, durch schöne Gewänder, durch lateinische Messen und durch ihr Streben nach Gewalt und weltlicher Macht. Und" – kühn schaute sie dem Gewaltigen ins düsterer werdende Auge – „Christus wurde gefangen; die Kirche aber nimmt gefangen. Christus starb für die Menschen; die Kirche aber läßt die Menschen für sich sterben."

Der Erzbischof horchte hoch auf. Solche Worte hatte er aus dem Munde dieses Mädchens nicht erwartet. Es interessierte ihn, noch mehr zu vernehmen, und deshalb fragte er weiter: „Du hast dir die Antworten gut gemerkt, als der Verführer noch predigte. Sage mir nun aber, worin der Unterschied bestehen soll zwischen den Aposteln und den heutigen Lehrern und Leitern der Herde Christi?"

Elisabetha bemerkte den lauernden Ausdruck seiner harten Augen; sie fuhr aber furchtlos fort:

„Er ist gerade so groß, Herr Bischof. Denn die ersten Apostel und Jünger besaßen nichts auf dieser Welt, und ihr Reichtum war im Himmel, weshalb auch Paulus schreibt: ‚Unser Wandel ist im Himmel.‘ Die Lehrer und Priester von heute aber sind nicht nur reich, sondern sie wollen sich immer noch mehr Schätze sammeln auf dieser Erde. Sie wandern nicht in heiliger Armut von einem Ort zum andern, sondern wohnen in Marmorpalästen, in prachtvollen Gemächern. Sie predigen nicht das Kreuz, sondern tragen es in Gold und Edelsteinen auf der Brust. Sie sind nicht verachtet und verfolgt, sondern geehrt und angesehen."

„Genug, genug der Lästerungen!" rief der Erzbischof zürnend aus. „Mit all diesen Worten hast du nicht nur im Sinn, die Kirche zu verspotten, sondern auch mich und die ehrwürdige Geistlichkeit zu verachten. Ich sehe, Mädchen, daß du dem Gericht der Verstockung schon zu einem guten Teil verfallen bist. So magst du auch die Folgen tragen. Nur das will ich noch von dir wissen, was du über den Heiligen Vater in Rom selbst zu sagen hast. Es wird freilich dasselbe sein, was auch dein und euer Lehrmeister zu sagen sich erkühnt."

Elisabetha fühlte die Schwere dieser Frage wohl. Von ihrer Beantwortung hing viel, vielleicht ihr Leben selber ab. Darum schwieg sie zunächst. Als aber der Erzbischof in sie drang zu reden, gab sie zuletzt die Antwort: „Savonarola sagt: Der Papst in Rom hat mit Petrus nichts gemein. Der Fels, auf den der Herr seine Gemeinde hat bauen wollen, hat sich am ersten Pfingsttage bewährt. Im übrigen ist Christus selber der Grund- und Eckstein seiner Gemeinde. Und wer sich an seine Stelle drängt, der schiebt ihn beiseite."

„So, sagt das Savonarola? Und ihr sprecht es ihm gehorsam nach. Doch nun genug des Verhörs! Noch einmal frage ich dich: Willst du das Zeichen des Kreuzes schlagen, wie ich es von dir gefordert habe?"

Er trat ihr mit drohenden Augen einen Schritt näher.

„Nein, Signor!"

„Auch gut! ‚Ihr habt nicht gewollt!' Das mußte Christus, den du immer im Munde führst, schon in Jerusalem sagen."

Er trat an seinen Schreibtisch und gab mit einer kleinen, goldenen Glocke ein Zeichen. Violi erschien und erhielt den Befehl, Elisabetha abzuführen. Innerlich frohlockend folgte ihm diese. Sie hatte so sehr gebebt vor diesem Verhör, und nun waren ihr die Worte nur so zugeflossen, und alle Furcht war geschwunden gewesen. Der Herr, der ihr geholfen hatte, würde auch mitgehen in das Gefängnis.

Die Stufen, die sie hinabsteigen mußten, führten unter die Erde. Die Gänge dort unten waren feucht, und modrige Luft schlug ihr entgegen. Schauerlich dumpf hallten die Schritte auf dem schlüpfrigen Boden, und schauerlich klang das Knarren der schweren, mit Rost beschlagenen Tür, die Violi öffnete. Das Gemäuer, das sich hier zu einem Verließ erweiterte, war wie ein Grab. Eine einzige Luftluke führte nach oben und gab eine schwache Helle in den dumpfen Raum.

„Du hast die Ehre, an dem Ort zu sein, wo Savonarola in den ersten Tagen der Gefangenschaft weilte", sagte der Priester spöttisch. „So gehab dich denn wohl und laß dir die Zeit nicht zu lang werden! In der Einsamkeit können dir am Ende schon noch die rechten Bußgedanken kommen, und du siehst ein, wie wahnwitzig der Irrtum ist. Ich an deiner Stelle hätte dem Heiligen Vater nicht widerstanden. Er ist sehr milde gegen Rechtgläubige und die Liebe selber, wenn man ihn versteht und nicht durch trotzigen Eigensinn reizt."

„Die Liebe selber war nur einer, ... der Herr!" Gefaßt gab Elisabetha diese Worte zurück. Aber ihr Inneres erschauerte vor diesem entsetzlichen Kerker, und ihr junges Leben sträubte sich, hier lebendig begraben zu werden. Doch sie durfte auch jetzt nicht schwach oder weich werden. Violi leuchtete mit der Fackel in eine Ecke des Gefängnisses, wo ein Häuflein Stroh die Stelle des Bettes vertrat und murmelte: „Alles gerichtet!"

Dann sagte er laut: „Zu lange wirst du nicht hier sein im Palazzo della Signoria. Die heiligen Gerichte arbeiten rasch, und die Sache drängt auf Entscheidung. Darum laß allen Widerstand oder alle Hoffnung fahren! Auch über diesen Mauern steht sonst geschrieben, was Dante, unser großer Mitbürger, über der Hölle Pforten geschrieben sah: ‚Laßt alle Hoffnung fahren, die ihr zu diesen Toren eingeht!' Die Madonna erleuchte dich zu rechter Zeit!" Damit wandte er sich. Die Tür fiel hart ins Schloß, und die Dunkelheit umgab die Gefangene mit ihrem trüben Schleier. Einen Augenblick hörte sie noch die sich entfernenden Schritte des Priesters, dann trat Stille ein. Nur die Gewässer des Arnos rauschten eine dumpfe Melodie aus der Ferne zu ihr her. Sie war in den eisernen Händen Roms.

Zitternd sank Elisabetha auf das Strohlager nieder. War das alles denn Wirklichkeit, oder war es nicht doch nur ein schwerer Traum, aus dem es ein seliges Erwachen geben konnte? Doch nein! Hier rann ja das Wasser von den schlüpfrigen Wänden, hier raunte ihr eine dunkle Einsamkeit ins Ohr: Das hast du nun von deinem Glauben und deinem Widerstand! Nie wieder wirst du die lachenden Blumen und Früchte des Gartens schauen, nie wieder an Italiens herrlichem Himmel dich erquicken! Aber dieser Stimme der Verzagtheit antwortete eine andere gar mild und bestimmt zugleich: „Fürchte dich nicht! Ich bin mit dir! Ich helfe dir auch, alles zu überwinden, was kommen mag; denn meine Kraft ist in den Schwachen mächtig." Da faltete sie ihre Hände zu ihrem ersten Gebet im Gefängnis und suchte Trost bei dem, der auch hier gegenwärtig war mit seinem Frieden, den die Welt nicht geben, aber auch nicht nehmen kann. –

Wie ein Blitzstrahl aus blauem Himmel traf Antonio die Nachricht: „Elisabetha ist verhaftet und in den Palast des Erzbischofs abgeführt worden." Keine Botschaft hätte ihn mehr niederschmettern, schmerzlicher treffen können. Wie gelähmt stand er einige Tage unter dem Eindruck dieser Botschaft. Dazu kam noch die andere, daß auch Savonarola nicht mehr frei sei, und daß er vielleicht bald schon sein herrliches Zeugnis mit dem Tode zu besiegeln haben werde. Ganz Florenz befand sich in fieberhafter Aufregung. Man tuschelte sich den nahen Ausbruch des Bürgerkrieges ins Ohr, rüstete Waffen oder packte seine Habseligkeiten zusammen, um sofort fliehen zu können. Auch Antonios Eltern befanden sich in erneuter schwerer Sorge.

„Du mußt fort von hier, Antonio", sagte der Vater am 22. Mai, am zehnten Tag nach dem Kundwerden der Verhaftung Elisabethas, zu ihm. „Soeben hörte ich von Balastrini, daß man in der ganzen Stadt nach Anhängern Savonarolas fahnde, und daß keiner auch nur einen Augenblick sicher sei. Die geheimen Gefängnisse seien angefüllt mit Leuten aller Art, die Rom für kirchenfeindlich und deshalb auch für gefährlich befunden habe."

„Ich kann aber Florenz nicht verlassen, Vater", erwiderte er bestimmt. „Und ob mir auch der Tod drohen würde, niemals kann ich die Stadt verlassen, in deren Mauern sie schmachtet, die mir ..."

„Ich verstehe es", entgegnete der Vater tiefernst. „Aber du hast nicht nur an Elisabetha, sondern vor allem an deine alten Eltern zu denken. Uns bist du es schuldig, dich in Sicherheit zu bringen und nicht zu warten, bis die Diener der Kirche dich erhascht haben." Bei diesen Worten kam auch die Mutter auf ihn zu. Sie schlang den Arm um seinen Hals und sah ihn mit ihren treuen Augen bittend an. „Ja, Antonio, laß dich bitten! Verlasse uns, bis alles vorüber ist! Sieh, wir würden es nicht überleben, daß du gefangengenommen würdest. Diesmal wird Onkel Philippo dich gut zu verbergen wissen."

Die sorgende, herzliche Mutterliebe überwältigte ihn ganz, und doch vermochte er ihr das zustimmende Wort nicht zu erteilen.

„Nur eines will ich noch versuchen, teure Mutter", gab er bittend zurück. „Schenkt mir Vertrauen, daß ich auf mein

Leben bedacht bin; aber laßt mir auch die Freiheit, für Elisabetha alles zu wagen, was ich wagen kann!"

„Zu wagen, Antonio?" Angstvoll stieß es die Mutter hervor. Was wollte er nur wagen, wo doch nichts zu wagen war als das Leben? Oder glaubte er das Herz des Kardinals umzustimmen? „Antonio, der Kardinal läßt sich nicht erbitten von einem jungen Manne", sagte der Vater mit steigendem Ernst. „Ich weiß es, daß er in seinen Entschlüssen unbeugsam ist. Laß darum alles vergebliche Flehen! Und wenn du nicht nach Salino willst, so wollen wir dich im Hause verstecken, so gut es geht. Aber bleibe hier!"

„Vater! Verlangt nichts Unmögliches von mir! Ich werde den Kardinal nicht nur bitten, ich werde ihm einen Vorschlag machen, auf den er eingeht. Hört! Seine Tochter Beatrice wünscht sich nichts so sehnlich als meine Meistergeige. Sie sagte zu mir, daß ihr Vater jede Summe Goldes dafür gebe, wenn ich sie ihr abtreten würde. Aber sie ist mir ja nicht feil, nicht um alles Gold der Erde. Das Holz, das ich dafür gefunden, es findet sich kein zweites Mal. Nur einen Preis gibt es, um den ich ... bereit bin, die Geige zu opfern. Dieser Preis ist Euch nicht unbekannt." Tiefatmend hatte er diese Worte herausgestoßen. Der Vater und die Mutter merkten wohl, daß seine Seele darin lag. Der Mutter wurden die Augen feucht, und der Vater wandte sich ab, um seine Rührung zu verbergen. Er allein konnte ermessen, von welcher Größe das Opfer war. Endlich sagte er bewegten Herzens: „Antonio, du bist edler Gesinnung. Der arme Mönch hat es doch nicht vermocht, dir den Edelsinn zu rauben, der aus dem rechten Glauben quillt. So gehe denn und gehe unter dem hohen Schirm der Heiligen und der allerseligsten Mutter Gottes! Die Engel mögen dich geleiten und heil und gesund wieder in unsere Arme zurückführen. Vielleicht gelingt dein hoher Plan, und du führst dein Mädchen zurück. Sei aber vorsichtig bis aufs äußerste in all deinen Äußerungen, hörst du? Gib dich in allen Stücken als ein getreuer Sohn der Kirche ... um deiner alten Eltern willen, die nur einen Sohn haben, vor allem um deiner Mutter willen, die gebrochenen Herzens sterben würde, wenn du nicht mehr kämst!"

Da küßte Antonio voll heißer Dankbarkeit des Vaters Hände und umarmte die Mutter. „Unnötigerweise werde ich gewiß nichts sagen. Aber freilich, verleugnen, während ich die befreien will, die nicht verleugnet hat, das kann ich auch nicht." Mit nassen Augen segnete ihn die Mutter. Dann eilte er auf sein Zimmerchen, um den größten Schatz seines Lebens zu holen. Vorsichtig wickelte er seine Geige in ein seidenes Tuch, auf das die Mutter mit Goldfäden die Worte: Soli deo gloria! gestickt hatte. Ehe er das Gemach verließ, warf er sich vor dem Herrn nieder und bat ihn mit heißen Worten um das Gelingen des Planes. Dann verließ er die Behausung, jedoch nicht, ohne einen großen, prächtigen Oleanderzweig abgebrochen zu haben, den er, falls es glücken sollte, Elisabetha zustecken wollte.

17

Der Erzbischof hatte vornehmen Besuch an diesem Tage. Verschiedene Amtsbrüder von Venedig, Bologna und Cremona waren gekommen. Alle diese Herren saßen oben bei einer Flasche neapolitanischen Weines, als der Diener einen jungen Mann meldete, der den ehrwürdigen Herrn Kardinal dringend zu sprechen wünsche.

„So dringend? Alles wünscht jetzt dringende Gespräche", erwiderte der Gewaltige halb scherzhaft, halb ärgerlich. „Wer ist denn dieser Jüngling?"

„Es ist der Meistergeiger von Santa Maria, Euer Bischöfliche Gnaden", versetzte der Diener.

Da veränderte sich des Herren Miene. Heitere Laune trat an Stelle der Verstimmung. „Das ist etwas anderes, Augustino. Diesen mußt du unter allen Umständen hereinführen. Hat er seine Geige bei sich?"

„Ich glaube, ja, ehrwürdiger Vater!"

„Vortrefflich! So haben die Signori Gelegenheit, ein Instrument zu hören, wie gegenwärtig in ganz Italien kein zweites erklingt. Auf denn, er möge sogleich eintreten!" Alle Anwesenden schauten gespannt nach der Tür. Sie öffnete sich, und Antonio verneigte sich tief vor dem Erzbischof. Als er die vielen kostbaren Gewänder sah, wurde er verwirrt und unsicher; aber der Erzbischof streckte ihm sogleich voll väterlicher Freundlichkeit die Hand entgegen, an der ein großer Saphir funkelte. Antonio küßte sie unter abermaliger Verneigung. Die herablassende Freundlichkeit des Kirchenfürsten machte ihm Mut.

„Vortrefflich, Signor Polevino! Zu einer günstigeren Stunde hätten Sie nicht eintreffen können als heute, wo die Kirche morgen einen hohen Festtag feiert und wir deshalb für Musik und Gesang ein geneigtes Ohr haben werden. Oder führt Sie noch etwas anderes her als der Wunsch, uns eines zu spielen, daß uns der Lacrimae Christi besser schmeckt? Hier, trinken Sie aus meinem eigenen Glase, der Tropfen ist vorzüglich und von der Sorte Ihrer Geige!" Er schenkte rasch das Glas voll und reichte es Antonio hin. Unsicher ergriff es der Jüngling. Er fühlte seine Hand zittern, als er am Weine nippte, und sein Herz schlug heftiger als zuvor.

„Nicht wahr, er hat Feuer? Das wird man nachher an der Bogenführung merken." Freundlich nickte er Antonio noch einmal zu und ließ sich dann auf dem blausamtenen Polster nieder, um behaglich ruhend die herrliche Musik zu genießen. „Zuerst einen Vortrag, Signor Polevino, und dann die Bitte! Ich wenigstens würde es so machen; denn nach solchen Klängen ist man zu allem bereit."

Antonio lächelte. Die Stunde schien günstig zu sein und der hohe Herr bester Laune. So entnahm er die dunkellackierte, schöne Geige sorgfältig ihrem Umhang und stimmte sie rasch, kaum hörbar.

„Fertig?" sagte der Erzbischof. „Nun denn, wir sind bereit! Ein volles, klingendes Lied, wenn ich bitten darf!" Antonios Hand bebte leicht, als er den Bogen ansetzte. Nur ein Gedanke gab ihm Mut und Kraft, ein volles und tönendes Lied zu spielen. Das war der Gedanke an sie, die er so unaussprechlich liebte, und die eben in diesem Palaste schmachtete und auf die Freiheit, auf ihn wartete. Ob es nicht möglich war, daß sie den Ton vernahm? Er trat einige Schritte dem geöffneten Fenster zu, damit der Ton auch dort hinausfalle. Dann setzte er den Bogen an und begann zu spielen. In süßer Weichheit erscholl das geliebte Instrument, und seine Töne griffen sogleich in ihrer herrlichen Fülle und Reinheit jedem der Herren ans Herz. Mit offenem Munde lauschte der Kardinal von Venedig. Auch die anderen Herren waren wie gebannt. Das klang aber auch in jubelvollen Harmonien, bald zart schmelzend, bald stürmisch jauchzend durch den hohen Saal des Palastes della Signoria, trillerte wie eine sonnenwärts wirbelnde Lerche, rann wie tönende Perlen prachtvoll aus den Saiten und schmeichelte in ergreifender Bitte um Seelenbeifall und Herzensgunst.

„Bravo, bravissimo!" rief der Erzbischof am Ende aus und klatschte begeistert in die Hände. Auch die anderen Herren waren entzückt. Der Kardinal von Venedig aber, ein feiner Herr mit edlem Gesicht, stand auf, ging auf den jungen Künstler zu und umarmte ihn. Dann zog er einen wunderbaren Brillantring vom Finger und reichte ihn unter Tränen Antonio.

„Der echten Kunst gebührt auch ein edler Lohn", sagte er bewegt. „Ich danke Ihnen, Signor, von ganzem Herzen für diesen auserlesenen Genuß. Nie werde ich diese Klänge vergessen." Antonio stand mit glühendem Gesicht demütig da. Der Ring des Kardinals brannte ihm in der Hand, und die Lobsprüche drückten ihn nieder; denn er hatte einzig und allein für Elisabetha gespielt, hatte nur an sie gedacht und hatte versucht, ihre hohe Schönheit und Herzensfrömmigkeit in Töne umzusetzen. Jetzt sprach der Erzbischof huldvoll: „Und nun, Signor Polevino, Ihre Bitte! Fürchten Sie nicht, daß sie zu groß sei!"

Wohlan, der große Augenblick war gekommen. Mit einem Blick voll heißem Flehen sah Antonio zu dem schönen Freskogemälde empor, das die Decke zierte. Dann sprach er gesenkten Hauptes: „Meine Bitte ist groß, sehr groß! Ehrwürdiger Vater! Hier im Marmorpalast liegt ein Mädchen gefangen, das Savonarolas Anhängerin ist, und das doch weiter nichts Böses getan hat. Dieses Mädchen, Elisabetha Valotti ist sein Name, ist meine Braut. Wir kennen und lieben uns von Kind auf, wir können nicht leben ohne einander; denn wir haben uns ewige Treue gelobt. Ein reineres Mädchen und ein unschuldigeres Kind, o Signor und ehrwürdiger Kirchenfürst, geht in ganz Florenz nicht umher ..."

„Du hast meine Tochter Beatrice vergessen!"

„Nicht doch! Gerade um ihretwillen komme ich auch. Ich hörte, daß sie, eine große Musikfreundin, den einen großen Wunsch hat, diese meine Meistergeige zu besitzen. Ehrwürdiger Vater! Kein Gold der Erde kann mir das geliebte Instrument aufwiegen; denn das Gold der Töne, das in ihr schlummert, ist mehr als das Gold der Erde. Aber um einen Preis lege ich diese Geige heute mitsamt dem Brillantring Seiner Erzbischöflichen Gnaden, Eurer Eminenz und Hoheit zu Füßen nieder. Dieser Preis ..."

„Nun, dieser Preis?" Gespannt fragte es der Herr Kardinal von Bologna, des Erzbischofs Gesicht war plötzlich ernst, fast finster geworden.

„Er heißt Elisabetha!"

„Unmöglich, Signor Polevino!" versetzte der Erzbischof sogleich eisigkalt.

Aber Antonio warf sich vor ihm auf die Knie nieder, und indes er mit der Linken seine kostbare Geige hielt, umschlang er mit der Rechten das Knie des düster blickenden Mannes, dessen Züge mit jeder Sekunde schärfer wurden.

„Erbarmen, hoher Herr, Erbarmen! Ihr zarter Leib hält die Schrecken eines Kerkergewölbes nicht lange aus. Und ihre Seele, die einem Vogel auf den Zweigen eines Orangenbaumes gleicht, muß verkümmern in der schauerlichen Tiefe. Sie sind ein Diener Jesu Christi! Und Christus war der Erbarmer! Hier ist der große Schatz meines Lebens, meine Geige, hier ist mein Glück, mein Ruhm und meine Kunst, ich lege sie zu Ihren Füßen nieder. Nehmen Sie meine Geige und schenken Sie mir Elisabetha!"

Und noch einmal ertönte es von des Kirchenfürsten Lippen, unerbittlich hart und wie aus eisernem Munde kommend: „Unmöglich! Dieses Mädchen weigerte sich, als Büßerin zur Kirche zurückzukehren, ja, sie hat sogar die Kirche und ihre hoch zu achtenden Diener gröblich beschimpft. Die Ehre des Heiligen Stuhles in Rom selbst erfordert eine gerechte Strafe." Sich zu den Gästen wendend, fuhr er fort: „Die Herren werden der gleichen Ansicht sein?" Zwei von ihnen stimmten ihm ohne weiteres bei. Nur der Kardinal von Venedig schwieg und sah sinnend auf den am Boden knienden Antonio. Ein Zug der Rührung glitt über sein menschenfreundliches, echt gütiges Gesicht. Die hohe Kunst, verbunden mit der großen Liebe des Jünglings, ergriff ihn im Innersten, und indem er sich zu dem Erzbischof wandte, sagte er: „Ich möchte das Mädchen wohl sehen, wenn es ginge." Jener schien es gar nicht gehört zu haben. Sein Geist sann in die Ferne, und nach einer Weile erst sagte er langsam und jedes Wort betonend: „Eine große Liebe habt Ihr, Signor Polevino, das ist wahr. Aber wir Christen sollen auch eine große Selbstdisziplin haben. Wir sollen imstande sein, alle unsere Liebe einer Liebe unterzuordnen, die höher ist als alle andere. Ich meine die Liebe zur Kirche. Können Sie diesen Beweis liefern?"

Antonio schwieg. Sein Herz bebte. Jetzt kam die Entscheidungsfrage. Er wußte und fühlte es.

„Ich kann es zwar nicht glauben, was ich hörte", fuhr der Erzbischof fort. „Es ist mir mitgeteilt worden, daß auch ein Antonio Polevino, den ich doch im Dome Santa Maria del Fiore mit dem goldenen Kreuze ausgezeichnet habe, das Gift der Ketzerei eines Savonarola eingetrunken hat. Ist das so?"

Noch immer kniete Antonio auf dem kunstvollen persischen Teppich. Jetzt erhob er sich. Er dachte an jene heilige Abendstunde, wo des Predigers Stimme in sein Herz gedrungen, dachte an Elisabethas Treue und erwiderte ohne Besinnen: „Was Savonarola predigte, habe ich angehört. Und ob ich wollte oder nicht, ehrwürdiger Vater, ich mußte es auch glauben. Denn er sprach die Wahrheit. Die Wahrheit aber ist doch kein Gift?"

„Nein, nicht die Wahrheit, Signor Antonio, die Lüge ist es. Wer ihr das Ohr leiht, der verdient wirkliche Züchtigung." Der Kardinal von Venedig winkte begütigend mit der Hand, aber der Erzbischof fuhr fort: „Darum kann ich auch die Geige nicht annehmen, weil es mir nicht zu tun ist um Kunst allein, sondern um die Kunst im Dienst der Kirche. Signor! Ihre Braut kann frei werden unter einer Bedingung."

Antonio horchte hoch auf. Die Herren murmelten etwas zusammen, und auch der Kardinal von Florenz tauschte wenige Worte mit ihnen. Dann wandte er sich an Antonio.

„Ich werde jetzt Elisabetha holen lassen und euch eine Stunde Zeit gewähren zum Besinnen und Beginnen. Was ich verlange, verlangen muß, das ist nicht viel. Die Meistergeige bleibt dem Meister und das Mädchen dazu, wenn von der Geige mit Gesangbegleitung jener Verirrten das einzige Lied erklingt, das am Himmelfahrtstage den Gottesdienst in Santa Maria del Fiore beschloß, das Gloria matris Dei. Ich bin kein harter Mann, und die Kirche ist die wahre Nachfolgerin des Herrn, und darum macht sie die Buße leicht. Ja, mehr noch, Signor Antonio! Werden Sie das Lied spielen, so soll alles vergessen sein um der Sühne willen, so will ich für eine ehrenvolle, Glück und Reichtum bringende Versorgung des jungen Paares sorgen, so soll selbst dieser Palast eine Wohnung öffnen für euch beide. Drunten im Erdgeschoß mag euch ein Mahl zugerichtet werden, bis die Stunde vorüber ist. Dort seid ihr alleingelassen." Er berührte die Goldglocke, und der Diener erschien. „Man führe Elisabetha herauf aus dem Kerker!"

Antonio wußte nicht, wie ihm geschah. Freude über das baldige Wiedersehen und tiefe Bestürzung wegen der Bedingung zogen abwechselnd durch sein Herz. Seine Glieder begannen zu zittern vor Aufregung, und die Augen irrten von einem der Anwesenden zum andern, bis sie hängenblieben auf dem milden Angesicht des Kardinals von Venedig. Doch auch er schien jetzt ganz der Meinung des Erzbischofs zu sein. Auch er nickte ihm zu und streifte diesmal Antonio kaum mit den Blicken. Still setzten sich die Herren wieder an den Tisch. Der Erzbischof öffnete ein Schachbrett, um mit dem Kardinal von Venedig eine Partie zu spielen. Gelassen setzte er die kleinen, elfenbeinernen Figuren auf das eingelegte Brett. Die Aufmerksamkeit der andern schien sich ebenfalls ganz diesem Spiele zuzuwenden.

Eine Weile verstrich, während welcher Antonio regungslos und händeringend in der Nähe des schweren Vorhangs stand. Da öffnete sich die Tür, und Violi trat mit Elisabetha herein. Augenblicklich wandten sich ihr alle Blicke zu. Hochaufgerichtet wie eine Fürstin stand die Jungfrau im gedämpften Lichte des Saales da. Ihr Gesicht, schön und ebenmäßig wie immer, strahlte Frieden aus, obschon die tiefen Augen gerötet erschienen vom vielen Weinen. Der edle, kleine Mund war fest geschlossen. Furchtlos blickte sie ihren Richter an. Da gewahrte sie Antonio und errötete tief. Er aber streckte die Hände voll Verlangen nach ihr aus. Es war ein merkwürdiger Kontrast, sie, die Kette tragend, und er, die Meistergeige in der feinen Rechten haltend, zwischen ihnen aber die hohe, gebieterische Gestalt des Erzbischofs, der aufgestanden war. Ohne sich an Elisabetha zu kehren, die er allem Anschein nach mit Verachtung strafen wollte, sagte er stolz zu Antonio: „Hier ist Eure Braut, Signor! Aber sie ist zugleich meine Gefangene! Und daß Ihr es wißt, Ihr seid ebenfalls gefangen! Eure Stellung zu Savonarola legt mir die unangenehme Pflicht auf, Euch trotz aller Kunst ebenfalls in Haft zu behalten. Ja, weicht nur zurück! Ich bin unschuldig an diesem Verhängnis. Doch es bleibt bei meiner, bei unserer Bedingung zur Freiheit. In einer Stunde wird es sich entscheiden. Auf, Violi, führen Sie die beiden in den venezianischen Saal! Lassen Sie decken für beide! Es soll ein reichliches Mahl sein, das sie zu genießen haben."

Kalt verneigte er sich gegen Antonio, winkte Elisabetha wegwerfend nach der Tür zu und blickte dann triumphierend hinter den beiden drein, die zögernden Schrittes das Zimmer verließen. Noch einen scheuen Blick warf Antonio auf die glänzende Gruppe der kirchlichen Würdenträger, dann schloß sich auch hinter ihm die Tür.

Im hohen Gang sank er Elisabetha in die Arme. Hohes Glück und tiefes Weh stürmten durch seine gemarterte Seele.

„Elisabetha! Geliebte!"

„Antonio, du hier in der Höhle des Löwen?"

„Ja, ich hier, Elisabetha! Dich zu befreien, bin ich gekommen. Und Gottes Beistand wolle mir nicht fehlen dabei!"

„Mich zu befreien?" Voll tiefer Wehmut sprach es Elisabetha. „Mich kann kein Mensch befreien, Antonio. Ich habe auch schon mit dem Leben abgeschlossen. Weißt du, was das heißt?" Er schauderte. Es war etwas Fremdes an ihr, das ihn mit scheuer Ehrfurcht erfüllte, und dieses Fremde, Übermenschliche war die geläuterte Leidensbereitschaft, war die Todesnähe, in der sie gestanden und noch stand.

„Du bist zum Tode bereit, Elisabetha, ich nicht", flüsterte er. „Ich werde alles tun, um dich zu retten." Da traf ihn ein tiefer Blick. „Alles ja, aber nur keine Sünde! Hörst du, mein Freund? Keine Sünde! Denn es ist besser, mit Christo zu sterben, als mit dem Teufel auf Rosen gebettet zu sein."

Der venezianische Saal öffnete sich. Eine wunderbare Pracht strahlte den beiden entgegen. Hohe, kunstvoll geschliffene und kristallklare Spiegel warfen ihr Bild zurück. Schwere Goldrahmen faßten diese Spiegel ein. In den Nischen standen Palmen und blühende Gebüsche. Ein schimmernder Leuchter senkte sich über die Tafel herab, auf der ein Korb voll blühender Rosen prangte. Geschäftig eilte Violi hinaus. Bald erschienen eilfertige Diener. Ein Mohr deckte ab, stellte aber die Rosen wieder auf den Tisch. Ein Küchendiener breitete zuvor schneeweißes Linnen auf die gewichste Ahornplatte. Dann trug er kostbares Porzellan, silberne Bestecke und Schüsseln herein, auf denen auserlesene Speisen dampften. Das gebratene Täubchen roch lieblich, und die herrlichen Salate luden ein zu fröhlicher Mahlzeit. Gerade vor Elisabetha ließ Violi die leckersten Bissen auftragen. „Es fehlt an großen Tagen nicht an kleinen Aufmerksamkeiten im Palast del Signoria", sagte er mit leichtem Spott. „Hier ist Suppe von Morcheln, wenn Sie belieben. Hier sind Maroni, hier sind Braten, Salate, und hier die Nachspeisen. Es ist große Küche heute, wegen der hohen Besuche, und die Fasten sind nicht gerade. Sie brauchen nicht zu sparen. Ich werde eben noch Wein bringen lassen durch Hassan." Der Mohr, der in eine leuchtende, purpurrote Tracht gekleidet war, erschien und stellte Kristallkelche vor beide hin. Dann goß er funkelnden Lacrimae Christi in die Gläser und verschwand. Es war ganz wie in einem Märchen.

„Die Henkersmahlzeit", sagte Elisabetha bitter lächelnd. „Im Kerker erhalte ich nur Brot und eine dünne Suppe."

„Du Ärmste! Aber du läßt es dir doch jetzt schmecken?"

„Ich? Antonio, hältst du das für möglich? Siehst du nicht, daß das alles nur Speck ist, um uns zu fangen? Hörst du nicht das Wort Christi: Was hülfe es dem Menschen, so er die ganze Welt gewönne und nähme doch Schaden an seiner Seele?"

„Du hast recht, Elisabetha. Auch ich werde nichts anrühren. Mich verlangt nicht nach bischöflichen Leckerbissen, sondern nach deiner Freiheit. Aber höre! Nur ein Gloria matris Dei habe ich zu geigen, und du hast dazu zu singen, und dann sind wir frei. Dann, Elisabetha, führe ich dich heim, und wir pflegen dich mit aller Sorgfalt der Liebe. Du Gute! Wie wollen wir dich herausfüttern!"

„Nur ein Loblied auf Maria, sagst du, Antonio? Nennst du das ein Nur? Merkst du nicht, daß es einen Abfall und einen Rückfall bedeutet, ein Sichbeugen vor der Kirche?"

„Nein, Elisabetha! Ich denke so: Rein äußerlich spiele ich, singst du es. Aber in unserem Herzen bleiben wir doch dem

Herrn, dem lieben Savonarola treu. Verstehst du mich? Niemand kann uns ja ins Herz sehen als Gott allein. Er weiß, wie wir es meinen." Er faßte innig ihre Hand und streichelte sie, indem er voll Zärtlichkeit in ihr bleiches, abgehärmtes Gesicht blickte. Sie fühlte seine große Liebe. Aber sie fand auch sofort mit feinem Verständnis heraus, wo die neue Gefahr lag. „Antonio, das wäre gelogen, wenn wir nur zum Schein das täten, was wir nicht von Herzen tun können. Sollten wir die Freiheit durch eine Lüge erkaufen?"

„Aber es ist doch keine ausgesprochene Lüge!"

„Nein, eine ausgesprochene nicht. Aber es wäre ein Triumph Roms. Und den dürfen wir als echte Christen, die wir doch nun sein wollen, nicht bereiten helfen. Wir haben Maria nicht zu loben, sondern Christus allein."

Bewundernd sah er sie an. Je länger er sie anblickte, desto größer wurde seine Liebe, desto inniger begehrte er sie und sich zu lösen aus dem Zauberbann.

„Elisabetha, ich sehe kein Unrecht darin. Aber vielleicht genügt es dem Erzbischof, wenn wenigstens ich spiele, und er ist bereit zu übersehen, daß du schweigst. So sei wenigstens damit einverstanden!"

„Ich kann nicht, Antonio!"

„Du bist krank, Elisabetha!"

„Meinst du? Dem Leibe nach vielleicht etwas, aber der Seele nach hoffe ich zu genesen. Nein, nein, mein Freund! Laß das alles aus dem Spiel! Wir wollen es ganz in Gottes Hand legen, ob er uns befreien will oder nicht."

„In Gottes Hand? O Liebste! Mir ist, als wäre der Erzbischof allmächtiger denn Gott. Ihm durfte es gelingen, Savonarola zu fangen."

„Auch das ist Gottes Weg. Sein Reich muß durch Unterliegen siegen."

„Willst du nicht etwas essen, um dich zu stärken? Ich bitte dich sehr darum."

„Nein, Antonio. Der Bissen würde mir im Halse steckenbleiben. Ich höre Satans Stimme: ‚Dieses alles will ich dir geben, so du niederfällst und mich anbetest.' Darum verzichte ich auf dieses alles. Was würde es mir helfen, wenn ich nachher eine Abtrünnige wäre?"

Antonio schlug die Hände vors Gesicht. Da saß Elisabetha, aber sie war nicht sein. Da war die herrlichste Mahlzeit, aber sie konnten sie nicht genießen. Hier lag seine Meistergeige, aber sie nützte ihm nichts. Der Zweifel regte sich in seiner Seele. Wo war Christus, und wo war seine Macht? Hörte er nicht auf ihre Gebete? Oder sollte am Ende doch Savonarola...?

Sie sprachen noch lange hin und her. Er in flehender Bitte, daß sie ihm gestatte, sie zu erlösen. Sie in unerschütterlicher Festigkeit mit ihrem heiligen Nein. Zuletzt brach er in laute Klagen aus. „Elisabetha, zerschmettere unser Glück nicht! Ich will ganz andere Worte denken, wenn ich spiele. Es ist nur die leere Melodie, die Schale, die Form. Begreife doch, unglückseliges Mädchen! Muß denn zu meinem Elend auch noch dieses kommen, daß du mich nicht mehr verstehst? Dann, das glaube mir, werde ich wahnsinnig. Es geht über meine Kraft." Da legte sie ihre Hand auf seine fiebernde Stirn. „O mein Freund, der Glaube darf nicht wankend werden in der Stunde der Anfechtung. Gerade jetzt muß er sich beweisen in seiner vollen Stärke. Und wenn wir nur ernstlich wollen, so steht der Herr uns bei. Antonio, ich hatte so einen wunderbaren Traum auf dem Strohlager meines Kerkers. Ich sah den Heiland auf mich zutreten und mir eine Rose reichen aus dem Paradiesgarten. Sie glänzte und leuchtete, schöner als irgendeine von diesen hier. Und wie gütig lächelte er mich an! Dann war es mir, als hörte ich die Engel musizieren, und glaube mir, sie konnten es so gut wie du."

„Das glaube ich gewiß, Elisabetha!"

„Siehst du, wenn wir treu bleiben, wird uns das einmal werden. Sei du darum auch stark und sei ein Mann, Antonio! Oder soll dich ein schwaches Mädchen beschämen? Soll ich mehr können als du?"

„Du bist eine Medici", flüsterte er leise, trübe vor sich hinstarrend.

„Und du, Antonio? Du bist ein Christ! Und dazu bist du ein Künstler, dem die Musen Pate gestanden bei der heiligen Taufe. Sei fest und spiele nicht!"

„Ich muß spielen!" Ganz entsetzt blickten seine Augen.

„Bitte, bitte, Antonio! Spiele nicht!"

„Dann bricht mein Herz, Elisabetha! Mein Herz ist ohne dich tot. Du bist meine Rose, mein Frühling, mein Garten. Außer dir liebe ich nur noch meine Geige und ... Christus und Savonarola."

„Christus zuerst, Antonio. Hörst du? Da liegt der Fehler, ja, da liegt er. Du liebst mich noch mehr als ihn. Und darum wird es dir so schwer. Aber denkst du daran, was der teure Mann Gottes sagte? ‚Wer Vater und Mutter oder Weib oder Kinder mehr liebt denn mich, der ist meiner nicht wert.' Soll dieses Wort uns gelten?"

„Ich weiß es nicht, Elisabetha. Mir ist so trübe vor den Augen. Ein Schleier will sich über alles senken."

„Sei stark, Antonio, du Guter! Du darfst mich ja lieben, ganz gewiß. Aber ihn, den Heiligen, Herrlichen, Einen, über alles."

„Wenn er uns aber sterben, in den Grabgewölben des Palastes hier verschmachten läßt nach dieser großen Versuchung, was dann, Elisabetha?"

„Das tut er nicht. Und wenn ... ja wenn er es wollte ... Antonio, ich bin bereit, mit ihm auch in den Tod zu gehen. Dann winkt uns ein schöneres Leben nach diesem kurzen Erdenleben."

Wieder sah er sie flehend an. Heißes Weh flackerte in seinen braunen Augen. „Wir sind noch so jung. Du bist erst eine Rosenknospe, eine erst erblühte Rose. Schweig mir vom Tode! Habe ich dazu meine Geige gebaut?"

Da schwieg sie still. Nur eine heiße, zitternde Träne löste sich aus ihrem Auge und fiel auf seine Hand. Darüber erschauerte er abermals und senkte das Haupt tief. Er schämte sich vor ihr, die so viel vermochte als schwaches Mädchen, und er vermochte doch nicht, ihr nachzufolgen mit kühnem Glaubensschritt. Sein ganzes Herz war zerrissen unter der Wucht der Tragik, die sich über ihrem Haupte wie eine Wetterwolke zusammengezogen hatte, und doch empfand er es auch wiederum im tiefsten Innern: Elisabetha hat recht! O wäre ich wie sie! Käme auch bei mir der Herr zuerst!

Eben wollte sie wieder etwas sagen zu ihm, da öffneten sich urplötzlich die Falten eines seidenen Vorhangs, und der Erzbischof trat hervor. Forschend sah er auf die Tafel, wo alles unberührt stand.

„Ei, siehe da, hat es nicht geschmeckt?" fragte er mit einem leichten Anflug von Spott. „Waren die Speisen, die aus der Küche der Bischöfe und Kardinäle kommen, euch nicht gut genug?"

Er erhielt keine Antwort auf diese höhnische Frage. Mit geisterhaften Augen starrte Antonio auf sein hartes Gesicht, hinter dem sich soviel Drohung verbarg.

„Die Stunde ist verstrichen, Signor, und ich muß Antwort haben; denn meine Pflicht ruft mich an andere Geschäfte. Wie steht es mit meiner Forderung?"

„Ich werde spielen, ehrwürdiger Vater", erwiderte Antonio nun langsam.

Ein Blitz der Freude schoß aus seinen grauen Augen. Also hatte er doch gesiegt, hatte seine Weisheit und ihre Gegenwart ihn mürbe gemacht. Ja, dachte er, wie kann man einen Menschen in diesem Alter um eines Mädchens willen biegen, formen und brechen! Er nickte Antonio zu und sah dann ihr ins Gesicht.

„Und Elisabetha, singt sie mit?"

„Nein, Signor!" gab sie abermals fest zurück, und ihr Nein klang noch entschiedener als damals, als er das Kreuz mit dem geweihten Wasser gefordert hatte. Dabei richtete sie sich königlich empor, daß sie den angstvollen Blicken Antonios schöner erschien als je. Überirdischer Glanz war es, der in diesen Augen leuchtete. Und göttliche Kraft war es, die sie so stark machte, zu widerstehen. Und ach, ihm fehlte diese Kraft!

„So gilt auch das Spiel nichts!" gab nun der Erzbischof düster zur Antwort. Unheil verkündete das Auge, das Elisabetha maß. Sie fühlte den ganzen Zorn des Gewaltigen aufs neue sich über ihr zusammenziehen. Darum schlug sie das klare Auge nieder.

„O Elisabetha, singe mit, ich bitte dich!" flüsterte Antonio ihr hastig zu. „Es ist so schnell vorbei." Doch sie schüttelte das Haupt. Und bittend sah sie ihn an mit einem Blick voll Hoheit und Ruhe.

„Nun gut", bemerkte der Erzbischof, „ich habe noch e i n Mittel, um euch zur Reue und Buße zurückzuführen. Es ist allerdings d a s l e t z t e ! Morgen wird dieses letzte Mittel angewandt werden. Für heute aber sind meine guten Worte zu Ende. Wer sein Glück selbst mit leichtsinnigen Händen zerbricht, der mag sich nachher nach den Scherben bücken. Ich wollte euch helfen, aber ihr stoßt meine Hand zurück. Violi wird kommen und euch bis morgen die Kerkertüren öffnen."

Stolz drehte er ihnen den Rücken zu und verließ den prächtigen Raum. Bald darauf erschien der Priester und führte jedes in eine besondere Zelle der unterirdischen Kerker.

18

Der furchtbare 23. Mai des Jahres 1498 war für Florenz angebrochen. Die Augen der Welt richteten sich an diesem Tage auf die Stadt, die diesen Tag gewählt hatte, um ein Denkmal unvergänglicher Schande aufzurichten. Es war ein Tag, wie der Tag von Golgatha es war für Jerusalem, die Mörderstadt.

Was war das doch für ein Laufen und Gehen im Palazzo della Signoria von der frühesten Morgenstunde an! Hochfeierlich gekleidete Kardinäle und Bischöfe begegneten sich auf den glänzenden Marmorstufen und lächelten sich heiter zu. Wo Romolino, der römische Doktor, erschien, verneigte man sich ehrfurchtsvoll vor ihm. Und auch er blickte vergnügt. Das Ziel war erreicht, der große Tag, den er angestrebt, gekommen, Rom würde zufrieden sein mit seiner Sendung nach Florenz, und alle Kommissarien mußten ihn bewundern, daß er es fertiggebracht hatte, den Prior dem Tode zu übergeben. Ja, er hatte nicht umsonst römisches Recht studiert, nicht umsonst sich abgemüht, die Prozeßakten zu prüfen, zu sichten, zu verfälschen und zu siegeln.

Durch all diesen Glanz nicht verwirrt und geblendet, kniete im Gefängnis der treue Zeuge Jesu mit Dominico und Sylvestro, den beiden Freunden. Heute hatte man sie vereinigt; denn es war ja zum letzten Male, daß sie zusammen reden konnten. Vor ihnen stand das heilige Mahl des Herrn, das sich nun Savonarola selber reichte, um sich und die Brüder zu stärken auf den letzten, schweren Gang. Nach heiliger, tiefer Stille brach er dabei in die Worte aus: „Mein Herr, ich weiß, daß du bist die göttliche Dreieinigkeit, ein Gott in drei Personen, Vater, Sohn und Heiliger Geist. Ich weiß, du bist das ewige Wort des Vaters, ich weiß, daß du vom Himmel auf die Erde herabgestiegen, geboren wurdest von der Jungfrau Maria und dich an das Kreuzesholz nageln ließest und dein allerteuerstes Blut vergossest, um uns arme Sünder zu erlösen. Ich bitte dich, mein Herr, um meiner Seelen Seligkeit willen, daß dein teures Blut für mich nicht vergeblich, sondern zur Vergebung aller meiner Sünden vergossen sei! Ich bitte dich, du wollest mir erlassen alle meine Sünden, von dem Tage an, da ich dein heiliges Taufwasser empfing, bis auf diese Stunde, und ich bekenne dir meine Sünde. Ich bitte dich um Vergebung für alles, womit ich diese Stadt, dieses Volk, im Geistlichen oder im Weltlichen, mag betrübt haben; ich bitte dich auch um Vergebung all der Sünden, die ich selbst nicht gemerkt habe." Nach diesen ergreifenden Worten kommunizierten alle drei Brüder, um nun abgeführt zu werden.

Um dieselbe Stunde öffnete sich auch Elisabethas und Antonios Gefängnis. Auch ihnen winkte Violi schweigend und ernst, zu folgen, und sie schritten empor zum Lichte dieses düsteren Tages. Der Erzbischof empfing sie in vollem Amtsornate mit feierlichen Zügen. Ihm zur Seite standen der Bischof von Vasona, Benedetto de Papagnotti, der römische Doktor und der Dominikanergeneral.

„Heute stirbt Savonarola den Feuertod für alle seine ketzerischen Umtriebe, für seine Irrlehren und Lästerungen, die er auch in eure Herzen gesenkt hat", sagte der Erzbischof zu den beiden hingewandt. „Ihr aber mögt zusehen, wie schrecklich das Ende derer ist, die der Teufel so verwirrt und verführt hat. Dann mag euch wohl der Ruf zur Umkehr anders erklingen als gestern, da nur freundliche Liebe um eure Seelen warb. Violi wird euch einen Sitz an den Treppen der Ringhiera anweisen. Folgt uns!"

Antonios Herz begann hoch zu schlagen. Elisabetha zitterte am ganzen Leibe, nicht aus Furcht, sondern aus Mitgefühl für den lieben Knecht des Herrn, der in den Flammen enden sollte, weil er die Seelen aus den Flammen der Hölle gerissen hatte. Kaum trugen sie ihre Füße die schimmernden Marmorstufen hinab.

Und nun öffnete sich die Tür, nun traten sie hinaus auf die Treppen, um verwirrten Auges zu sehen, was da zu sehen war. Der ganze Platz war dicht voll Menschen, die schon seit Tagesanbruch hier in fast lautloser Stille harrten. Gingen dort nicht Piagnonen und Arrabiati untereinander? Ja, sie hatten heute nichts zu fürchten, die Freunde des Meisters von San Marco. Das Opfer fiel auf ihn, und es war, als spräche dieses Opfer sie frei. Da sind drei Tribünen aufgeschlagen, um die drei Gerichte aufzunehmen, die den Prozeß geführt und nun das Urteil vollziehen.

Auf die erste treten der Erzbischof, der Bischof von Vasona und andere geistliche Würdenträger von Florenz. Auf der zweiten nimmt der römische Doktor mit anderen römischen Legaten Platz, und stolz und hocherhobenen Hauptes betritt sie Romolino, als wäre er der Papst selbst. Auf der dritten aber steht die weltliche Obrigkeit. Dort warten der Gonfaloniere und die acht (Signori di guardia, e non di balia) auf den Augenblick, der nun kommen soll. Das Volk verharrt in düsterem Schweigen. Ernst und tief eindrucksvoll ragt vor ihm der gewaltige Scheiterhaufen empor. Hoch der Mast in der Mitte, daran der Querbalken in verkrümmter Form angebracht ist, damit er nicht an Christi Kreuz erinnere. Ringsumher hochgeschichtet Reisig, Holz, pechgetränkte Büschel, ein Berg brennbaren Materials. Und vom Querbalken herab hängen die Seile und Ketten mit den eisernen Halseisen, ein schauerlicher Anblick. Manche florentinische Frau, die gekommen, um Savonarolas Ende zu sehen, eilt flüchtigen Fußes mit bleichen Mienen wieder nach Hause, damit sie nicht das Bild festhalten müsse. Vom Scheiterhaufen muß die Wache manche allzulauten Feinde, meist Gesindel, hinwegdrängen, die einen seltsamen Kontrast zu dem schweigenden Volke bilden. Dieser Pöbel ist erst vor kurzem aus dem Gefängnis entlassen worden. Jetzt faßt Elisabetha Antonio am Arm und wendet seine Aufmerksamkeit auf die Stufen des Palastes. Dort erscheinen soeben Savonarola, Dominico und Sylvestro. Er ungebeugt und aufrecht in der Mitte, langsam die Stufen herabsteigend, als wandle ein König seines Thrones Stufen hernieder, um unter sein Volk zu treten. Leuchtenden Auges sieht Dominico auf den Führer. Elisabetha preßt die Hand aufs wildwogende Herz. Und Antonio blickt wie gebannt zu dem Starken hinüber, der furchtlos über die Piazza hinschaut zum dräuenden Scheiterhaufen. So geht der Held Gottes zum Tode! Keine Spur von Furcht ist auf seinem männlich schönen Gesichte zu sehen. Noch ehe Savonarola die unterste Stufe erreicht, springt ein Dominikaner von Santa Maria Novella aus dem Schwarm der Mönche hervor und nimmt ihm, ohne Berechtigung, das Skapulier ab. Da gleitet ein schmerzlicher Zug über des Priors Gesicht. Er hält das Ordensgewand mit beiden Händen noch einmal fest und spricht: „Wie sehr habe ich dich einst gewünscht! Bis heute habe ich dich ohne Makel bewahrt, und auch jetzt gebe ich dich nicht zurück, sondern du wirst mir genommen."

Es ist ergreifend, erschütternd zu hören. Der Held nimmt Abschied von seiner Rüstung, die er als ein getreuer Ritter getragen.

Und nun treten die Verurteilten vor die erste Tribüne. Dort hat sich Bischof Benedetto de Pagagnotti erhoben. Sein Gesicht ist totenblaß, und seine Glieder zittern; denn für ihn ist die schwere Stunde gekommen. War nicht Savonarola sein Meister und Lehrer, der ihm Köstliches gegeben? Und nun soll er ihn der geistlichen Würde entkleiden! Wie schwer, wie unsagbar schwer ist das! Aber der Erzbischof sitzt mit ehernem Gesicht neben ihm. Romolino blickt scharf und gespannt herüber. Das Volk verstummt mit seinem Gemurmel, um seine Stimme zu verstehen.

Bebend will er nun Savonarola beim Arm fassen, doch wie zittern seine Hände! Es ist, als wäre er, der Richter, der Verurteilte, als habe jener ihn zu richten, der dort aufrecht und gefaßt steht, trotz Wunden, Ketten und Harm. Und nun, ob er will oder nicht, zu spät ist es der Reue, wenn sie ihn jetzt erfaßt, er muß die Formel beginnen und beginnt sie falsch:

Separo te ab Ecclesia militante atque triumphante!

(Ich scheide dich von der streitenden und triumphierenden Kirche.) Savonarola aber verbessert ihn voll heiligen Stolzes:

Militante, non triumphante; hoc enim tuum non est!

(Von der streitenden, nicht von der triumphierenden, denn das steht nicht in deiner Macht!)

Wie leuchten dabei die eindrucksvollen Augen, die einst so viele hingerissen! Wie fest sah er seinem früheren Schüler in die seinigen, die unruhvoll umherblickten! Hier nun müssen die Verurteilten abermals das Gewand lassen, damit sie, der geistlichen Würde entkleidet, ein Schauspiel für Florenz wären, für das Florenz, das ihnen so unendlich viel verdankte. Gebannten Auges blickt Antonio ihnen weiter nach, freudigen Angesichtes Elisabetha, die treue.

Jetzt steht der Prior vor der zweiten Estrade, und finster sieht ihn Romolino, der Römer, an. Die Stunde seines Triumphes ist gekommen, darum erhebt er laut seine Stimme und verkündigt ihnen das päpstliche Urteil, das sie der Ketzerei beschuldigt und also todeswürdig heißt. Aber Romolino kann noch den Großmütigen spielen. Hat doch Alexander ihnen die Sünden erlassen, und so fragt er, ob sie diese Absolution anzunehmen bereit sind. Gesenkten Hauptes erwidert Savonarola: „Ja!"

Da spricht ihn der Doktor aller Sünden frei, als hätte ihn nicht Christus selbst schon lange befreit und ihm die Absolution erteilt, die kein Mensch geben kann, es sei denn in seinem Namen und in seiner Kraft.

Und weiter wandeln die Todgeweihten. Man bietet ihnen zu essen und zu trinken. Savonarola lächelt wehmütig. „Wozu das, da ich doch aus dem Leben scheide?"

Noch einmal erhebt sich ein Wahrhaftiger auf der dritten Tribüne, Francesco Cini. Er will sich nicht hergeben zu dem ungerechten Bluturteil, das nun die acht als weltliche Obrigkeit zu fällen haben. Mitten in diesem ekelhaften Verrat, in diesem Lügentribunal, erhebt ein Engel Gottes die warnende Stimme: „Habe du nichts zu schaffen mit diesem Gerechten!" Aber Cini wird totgeschwiegen und muß verstummen. Die Sentenz des Urteils wird verlesen: „Die acht, nachdem sie den Prozeß der drei Mönche wohl geprüft haben und die schweren, unheilvollen Verbrechen, die hierin enthalten sind, gut bedacht, sowie das Urteil der päpstlichen Kommissare, das sie der weltlichen Bestrafung überliefert, betrachtet, beschließen: daß jeder von ihnen über dem Scheiterhaufen gehenkt und sodann verbrannt werden sollte, damit die Seele vollständig vom Körper getrennt sei."

So war das Urteil gefallen. Eine ungeheure Bewegung flutete durch das Volk, als nun die Henkersknechte herantraten, um die drei Freunde zum Gerüst zu geleiten. Es war, als ginge ein Meeresbrausen über die Piazza della Signoria. Viele fingen an zu weinen oder flehten in stillen Gebeten, daß ein Wunder geschehe.

Als erster wurde Sylvestro die Stufen hinangeführt. Der Henker band den Strick an einen der Balken und schnürte ihn, um dann Sylvestro das Halseisen umzulegen. Noch rief dieser laut: „Herr, in deine Hände befehle ich meinen Geist!", dann wurde er in die Luft gestoßen. Desgleichen betrat nun Dominico, der treue Waffengenosse Savonarolas, das Blutgerüst. Er aber stimmte einen Lobgesang an, nachdem er schon unten die Battuti de Tempior gefragt hatte: „Warum erinnert ihr mich nicht, das Te Deum anzustimmen?" Er ermunterte sie sogar, mitzusingen. Und nun besteigt Savonarola selbst das hohe Gerüst. Indem er die Stufen der Leiter emporsteigt, spricht sein Mund das Apostolische Glaubensbekenntnis, und nun steht er dort, wo alle ihn sehen, wo er alle sehen kann. Wie ruhig und gefaßt blickt er noch einmal auf die Bürger von Florenz! Wie still erduldet er der Henker ungestüme Eile! Der ihm zwiefache Pein zugedacht, indem er ihn zugleich hängen und verbrennen will, verliert das Halseisen im Reisig. Nun aber flammt die fressende Lohe hoch auf, Pulver läßt sie turmhoch emporschießen, und das große Trauerspiel neigt sich dem Ende zu. Noch einmal weht des Windes Flügel die Glut auseinander, siehe, da sind die Stricke von Savonarolas Händen gefallen, und der Tote streckt zwei Finger empor, als wolle er sterbend noch sein geliebtes Florenz segnen. Schon glaubt der Pöbel an ein Wunder, da schlagen die Feuerwellen abermals zusammen, und krachend stürzt das Gerüst zusammen. Der Pöbel kann es sich nicht versagen, sogar die Toten mit Steinen zu bewerfen, andere haschen begierig nach einem Stücklein von Savonarolas Körper. Drüben aber steht der Schinderkarren bereit, um die Asche der Gerichteten in den Arno zu führen, damit auch sie zerstäubt und zerflossen sei und des Ketzers letzte Spuren verlöschen. Über Florenz lagert der schwelende Qualm des Scheiterhaufens und verdüstert die liebliche Maiensonne. Die Glocken von Santa Maria del Fiore vermögen heute abend kaum ihren Laut über die ganze Stadt hinzutragen. Und wer ihnen recht lauscht, der hört sie durch die rauchgeschwängerten Lüfte weinen in ihrer dunklen, tiefen Melodie; denn der Größte von Florenz ist gefallen. Ja, mit ihm ist auch die Größe der Stadt gesunken.

Einer hätte sie retten können. Dieser eine aber ist das Opfer Roms geworden. Hochaufgerichtet steht Romolino dort, umgeben von seinen Helfern. Die Stirn in strenge Falten gezogen, blickt er auf das grausige Schauspiel, als tue es ihm leid um den armen Fratre von San Marco. Aber in seinem Herzen lodern mit den Flammen des Scheiterhaufens diejenigen der Schadenfreude empor. Nun konnten die Gesandten des Papstes noch am gleichen Tage nach Rom berichten und ihren Bericht mit den Worten schließen: „Strick ist entzwei, und wir sind frei!"

Antonio hatte Savonarola sterben sehen. Helle Tränen liefen dabei über Elisabethas Wangen, und sie verhüllte die Augen mit der Hand, als die Henker die Mönche auf das Gerüst führten. Er aber starrte unverwandt in die knisternde Lohe. Ihm war, als schlügen die Flammen deshalb so hoch empor, weil sie das Lob der Treue zu verkündigen hatten, der Treue, die die Dornenkrone trägt, bis die Märtyrerkrone sie ablöst. Er hätte hinausschreien mögen vor bitterem Weh über alle diese Richter, ja, über das ganze Florenz, das so gesunken war, dieses Schauspiel ruhig mitanzusehen. Und wiederum, er hätte auch jubeln mögen über den herrlichen Mut und die strahlende Ruhe des Priors. Alles hatte er nun für den Einen hingegeben, dem er diente. Ja, Savonarola liebte wirklich Christus über alles. Und ich, dachte Antonio, ich wollte untreu sein, wollte mich beugen, um ein irdisches Glück nicht zu verlieren und mein Leben zu erretten, wollte verleugnen, um der Liebe und der Kunst willen. Er schämte sich heiß und schlug die Augen nieder, bis der Erzbischof aufstand und ihnen winkte, zu folgen, damit auch über sie die Entscheidung falle und ganze Arbeit getan werde. Da, im Hineingehen, haschte er nach Elisabethas

Hand und flüsterte ihr zu: „Es ist entschieden! Ich spiele nicht! Und wenn wir müssen, dann das Lied des Heimgegangenen, das Lied von der süßen Liebe."

Innig drückte ihm das Mädchen die Hand. „Dank dem Herrn!" gab sie flüsternd zurück, „ja, Dank dem Herrn für den Sieg!"

Nun standen sie wieder im reichgeschmückten Saale dem Erzbischof und seinen hohen Gästen gegenüber. Auf den Gesichtern der Prälaten und Kardinäle lagen Genugtuung und Triumph; denn ihr Feind war tot. Der Sieg, die Macht der Kirche und das Volk waren wieder auf ihrer Seite, und nun waren sie wieder die Herren der Lage. Das stimmte auch den Erzbischof außergewöhnlich milde.

„Nun", sagte er, indem er vor die beiden hintrat und sie wohlwollenden Blickes musterte, „ihr habt gesehen, wie es eurem Verführer ergangen ist. Savonarola ist dahin, seine Lehre wird mit ihm untergehen, und seine Anhänger werden sich zerstreuen. Ihr habt ferner gesehen, daß die heilige Kirche nicht nur Furcht bringt, sondern auch Zucht übt. So spielt und singt denn jetzt das Gloria matris dei und laßt uns sehen, daß die Schrecken des Gerichts euch weich gemacht haben! Zeigt allen diesen Herren die Echtheit eurer Reue ohne weiteres Besinnen, und mein Segen folgt euch hinfort. Morgen schon mögt ihr Hochzeit feiern, und deine Meistergeige, mein Sohn, mag sie verherrlichen. Auf zum Liede!" Er ließ Antonio die Violine reichen, verschränkte die Arme und trat zurück, um das marmorne Madonnabild zu entschleiern. Diesen Augenblick benützte Antonio, um Elisabetha zuzuflüstern: „Girolamos Lied!" Sie nickte kaum merklich. Der Kardinal von Venedig sah ihn freundlich an. Von den übrigen Herren trat einer an ihn heran und klopfte ihm auf die Schulter. „Nur Mut", sagte er, „die Freiheit und das Glück winken!" Doch Antonio hörte es kaum. Vor ihm stand allein Savonarolas Bild, der dem Heiland bis zuletzt die Treue gehalten. Wie er, so wollten auch sie siegen und sterben.

Er nahm die Meistergeige aus Violis Hand und prüfte ihren Ton. Ein tiefer, verständnisinniger Blick traf Elisabetha. Dann setzte er den Bogen an zu einem kurzen Vorspiel. Die Hand zitterte etwas, aber der Griff war sicher. Rein und klangvoll entquoll die Tiefe schmerzensreicher Gefühle aus den unteren Saiten. Die G-Saite sang die Totenklage, das ergreifende Requiem Savonarolas, in erschütternder Weise. Immer voller, immer machtvoller strömte ihr inniges Trauerlied und traf selbst jene ins Herz, an deren Händen das Blut des Märtyrers klebte. Dem Kardinal von Venedig traten wieder die Tränen in die Augen. Des Erzbischofs Gesicht wurde steinern, und er verbiß seine Empfindung mit aller Gewalt. Nun aber erhob sich aus der gedämpften, weichen Tiefe der Tonfuge ein zartes Adagio, hell und freundlich emporschwebend, als stiege eine jubilierende Lerche ins lachende Himmelsblau, als schwebten die Seelen der drei Freunde engverschlungen durch den Qualm des Scheiterhaufens, umringt vom Chor musizierender Engelscharen, mit Psalmodien aufwärts in die goldene Stadt. Aus der Wehmut wurde hohe Lust, aus der Leidenstiefe der Sehnsucht frohe Erfüllung, und horch – da erklang die zitternde, aber glockenhelle Stimme Elisabethas weich und freudig zugleich:

Mein Jesus ist die Liebe,
die heil'gen Brand entfacht,
dies Herz, das kalt und trübe,
wie Blumen blühen macht,
nur daß es Tag und Nacht
in Ihm zu glühn sich übe.
Drum, Herz, vom Weltgetriebe
fleug auf zur süßen Liebe!

Herz, fühlst du Todeswunden,
dich heilt sein süßes Wort.
In Ihm hast du gefunden
den sichern, sel'gen Port.

O daß ich fort und fort
in diesem Hafen bliebe!
Herz, fleug vom Weltgetriebe
zu deiner süßen Liebe!

Sei fürder nicht mein eigen –
du Herz in meiner Brust!
Zu Ihm sollst du dich neigen,
die Welt hat wenig Lust;
Trug wär's – mir ist's bewußt –,
wenn ich mich ihr verschriebe.
Herz, fleug vom Weltgetriebe
zu deiner süßen Liebe!

Willst du hier heimisch werden,
bleibt Heimatruh' dir fern;
Sturm herrscht und Streit auf Erden,
Leid ist des Lebens Kern.
Drum laß zum Morgenstern
sich wenden alle Triebe;
Herz, fleug vom Weltgetriebe
zu deiner süßen Liebe!

Laß fahren alle Geister
und halt bei Jesu stand!
Er ist dein Herr und Meister.
Sag, wo ist eine Hand,
die dich zum Vaterland
so sieg'sgewiß erhübe?
Herz, fleug vom Weltgetriebe
zu deiner süßen Liebe!

Schwingt gegen mich die Waffen,
die ihr die Liebe haßt!
Heil muß und Lust mir schaffen
doch eurer Feindschaft Last.

Der Schild, den ich erfaßt,
ist Jesu ew'ge Liebe.
Herz, fleug vom Weltgetriebe
zu deiner süßen Liebe!

Starr vor Staunen hörten die hohen Herren dieses ihnen fremde, aber so wundersame Lied. Langsam ließ Antonio die Geige sinken. Sie hatte so schön wie noch nie geklungen. Ihm war selbst, als hätten Engel, als hätten die seligen Märtyrer ihre Stimme mit ihr vermischt. Und er hätte weinen mögen über sein eigenes Spiel. Und wie er so schön wie noch nie gespielt, so leuchtete Elisabethas Gesicht klar wie noch nie. Sie, die die Erdenliebe zurückgestellt hatte gegen diese himmlische Jesusliebe, hatte dieses Lied wohl singen können. Doch nicht lange blieb es still.

Der Erzbischof, die drohende Wolke auf der zusammengezogenen Stirn, erhob die Hand und schrie wutbebend: „Ist das das Gloria matris dei? Ist das Reue und Buße? Ihr seid dieselben hartgesottenen Sünder wie jene drei Verruchten, denen man soeben ihre Asche in den Arno gestäubt, anstatt emporzufliegen ins Paradies. Nun denn, fahrt hin, ihnen nach! Violi! Soldaten herein! Führt sie in strengste Haft, bis das Gericht sein Machtwort gesprochen!"

Doch siehe! Ehe Violi sich nahen konnte, trat Antonio einen Schritt vorwärts. Dann umfaßte er seine Meistergeige mit rascher, fester Hand und rief: „Signori, wollt ihr mich zwingen, die Kirche mehr als ihr Haupt, Maria mehr als den Herrn selbst zu ehren? Wohl war es Girolamos Lied, das wir gesungen; aber es ist ein Lied zum Preise Jesu Christi." Er war wie verwandelt, und auch ihm war jegliche Furcht geschwunden.

„Ja, ich zwinge dich, Knabe!" schrie der Erzbischof dunkelrot im Gesicht vor Zorn und stampfte auf den Boden, daß die Gläser auf dem Tische klirrten und die Bilder der Medici an der Wand bebten.

„Ihr zwingt mich nicht!" Stolz schaute der Jüngling den

Gewaltigen und seine Gäste an. Dann neigte er sich mit einer blitzschnellen Bewegung zur Erde und schlug die herrliche Geige mit aller Kraft auf das harte Gestein, das zwischen den Teppichen hervorblickte. Ein dumpfer Krach ertönte, zertrümmert lag das Meisterwerk vor des Erzbischofs Füßen, der die zerbrochenen Stücke fahlen Gesichtes anstarrte, als wären sie eine Vision aus der anderen Welt.

„Und das wagst du hier, im Palazzo della Signoria?" knirschte er zitternd.

Antonio sah dem Zürnenden gelassen in die lodernden Augen und erwiderte: „Ich habe es gewagt; denn diese meine Meistergeige soll nicht in andere Hände fallen, und das letzte Lied, das sie spielte, es soll das Lied Savonarolas sein. Und weil nun Savonarola, die Meistergeige Gottes, darauf der Heilige Geist das wunderbare Lied des Glaubens gespielt, zerbrochen und zerstört ist, Herr Erzbischof, so mag auch diese Geige verklungen sein mit seinem letzten Liede. Nun tut an uns, was der Haß und Zorn euch heißt. ... Christus wird uns beistehen."

Nun war das Bekenntnis abgelegt, vor dem er noch tags zuvor so sehr gezittert hatte. Er mußte sich eigentlich über sich selbst verwundern; denn der Mut, der ihn bei diesen Worten beseelt, kam von oben herab. Es war, als wäre der Geist Savonarolas beiden nahe, ja, als habe er seinen unerschrockenen Bekennermut ihnen als ein köstliches Erbe zurückgelassen. Elisabetha sah Antonio voll Zittern und doch auch wieder voll heiliger Freude an. Daß er sich nun durchgerungen hatte zum vollen, lebendigen Glauben, das bewies das ungeheure Opfer, das er soeben gebracht hatte. Was ihm seine Geige wert gewesen, das mochten jene Feinde dort im schimmernden Gewande nur ahnen, niemals aber verstehen. Sie aber wußte es; denn sie kannte seine Künstlerseele und die Tiefe seiner Empfindungen. Darum konnte sie ihn jetzt auch voll und ganz lieben, und diese reine Liebe war vermählt mit Dankbarkeit gegen den Herrn und mit Bewunderung des Heldensinnes, den das leuchtende Vorbild Girolamos in ihm geweckt hatte. Da lagen die Trümmer der Geige auf dem Boden; sie beide aber standen fest im Glauben. Das ließ sie alles verachten, was kommen würde.

Doch da erschien Violi schon, um sie abzuführen.

„In die untersten Verließe!" rief der Erzbischof grollend, und Violi verneigte sich. Schweigend sahen die geistlichen Würdenträger dem jungen Paare nach. In ihren Herzen mischten sich die seltsamsten Gefühle – einer aber war von hoher Bewunderung erfüllt. Das war der Kardinal von Venedig. Er, der noch ganz hingerissen war von dem entzückenden Spiel, dem es Tränen der Freude entlockt hatte, segnete im Herzen den jungen Meister mit seiner unglücklichen Braut. Schon die Hinrichtung Savonarolas hatte ihm Weh verursacht, und als die Flammen den Propheten von Florenz ergriffen, da hatte er weggeblickt, um seine Qualen nicht zu sehen. Jetzt sollte sich das grausame Spiel noch fortsetzen? Sollten auch diese Blüten der Schönheit und Kunst auf den Altar der Kirche gelegt werden? Der Kardinal blieb einsilbig, als der Erzbischof seiner Entrüstung über den Trotz der beiden Ketzer Luft machte, und sah, in tiefe, schwermütige Gedanken versunken, zum Fenster hinaus auf die Piazza della Signoria, wo das Volk sich immer noch in erregten Gesprächen umhertrieb. Wenn er gekonnt hätte, er hätte Savonarola auferweckt und ihn samt seinen beiden Freunden zurückgeführt nach San Marco. Aber das war zu spät. Niemand, nicht einmal der Allmächtige selbst, konnte das ungeschehen machen, was sich Rom geleistet hatte.

Hand in Hand schritten Antonio und Elisabetha die Treppen hinab, ihrem Verließe entgegen. Mit boshaftem Lächeln zeigte ihnen Violi den gewaltigen Schlüsselbund und schwang ihn drohend. „In den untersten Gewölben läßt es sich nicht so leicht mehr die Ketzerlieder des Priors geigen", rief er höhnisch. Doch als er die beiden auseinanderreißen wollte, bat Antonio nur um eine Minute Zeit. „Ich weiß nicht, ob wir uns wiedersehen, Signor", bat er dringend und flehend. Violi besann sich mit düsterer Miene. Er war nicht gewillt, diesen ganz besonders schlimmen Piagnonen Barmherzigkeit widerfahren zu lassen. Da griff Antonio in das Gewand und zog des Erzbischofs goldenes Kreuz hervor, das er damals in Santa Maria del Fiore erhalten hatte, und streckte es ihm hin. „Hier, Signor!" sprach er mit bebenden Lippen, „wenn ihr uns so lange Zeit vergönnt, bis wir Abschied genommen." Des Priesters Augen funkelten wie die eines Raubtiers, das seine Beute erblickt. Hastig griff er mit hageren Fingern nach dem Kleinod. „Auch gut, die Zeit sei bewilligt! Doch beeilt euch, damit ich nicht durch den Erzbischof dabei gefunden werde, denen Barmherzigkeit zu erweisen, die keine verdienen."

Er wandte den beiden den Rücken zu und trat an das Fenster, um seinen Schatz, den er auf so billige Weise erworben hatte, zu bewundern. Antonio aber ergriff Elisabethas Hände. Noch vorhin war er so stark, so mutvoll. Jetzt bebte sein Herz, und Tränen rannen auf die schlanken Finger der Geliebten nieder. Er kämpfte einen schwereren Kampf denn je. „Elisabetha, wir wissen nicht, ob wir uns wiedersehen", rief er schmerzbewegt aus, „und du bist so gefaßt, so ruhig. Wir sind verloren, das ist gewiß; aber es reut mich dennoch nicht, was ich getan. Nur der Abschied von dir wird mir so schwer, so unendlich schwer!"

Er konnte kaum mehr sprechen und neigte, hingenommen von seinem Weh, das Haupt an ihre Brust. Da füllten sich auch ihre Augen mit Tränen. Doch sie versuchte sie zurückzudrängen und streichelte lind seine Locken. „Antonio! Der Herr ist doch bei uns. Er wird uns helfen, auch durch das Schwerste. Fasse Mut, Liebster! Und verzage nicht! Denke daran, wie frei, wie stark und edel Girolamo starb! Es war nur ein Augenblick. Nun ist er im Paradiese, und der Herr tröstet ihn."

„Der Herr scheint schwächer zu sein als diese Ungeheuer droben im Saale, Elisabetha. Oder glaubst du, daß er auch uns noch erretten könnte? Ich glaube es nicht!"

Die ganze Wucht des Liebesschmerzes kam über ihn, und

die ganze Gestalt erbebte unter einem Sturm des Jammers. Es war ihm furchtbar, daß sie nun, da sie beide sich erst recht gefunden, da ihre Herzen zusammenschlugen in einem Glauben und in einem Bekenntnisse, für immer getrennt werden sollten.

Elisabetha schwieg und sann. Darauf sprach sie leise: „Bei Gott ist kein Ding unmöglich, Antonio, hörst du? Kein Ding! Es ist ein großes Wort; aber ich weiß, daß es wahr ist. Er steht über allem, auch über dem Erzbischof – auch über dem Papst in Rom. Und wenn er will, kann er unsere Fesseln brechen."

„Ja, wenn er will. Aber ob er will, Gute, das ist die Frage. Bete für mich, daß ich still werde!"

„Das tue ich unausgesetzt."

„Ich danke dir! O Elisabetha! Wenn auch unser Leib zerbrechen soll wie meine Geige, so wollen wir droben miteinander ein schöneres Lied singen. Segne mich, Elisabetha! Du, die Schwächere, bist so stark und getrost. Das ist mir wunderbar."

Wieder schwieg Elisabetha. Nach kurzer Frist sprach sie: „Mit zwei Worten Savonarolas sollst du gesegnet sein, Antonio. Er sprach: ‚Es fährt einer im Triumphwagen durch alle Zeiten und Jahrhunderte, und dieser Eine heißt Jesus Christus!" Und das andere Wort, du hast es eben mich singen hören. Es heißt:

‚Der Schild, den ich erfaßt,
ist Jesu süße Liebe.
Herz, fleug vom Weltgetriebe
zu deiner süßen Liebe!'

In seinen Triumphwagen hat der Herr den Prior samt Sylvestro und Dominico genommen. Darein kann er auch uns nehmen, daß wir auffliegen zu seiner süßen Liebe."

Da sie dies gesprochen, hauchte sie einen Kuß auf seine Stirn, während er ihre Hand auf seine Augen preßte. Da wandte sich Violi um. „Es ist Zeit!" sagte er in geschäftsmäßigem Ton. „Wir müssen hinab an den befohlenen Ort."

Er winkte mit der Hand, und sie folgten ihm hinab in die Tiefe, wo Grabesluft durch dunkle Bogengänge schlich und ferne Wasser wie ein verhallendes Echo des Lebens gedämpft vorüberrauschten.

19

Ein Tag war über dem allen hingegangen. Florenz war immer noch einem Bienenkorbe zu vergleichen, in dem wilder Aufruhr herrscht. Es zeigte sich nun, daß viele Bürger dennoch gegen die Hinrichtung des Fratre gewesen waren, und daß die Lage durchaus nicht geklärt war. Man wandelte gleichsam auf einem Vulkan, aus dem die Flammen jeden Augenblick hervorbrechen konnten. Das zeigte sich auch darin, daß die Patrizier und Bürger zusammenstanden und das Ereignis mit erregten Gemütern besprachen. Die Arrabiati freilich gingen schwerbewaffnet einher. Sie waren bereit, jede Auflehnung gegen das Urteil blutig niederzuschlagen. Draußen im Häuslein des Geigenbauers saßen Francesco, Margerita und Balastrini im Gespräch zusammen. Tiefer Kummer blickte aus den trüben Augen der einst so lebensfrischen Frau, gebeugt saß der Geigenbauer am Tische, und auch Balastrinis Züge waren leidend. Sie wollten beraten, was zu tun sei, um die beiden Kinder und Lorenzo zu erretten, und fanden doch keinen Ausweg.

„Ich wäre bereit, mein größtes Kunstwerk dem Bischof als Lösegeld anzubieten", nahm nun Balastrini das Wort. „Es ist eine Laokoongruppe, die ich soeben vollendet habe, und sie würde sich in den bischöflichen Gemächern gewiß gut machen. Aber ich fürchte, nichts auszurichten bei ihm. O daß Antonio so unvorsichtig war, sich in des Löwen Höhle zu begeben! Warum hat er mich nicht gefragt?"

„Es ist immer die alte Sache: die Liebe ist blind und taub gegen Gefahren und läßt sich nicht zurückhalten. Doch du sagtest von des Löwen Höhle. Ja, Freund, ich glaube, es ist das rechte Wort. Wenn ich offen sein soll, so ist mir seit gestern ein Licht aufgegangen, das jener entsetzliche Scheiterhaufen angezündet hat."

Erstaunt blickte der Bildhauer auf. Unwillkürlich ergriff er die Hand des Freundes. Jener aber fuhr ganz ruhig fort: „Mein Glaube an die Unfehlbarkeit des Papstes und an eine Kirche, die mit solchen Mitteln arbeiten muß, um ihre Autorität aufrechtzuerhalten, ist erschüttert worden, als ich Savonarola sterben sah."

Da ergriff auch Margerita seinen Arm. „Sahst du also das auch, was ich sah, Francesco?" sagte sie ganz erleichtert. „O ich wagte es nur nicht auszusprechen. Aber die ganze Nacht hindurch lag ich wach, und immer wieder mußte ich an das stille, friedereiche Angesicht des Priors denken. Als ich ihn die Leiter emporsteigen sah, und als ich ihn das Glaubensbekenntnis so freudig sprechen hörte, da war es mir, als sagte eine Stimme in mein Ohr: ‚Ist das nun ein Ketzer, ein gefährlicher Mensch, der Schaden anrichten soll?' Und o ich mußte jener Stimme antworten: ‚Nein, denn Savonarola war ein frommer und ein guter Mensch!' "

Da leuchteten Balastrinis Augen gar freudig auf. „Das ist aber eine köstliche Frucht all eurer Leiden, liebe Freunde", sagte er bewegt. „Ja, da ist es euch gegangen wie mir und wie Hunderten, die zusahen. Savonarola ist gestorben, aber durch seinen Tod hat er, das glaube ich gewiß, Leben in gar manches Herz gepflanzt. Der Vogel Phönix ist verbrannt, und siehe, aus seiner Asche steigt er verjüngt empor. Man kann die Wahrheit nicht töten, noch das Licht verbrennen, und darum glaube ich, daß auch der Märtyrertod des edlen Priors nicht vergeblich war. Aber wie ich mich freue, daß ihr Lieben das auch erkannt habt, daß San Marco ein Ort war, an dem Gott wirkte und redete, das vermag ich nicht auszusprechen!"

„Glaubst du, daß der Erzbischof die Kinder wirklich in Haft behält?" fragte nun die Mutter besorgt.

„Wenn er nicht noch Schlimmeres im Herzen trägt!" gab der Bildhauer bekümmert zurück. „Ich kenne ihn. Er geht nicht ab von seinen einmal beschlossenen Plänen."

„Wir werden ihn bitten", versetzte Polevino. „Margerita und ich wollen einen Fußfall vor ihm tun."

Balastrini schüttelte den Kopf. „Wollt ihr auch noch hinter die Kerkermauern kommen?" sagte er tiefernst. „Nein, nein, meine Freunde! Einen Fußfall tut man vor keinem Menschen, sondern nur vor Gott! Aber vor ihm wollen wir gern einen und noch mehr tun, da bin ich dabei. Es sind vor jenen Herren schon der Fußfälle zu viele geschehen, darum stehen sie hoch über anderen Sterblichen. Doch laßt uns jetzt hier zusammen beten zu dem Herrn, in der freien und herzlichen Weise, wie dies immer von Savonarola geschah! Und ganz gewiß, wir werden nicht unerhört bleiben."

Er ging selbst den bekümmerten Eltern mit gutem Beispiel voran, und Francesco konnte sich nicht genug verwundern, wie freudig und frei ihr Freund im Bitten war. Frau Margerita freilich wagte es nicht, laut zu beten. Doch was durch ihr Mutterherz zog, das schwang sich auch ohne Worte hinauf zum Throne der Barmherzigkeit. — — —

Im prachtvollen Empfangssaal saß der Erzbischof um dieselbe Stunde abermals mit seinem hohen Gast von Venedig zusammen. Vor ihnen stand das Schachbrett mit den hübschen Elfenbeinfiguren. Er wollte die Gelegenheit, mit einem so guten Spieler sich zu messen, nicht ungenützt verstreichen lassen.

„Signor stellen auf dem Schachbrett die reformatorische Partei dar, während ich für Rom spiele", sagte er scherzend. Und klug tat er wieder einen Zug. „Sehen Sie, da fällt wieder ein Springer Ihrer schwarzen Truppen, das ist Savonarola."

Der Kardinal lächelte. „So schnell habt ihr jenen nicht zu Fall gebracht. Eigentlich, Herr Erzbischof, sind mir die Gedanken heute noch gar nicht nach Spiel und Scherz."

„Ei nun, man kann nicht immer Glaubenskämpfe durchfechten und Ketzergerichte abhalten", gab er gut gelaunt zurück.

„Ich hoffe nicht, daß dieses Spiel zu einem Ketzergericht wird, Signor. Übrigens, da fällt Ihr Springer auch. Und es ist ein geringes Bäuerlein, das ihn holt. Wenn ich das Bild weiter verfolgen wollte, wer ist dieser Springer, der fällt? Vielleicht ist Savonarola auch so ein Bauer, der allerlei Größen jetzt noch ins Gedränge bringt."

Der Erzbischof lachte gezwungen auf. „Das war einmal, mein lieber Kardinal! Jetzt hat sich das Spiel gewendet."

„Es ist noch nicht aus, soviel ich sehe, Signor. Hüten Sie Ihre Dame! Ich nehme den Turm und bedrohe sie!"

„Lassen Sie uns eine Flasche Wein zu dem Spiel aufmachen! Ich bedarf einiger Anregung. Signor haben eine gute Hand heute. Indes muß ich Ihre Dame noch nehmen und Ihren König schachmatt setzen. Jene Dame ist das verstockte Ketzermädchen von gestern, und jener verrückte Antonio soll Ihr König sein."

„Es ist mir lieb, daß das Gespräch auf die beiden kommt", versetzte der Herr von Venedig und hielt mit Spielen inne. „Mir tun nämlich die jungen Leute in der Seele leid. Ich habe eine große Bitte, Signor! Lassen Sie das junge Blut laufen! Der ganzen Ketzerei ist ja nun die Spitze abgebrochen, was soll da noch weiteres Kämpfen? Zudem, wir dürfen die Sache nicht übertreiben, sonst stehen wir vor neuen Bürgerkriegen, und ich meine, Florenz könnte endlich auch einmal Ruhe brauchen."

Forschend blickte er seinen Partner an. Aber des Erzbischofs Stirn deutete nicht mehr auf gutes Wetter. Er blickte geradezu finster auf die Figuren seines Gegners und erwiderte rasch: „Gerade die allzu große Milde ist es, die diese Ketzerbrut so frech werden ließ und immer ihren Mut so spornt!"

Etwas aufgeregt machte er einen schlechten Zug. Der Kardinal nahm seinen Vorteil wahr und sprach kühl: „Hier fällt ein Offizier, Signor, der sich zu weit vorgewagt hat, und die rote Farbe konnte ihn nicht retten. Was ich sagen wollte, mich erbarmt auch wirklich die junge Liebe! Habt ihr nicht diese Seelenreinheit gesehen, die aus des Mädchens Augen sprach? Wo sind heute Mädchen von solchem Adel? Und dabei trotz der Liebe dieser Heldenmut und dieses frohe Bekennen! Ganz abgesehen von der Kunst des Geigenspielers, die zu vernichten ein Frevel wäre.

Ich könnte es Ihnen nicht verzeihen, Signor, wenn Sie den beiden etwas zuleide täten. Daß sie die Dunkelheit des Gefängnisses ein wenig gesehen, wird nicht schlimm sein – die Nachtigall singt in der Dunkelheit um so schöner. Aber wenn man diese Nachtigallen blenden wollte, wenn man sie gar tötete, Herr Erzbischof, es wäre für Florenz etwas, des sich Dante im Paradiese schmerzlich verwundern müßte."

„Der Turm ist fort, Monsignore, aber der Eure wackelt auch! Schach dem Könige!"

„So nehme ich Eure Königin!"

„Alle Wetter! Was mache ich heute!"

„Ihre Wetter sind für mich Sonnenschein, Signor ... und was Sie machen ... vielleicht Bankrott! Also ich bitte noch einmal herzlich und dringend um Freigabe der jungen Leute, Herr Erzbischof. Da niemand sonst für sie bitten kann, muß ich es tun. Mir ging es diese Nacht wie der Frau des Pilatus, jener Claudia, die sich auf dem Lager wälzte wegen Jesus, dem Gerechten. So konnte auch ich nicht schlafen wegen des gewaltigen Trauerspiels der Hinrichtung und wegen des süßen Lustspiels der Violine."

Doch der Erzbischof richtete sich straffer auf. Er rüstete sich zum Widerstand und sprach: „Zu allem bin ich bereit, Herr Kardinal, nur dazu nicht. Womit sollen wir unsere Würde wahren, wenn nicht mit Strenge?"

„Mit Gerechtigkeit und Güte, Signor!"

„Schöne Worte das! Aber bei uns in Florenz kann man nur mit dem Schwerte den Pöbel in Schach halten. Da gilt es Zug um Zug zu tun, damit Rom gewinnt, und nichts darf uns aufhalten, auf der einmal betretenen Bahn fortzuschreiten. Erst wenn ganz reiner Tisch gemacht ist, gibt es Ruhe!"

„Schach nun Ihrem Könige, Herr Erzbischof!"

„Ah, es geht zum Angriff? Ich decke mit dem Offizier ganz vorzüglich."

„Sie decken nicht, Signor, Sie fliehen bei meinem nächsten Zuge."

„Auch gut. Ich werde mich aber zu entschädigen wissen. Was die beiden Ketzer anbelangt, so gedenke ich ihnen kurzen Prozeß zu machen." Überlegen sahen des Erzbischofs Augen seinen Gegner an. Dieser aber sah betroffen auf.

„Unmöglich, Signor! Ich betrachtete das Ganze seither nur als ein Spiel."

„Nein, mein Herr, Rom spielt nie. Es sei denn Schach, bei dem die Könige und Königinnen auf Erden bedroht werden." Stolz blickten des Erzbischofs funkelnde Augen.

Der Kardinal sprang hastig auf. Entsetzen malte sich auf seinem Angesicht. „Aber Rom kann auch einmal verlieren!" rief er sehr nachdrücklich aus. „Und in diesem Falle, Signor, darf es keinen Prozeß geben. Es wäre ein unverlöschliches Denkmal der Schande für die Kirche."

„Oder ein Ehrenzeichen!" versetzte der Erzbischof eisig. „Spielen wir nicht weiter?"

„Nein, keinen Zug!" lautete die entschiedene Antwort. „Noch einmal, Herr Erzbischof, bitte ich Sie herzlich um Freigabe der beiden Kinder. Und das um so mehr, als ich heute noch abzureisen gedenke!"

Der Erzbischof horchte hoch auf. „Heute noch abreisen?" murmelte er bestürzt vor sich hin. Dann versetzte er laut: „Das wäre mir nicht angenehm, Monsignore!"

„Ich glaube es. Aber weniger noch würde es Ihnen gefallen, wenn ich hinzufügen müßte, daß alle Beziehungen zwischen Florenz und Venedig abgebrochen würden, daß ich darauf verzichtete, länger Ihr Freund und Bruder zu sein."

Der Erzbischof entfärbte sich bei diesem Worte. Was der Kardinal da sagte, war ihm verblüffend und äußerst peinlich. Also eine beginnende Feindschaft, ein Zwiespalt, der natürlich nicht verborgen bleiben würde, der beim nächsten Konklave sich in höchst unangenehmer Weise auswirken konnte. Vielleicht sogar eine Fehde, bei der jener ihm höchst unliebsame

Schachzüge gegen seine Person tun könnte und ohne Zweifel auch tun würde. Er war ja gut angeschrieben in Rom, war mächtig genug, um ihn zu verderben mit Hilfe jener Feinde, die auch ihm drohten und auf die erste Gelegenheit lauerten, ihn zu stürzen.

„Es ist nicht Ihr Ernst, Signor", versuchte er dem Kardinal entgegenzuhalten.

Aber dieser blieb nun ebenso unbeugsam, wie jener selbst zuvor gewesen war. „Hier ist meine Hand, Herr Erzbischof. Geben Sie die beiden frei, und wir bleiben Freunde! Wollen Sie sie aber verderben, so scheide ich mich heute von dem Palazzo della Signoria. Ich habe Freunde genug in Spanien, in Aragonien, in Rom und ... in Toskanien, Herr Erzbischof. Sie kennen meinen Einfluß bei der Kurie, nun denn, wählen Sie! Ein Ketzergericht über die beiden Kinder wäre ein Mord, und die heilige Kirche in Florenz hat, nun sie den größten Sohn ihrer Stadt gerichtet hat, alle Ursache, um Vertrauen zu werben. Würde ich vom Konklave zum Papste gewählt, ich könnte es Florenz nie verzeihen, daß sein Erzbischof Kinder verfolgt, um die Kirche zu retten." Der edle Kardinal schwieg. Er ließ dem andern einige Minuten Zeit zur Überlegung, und endlich kam es über dessen farblose Lippen: „Nun denn, weil Sie so sehr darum bitten, Signor! Es sei! Die Einigkeit der Kirche und ihrer Bistümer geht mir über persönliche Gefühle. So sollen denn die beiden Ketzer frei sein. Wir werden ja sehen, was die Zukunft lehrt, wenn sie Geschichte doziert. Hier ist meine Hand. Eure Eminenz bleiben nun doch noch etwas da?"

„Vollenden wir das Schachspiel!" sagte der Kardinal ruhig und setzte sich wieder.

„Ich danke Euch und wußte, daß es in Florenz auch noch edle Geister gibt. Doch nun noch einen Zug! Hier wieder Schach dem Könige!"

„Ich weiche aus!"

„Schach dem Könige!"

„Noch einmal kann ich decken."

„Schach!"

„O weh, wie rette ich mich?"

„Gar nicht, Signor! Schach und matt! Florenz hat verloren. Ja, meine Signori von Florenz. Gestern hat man gewonnen, heute verliert man, das ist die Weltgeschichte. Aber eines ist gewiß: Savonarola ist tot... Florenz hat verloren! Das bringen alle Medici nicht wieder herein. Ich erhebe mein Glas auf Signors Gesundheit und das Wohl der Republik. Möge ihr Gott gnädig sein, nachdem sie seinen Knechten ungnädig gewesen!"

20

Als der Abend sich herabsenkte, stieg der Erzbischof mit Violi selbst in die untersten Gewölbe hinab. Er sprach keine Silbe, während der Priester die mächtigen Schlüssel in die gewaltigen Schlösser stieß. Knirschend, wie sich die Tür zu Elisabethas Kerker geschlossen, öffnete sie sich jetzt wieder. Der Erzbischof fand das Mädchen auf dem Stroh kniend. Das Licht bestrahlte mit rötlichem Schein ihr marmorblasses Gesicht, aber diese Augen blickten ruhig und gefaßt dem Gewaltigen entgegen. Kam er, um sie zur Folterkammer, um sie zum Tode zu führen? „Stehe auf!" sagte der Erzbischof kurz. Die Kette klirrte, als sich Elisabetha erhob. Violi schloß sie auf, und die Kette fiel rasselnd auf das Gestein. Wie schwer war sie gewesen, und wie tief hatte sie in ihre Glieder eingeschnitten!

„Folge uns!" gebot der Erzbischof, nachdem er sie einen Augenblick mit unbeweglichem Gesicht gemustert hatte.

So öffnete sich auch die Tür zu Antonios Gefängnis. Er saß sehnsüchtigen Blickes vor der Lichtluke und blickte dem scheidenden Tage nach. Auch seine Ketten fielen in kürzester Frist. Nun war geschehen, was der Kardinal gewünscht hatte. Einen Augenblick besann sich der Erzbischof noch, dann gab er Violi den Befehl, auch den Vater zu lösen. Violi sah den Gebieter verwundert an. Was sollte werden in dieser Abendstunde? Doch der Erzbischof verriet nichts davon, was seinen

Sinn bewegte. Endlich standen alle drei vor ihm, und der Diener, der die Fackel trug, leuchtete ihnen ins Gesicht.

„Habt ihr nun Reue und Buße geübt?" fragte der Erzbischof streng.

Keine Antwort erfolgte. Nur die Herzen begannen lauter zu klopfen, und die Nerven spannten sich in Erwartung schwerer Dinge.

„Ich weiß, daß ihr das nicht getan habt", fuhr der Erzbischof fort. „Länger will ich mich auch nicht aufregen mit eurem Widerstande. Doch damit ihr wißt, daß ich gütig bin, damit ihr seht, daß die Kirche barmherzig ist, ja, daß ihr nicht mehr länger der Ketzerei anhangt, was ich bestimmt von euch erwarte — — ihr seid frei!" Er schwieg und beobachtete die Wirkung dieser Worte.

Frei? War es Wirklichkeit und Wahrheit? Oder ließ die Katze das Mäuschen ein wenig los, um es noch einmal zu fassen und weiter zu würgen?

„Nun, wie dankt man dem Herrn Erzbischof?" fragte Violi nun eifrig. „Fällt man da nicht zu Fuße und küßt die Hand?"

„Laß nur, Violi!" wehrte diesmal der Erzbischof zum höchsten Erstaunen seines Kerkermeisters ab. Er wollte sie nicht länger auf die Probe stellen; denn immer klang es in seinen Ohren wider, was der Kardinal gesagt: „Ich habe Freunde genug in Spanien und in Rom und in . . ."

Da neigte sich Lorenzo zuerst in stummem Dank. Antonio folgte seinem Beispiel, und Elisabetha neigte dankend das Haupt.

Der Erzbischof winkte mit der Hand nach oben, und wie im Traume schritten die drei Gefangenen die steilen Treppen empor. Sie wagten kaum diese Schritte zu tun, so unerwartet und groß erschien ihnen alles. Doch es war kein Traum. Jetzt schloß Violi auch noch das Hauptportal auf; milde Düfte von blühenden Orangen und Zitronen schlugen ihnen entgegen, und über der Kuppel von Santa Maria del Fiore leuchtete der Abendstern. Scheu eilten sie die Treppe vollends hinab und über die Piazza della Signoria der Heimat zu. Und erst jetzt konnten sie es glauben, fassen und sich jubelnd gestehen: wir sind frei, frei, frei! — — —

Einige Minuten später lagen sie sich in Polevinos Heim lachend und weinend in den Armen. Da war ihre Zunge voll Rühmens und ihr Mund voll Lachens. Da neigten sie alle zusammen Herz und Knie vor dem Herrn Himmels und der Erde, der doch noch höher stand als Erzbischöfe und Päpste, der immer noch Kerkertüren sprengt und die Gefangenen Zions befreien kann, es sei durch den Tod oder durch das Leben. Eines nur dämpfte ihren Jubel und ihr hohes Glück, das war die Erinnerung an die drei Vollendeten, die gestern in Flammen frei wurden, wie sie heute die Freiheit der Frühlingslüfte beglückt einsogen.

Nur wenige Wochen später feierte man in des Geigenbauers Haus eine stille, aber glückverheißende Vermählung. Ein lieber Dominikaner von den Freunden des Priors segnete das Paar ein, das sich tief und herzlich vor dem Herrn der Kirche neigte, als es den Segen empfing. Und die vor dem Tribunale so heldenmütig „Nein" zu sagen vermocht, sie konnten jetzt auch „Ja" sprechen. Ja im Glauben, Ja in der Liebe, Ja in der Hoffnung, die ein Großer im Reiche Gottes sie gelehrt. Als die kleine Hochzeitsgesellschaft am Abend des schönen Tages in der Weinlaube saß, stand Balastrini auf, um einige Worte zu allen Anwesenden zu reden. Mit ernster und bewegter Stimme führte er aus: „Von schweren Zeiten und Stürmen kommen wir her, und in schwere Zeiten, sprach Savonarola, gehen wir hinein. Er hat gewißlich wahr geredet. Aber es ist kein Grund, da zu verzagen. Savonarola, die Meistergeige Gottes, ist verstummt; nun, der ewige Gott und Herr hat noch viele Instrumente, auf denen er spielen kann. Er wird ein anderes stimmen und anstimmen, daß die Kirche aufhorcht und alle Welt verwundert sein wird. Savonarola ist gegangen, Savonarola ist geblieben. Denn was ihn groß gemacht, das ist die heilige Wahrheit, die wir alle jetzt lieben, und die wir immer mehr lieben wollen. Und ob Menschen kommen oder gehen, Christus, der Herr der Kirche, bleibt! Welch ein herrlicher Trost für unser junges Paar, für uns alle! Deine Meistergeige, Antonio, ist zerschellt. Du wirst eine neue bauen; denn du hast sie ja in dir. Und die neue wird noch herrlicher klingen zur Ehre des Herrn. Du aber, Elisabetha, wirst das Lied sein, das er spielt. So gib denn immer den reinen Ton an, wie seither, so auch fernerhin! Wir alle aber wollen uns die Hand geben zu treuem Bunde. Wie Dominico für Girolamo stand, so wollen wir füreinander stehen und uns lieben und schirmen, so gut wir können. Doch von der Menschen- und Erdenliebe wollen wir aufblicken zu der des treuen Herrn und wollen lauschen auf jenes herrliche Lied, das ihr beide in dem Palazzo della Signoria sanget:

Drum, Herz, vom Weltgetriebe
fleug auf zur süßen Liebe!

Möge unser aller Herz eine Meistergeige sein, auf der dieses köstliche Lied immer und immer erklingt! Der Herr und König Savonarolas, der auch der unsere ist, walte es!" Und als er eben fertig war mit dieser kleinen Rede, begannen die Glocken von Florenz ein Fest einzuläuten. Allen voran schwangen sich die tiefdunklen Klänge von Santa Maria del Fiore, heller klangen dazwischen die andern bis hinauf zu den Klosterglöcklein auf den Bergen, die wie Vogellieder herniederschwebten.

Da schwiegen alle und lauschten empor in stillem Gedenken an den Helden der Stadt, der seine Kirche so sehr geliebt, den seine Kirche verurteilt, und der jetzt über der streitenden stand, droben bei der triumphierenden, die keiner Blutzeugen mehr bedarf. Fest und innig umspannte Antonio Elisabethas Hand; feuchten Auges aber lauschte diese hinüber nach San Marco, dessen Glocke sie vermißte, weil das Volk sie, die Piagnone, auf dem Berge vergraben hatte aus Furcht, daß durch sie Savonarolas Geist zurückkehren möchte.

„San Marco fehlt", sagte sie leise.

„San Marco klingt doch mit", erwiderte Balastrini. „Denn die Welt wird diese Glocke nicht vergessen, solange sie steht, und der dort gezeugt, redet, wiewohl er starb."

„Er redet! Er redet!" läuteten zahllose Glocken. „In Ewigkeit, in Ewigkeit!" sangen in tiefem Wohllaut die Domglocken dazwischen. Und es war ein herrliches Lied.

Schöner hätte die Hochzeit nicht gefeiert werden können als in diesem stillen Gedenken an ihn, der dem Meister nachfolgte mit dem Kreuze, um nun ewig bei ihm zu sein.

NACHKLANG

Es ist noch einiges zu berichten, das ergreifendes Zeugnis davon ablegt, was der Herr zu Johannes sprach: „Dieser Jünger stirbt nicht!"

Savonarolas Asche war zusammengesunken, während die Arrabiati und Compagnacci Freudensprünge um den lodernden Scheiterhaufen vollführten. Doch seine Freunde schienen alle Furcht abgelegt zu haben. Obwohl die Soldaten der Regierung ihnen Lanzen und Schwerter entgegenhielten, suchten sie ein Fetzchen des brennenden Untergewandes von dem geliebten und gehaßten Prior zu erlangen, ja, sie haschten sogar nach einem Stücklein seines zusammenfallenden Körpers. Und welche Freude herrschte erst unter ihnen, als Fischer das Herz Savonarolas aus dem Arno zu ziehen glaubten! Doch das waren mehr äußerliche Zeichen der Verehrung und Hinneigung zu ihm. Aus seiner Asche stieg tatsächlich ein Phönix empor; denn keine Regierung konnte es hindern, daß seine Freunde unaufhaltsam wuchsen, und daß die Schriften des gefürchteten Mannes nach seinem Tode allüberall gelesen wurden. Und noch ein rührendes Zeichen tiefer Anhänglichkeit offenbarte sich im Angesicht der geistlichen und weltlichen Regierung. Sie mußte von dem Palazzo della Signoria aus zusehen, wie noch Wochen und Monate hindurch Menschen auf dem Platze, wo er gestorben war, knieten und beteten.

Ja, noch mehr! Zwei Jahrhunderte lang geschah es, daß der Platz der Hinrichtung von seinen Freunden und Anhängern mit duftenden Blüten und Frühlingszweigen bestreut und bedeckt wurde. So suchte man den Qualm des Scheiterhaufens zu vertreiben, und so liebte ihn eine gewaltige Schar derer, die in ihm den Propheten von Florenz sahen. Wie manches Herz empfing so noch später Trost und Freude aus seinen Worten, und auch die erbittertsten Gegner mußten an das Wort gedenken: „Das Andenken des Gerechten bleibt im Segen."

Freilich, auch der Haß wollte nicht zur Ruhe kommen. Kirche und Kloster San Marco bildeten noch längere Zeit den Ort, an dem der Pöbel sich austoben durfte. Niemand durfte ohne besondere Einwilligung des Bischofs den zurückgebliebenen Dominikanern, denen jede Ausübung kirchlichen Dienstes streng verboten war, auch nur ein Stück Brot reichen. Endlich wurden diese Freunde des Priors, obgleich sie gleich nach dem Tode ihres Hauptes eine Ergebenheitsadresse an den Papst gerichtet hatten, zerstreut und in andere Klöster von Lucca, Pistoja, San Gimignano und Siena mit der Kongregation der Dominikaner vereinigt.

Und auch das genügte nicht! Noch hing die Glocke im Turm der Kirche, die Sturm geläutet hatte, als der Pöbel in jener Nacht sich heranwälzte. Sie, die so oft die Freunde des Fraters gesammelt hatte zum Gottesdienst, konnte mit ihrem Klang die Erinnerung an jene vergangene Zeit neu erwecken. Darum erließ die Signoria den lächerlichen Befehl, die „Piagnone" herabzunehmen und als Belohnung den Mönchen auf San Miniato al Monte zu schenken. Aber ob sie schon die Glocke, die Sturm geläutet, herabgeholt, der Sturm kam doch. Alexander hielt seine Worte nicht, neue Kriegsstürme tobten heran gegen Florenz und — daran mußte natürlich die Glocke Savonarolas schuldig sein. Und jene, die dem Glauben nicht gehuldigt, sie verfallen finsterem Aberglauben, die Glocke muß in dunkler Nacht auch von Miniato geholt werden, sie wird von der

Regierung auf fünfzig Jahre verbannt und hoch im Gebirge vergraben und zugedeckt. Da stirbt jener Alexander, Julius II. wird Papst, und siehe, er ist offener Anhänger von Savonarola. So ändern sich die Zeiten, so ist man betrogen worden, als man, vom Mordgeist angetrieben, den verbrannte, der in der greulichen Nacht des Aberglaubens die helle Flamme der Wahrheit entzündet. Und dieser Julius II. ist nicht der Freund der Florentiner. Er belegt sie wegen ihres Liebäugelns mit Frankreich mit dem Interdikt. Die Nachbarstaaten drohen mit Krieg, Mißernten und Geldnot stellen sich ein, und siehe, da besinnt man sich abermals auf das, was in Verblendung geschah. Feierlich ordnen sich Bürger, Soldaten und Mönche zur Prozession, feierlich zieht man aufs Gebirge und holt die Glocke von San Marco, um sie im Triumphe wieder nach dem Kloster zu bringen. Es weht ein anderer Wind, das verachtete Kloster kommt zu Ansehen, die verjagten Dominikaner kehren zurück, ja die Signoria läßt alle Manuskripte, Bücher und Kunstwerke aus der früheren Zeit des Glanzes den Mönchen zurückerstatten.

Baccio della Porta schmückte, als Prior des Klosters, die Räume mit der großen Erinnerung der großen Zeit. Nun ersteht Savonarolas Bild, so wie der Künstler und Verehrer es zuletzt gesehen, ernst, doch leuchtenden Auges, mit der Märtyrerwunde auf der edlen Stirn. Ja, selbst der größte Künstler Italiens, der größte Maler der Welt, Raffael Santi, weilt oft und lange dort, um mit dem Fratre Bartolomeo zu wirken und die Nachwelt zur Bewunderung zu zwingen. Aber was auch späte Reue unternahm, sie hielt den Untergang der Republik nicht auf. Eine große Kriegsmacht sammelt sich endlich unter Clemens dem Siebenten vor den Toren von Florenz. Die Belagerung rafft den schimmernden Villengürtel und gar manchen Bergungsort kostbarer Kunstschätze dahin. Ja, selbst die grausige Pest erscheint, und so gehen Girolamos Weissagungen von schweren Gottesgerichten in Erfüllung.

Die Stadt füllt sich mit Kranken, Sterbenden und Toten. Und am Ende muß der Gonfaloniere dem Herzog Allessandro de Medici im großen Saal der Signoria das Banner von Florenz übergeben.

Treten wir heute in die alten Klostergebäude (das Kloster wurde 1868 endgültig aufgelöst), so finden wir darin das Museum von San Marco. Da sehen wir die ehrwürdigen Andenken jener bedeutsamen Zeit. Still und doch laut redend schauen uns die Christusgestalten Angelicos, die Savonarolabilder Bartolomeos, die Gemälde Ghirlandos an. Da grüßen uns in der Zelle, die Savonarola bewohnte, das aufgeschlagene Buch, das er selbst mit Randbemerkungen dicht voll schrieb, das Kreuz, das er getragen, und sogar verglimmte Holzreste aus seinem Scheiterhaufen. Wir stehen sinnend und ergriffen davor und gedenken an die Wolke der Zeugen, die uns vorangegangen durch tiefes Leid zu ewiger Herrlichkeit, durch schweres Kreuz zur strahlenden Krone. Und uns wird es zur Gewißheit: Ob auch Jahrhunderte kommen und gehen, ob Zeiten sich ablösen und verdrängen, vergessen wird er nie mehr, der treue, zeugenfrohe, sterbensbereite Prior von San Marco, der den Kardinalshut ausgeschlagen, um Christi Dornenkrone in seiner Weise zu tragen. Und während wir weiterwandern, flüstern unsere Lippen, betet unser Herz: Herr, mach uns auch so treu, so fromm, so mutig, und schenke uns in unserer Zeit Männer, die ihm gleichen an flammender Liebe und leuchtendem Glauben, dem unvergeßlichen Sohn der ersten Väter, Girolamo Savonarola!

Die Welt schlägt sie in Bande
und tötet sie so gern;
doch gehen durch die Lande
die Zeugen unsres Herrn.
Ihr Mund kann niemals schweigen,
ihr Zeugnis kommt nicht um,
bis sich die Welt muß neigen
dem Evangelium.

Sie tragen Haft und Ketten
und sind getrost dabei;
denn ihre Stricke retten
und machen viele frei.
Denn diese Ketten preisen,
wär' längst der Mund auch stumm,
in wunderbaren Weisen
das Evangelium.

Sie stehen in den Flammen
und sterben in der Glut.
Das Feuer sinkt zusammen,
mit ihm der Feinde Wut.
Der schöne Phönix schwebet
empor ins Heiligtum;
denn trotz dem Tode lebet
das Evangelium.

Sie schmachten in der Tiefe,
in Kerkern dumpf und bang.
Mit ihrem Adelsbriefe
gehn sie der Bettler Gang.
Doch Gottes Wege liegen
nicht ewig tief und krumm;
am Ende muß es siegen,
das Evangelium.

Drum nur getrost, ihr Zeugen,
und schweiget ferner nicht;
laßt euch den Mut nicht beugen,
wenn man den Stab euch bricht!
Laßt immerhin euch schelten
als die, die schwach und dumm!
Es richtet einst die Welten
das Evangelium.

Tragt kühn das Kreuzeszeichen,
zeigt es den Sündern all;
den Heiland ohnegleichen
macht kund mit lautem Schall!
Und flucht man, euch zu schmerzen,
so fraget nichts darum!
Ihr tragt zum Lohn im Herzen
das Evangelium.

Benutzte Literatur

Dr. Th. Flathe: Allgemeine Weltgeschichte.

J. Hartmann: Hieronymus Savonarola.

Lina Hirsch: San Marco in Florenz, das Kloster Savonarolas. Ein Zeitbild aus der Renaissance.

Prof. Fr. Karl Meier: Girolamo Savonarola.

Georg Rapp: Die erwecklichen Schriften des Märtyrers Hieronymus Savonarola.

Real-Encyklopädie für protestantische Theologie und Kirche.

Dr. A. G. Rudelbach: Hieronymus Savonarola und seine Zeit.

Prof. Dr. Joseph Schnitzer: Quellen und Forschungen zur Geschichte Savonarolas.

Ernst Schreiner

Die Harfe der Hugenottin

Eine Erzählung
248 Seiten. ABCteam 3100. Taschenbuch

Wer weiß heute noch etwas über die Geschichte und das Schicksal der Hugenotten im Frankreich des 16. Jahrhunderts?
In erzählerischer Form, für den Leser erlebbar, wird hier ihre Glaubenstreue und Standhaftigkeit dargestellt. Im Mittelpunkt steht das Erleben eines jungen Paares, das für seinen Glauben an Jesus Christus alles dranzugeben bereit ist. Wir erhalten Einblick in die Verfolgungszeit der Hugenotten, die in den Greueln der Bartholomäusnacht (1572) gipfelt.
Dieses Beispiel echten Glaubens unter schwierigsten Umständen ist eine Herausforderung, die es zu erkennen und anzunehmen gilt.

Arno Pagel

Marie Durand – Die hugenottische Bekennerin

64 Seiten. Taschenbuch

Der Weg der französischen Protestanten im 17. und 18. Jahrhundert ist ein einziger Leidensweg. Marie Durand wurde wegen ihres Glaubens als junges Mädchen inhaftiert und achtunddreißig Jahre im »Turm der Standhaftigkeit« gefangengehalten.
Während dieser Jahre wurde sie zur geistlichen Mutter ihrer Leidensgenossinnen. Ihr Zeugnis kann viele zur Besinnung rufen.

BRUNNEN VERLAG · GIESSEN/BASEL

Wilhelm Landgrebe

Dietrich Bonhoeffer – Wagnis der Nachfolge

80 Seiten. ABCteam 3129. Taschenbuch

Dietrich Bonhoeffer war 27 Jahre alt, als der Nationalsozialismus, dessen weltanschaulichen Ziele er von vornherein als unvereinbar mit der biblischen Botschaft erkannte, an die Macht kam. Es dauerte nicht lange, bis der junge Pfarrer im Kampf der Bekennenden Kirche stand. Sein Einspruch gegen ein verwässertes und ideologisch angepaßtes Evangelium und sein mutiger Widerstand aus Gewissensgründen brachten ihm Rede- und Schreibverbot ein. Nach Jahren der Haft wurde er schließlich im Jahre 1945 hingerichtet.
Der Ruf in die Nachfolge gilt nach wie vor. Wir sind aufgefordert, gegen alle antichristlichen Heilslehren am biblischen Evangelium festzuhalten. Dazu will uns dieses Buch ermutigen.

Ursula Foertsch

Mein Leben – Sein Sieg

Corrie ten Boom
96 Seiten. ABCteam 3029. Taschenbuch

Corrie ten Boom wurde im Zweiten Weltkrieg wegen judenfreundlicher Betätigung verhaftet und durchlebte die KZ-Lager Vught und Ravensbrück. Ihr Vater und ihre Schwester kamen dort um.
Es sagt etwas über die großartige Persönlichkeit dieser Frau, wenn sie bei all dem Unmenschlichen, das sie erleben mußte, doch kein Wort der Anklage erhebt. Sie erkannte, daß Gott auch inmitten von Brutalität und Haß regiert, daß es ihm auch in solchen Situationen nur darum geht, Menschen zu retten und für das kommende Reich Gottes vorzubereiten.